# *Stephanasville*

Jacqueline Kiara Nele Barnett

# Stephanasville

## Kalte Freunde

*– Roman -*

FSC
www.fsc.org
MIX
Papier aus ver-
antwortungsvollen
Quellen
Paper from
responsible sources
FSC® C105338

Über die Autorin:
Jacqueline Kiara Nele Barnett schreibt seit ihrer Jugend. Sie wirkt bei Lesungen und Anthologien mit. Im Internet wurden ihre Werke von verschiedenen Plattformen bereits mit Preisen ausgezeichnet.

Bei BOD erschien bereits ihr erotischer Roman „Himmel voller Leidenschaft"

Alle in „Stephanasville" beschriebenen Personen und Geschehnisse sind frei erfunden und absolut fiktiv. Ähnlichkeiten mit lebenden und gestorbenen Personen und tatsächlichen Ereignissen sind rein zufällig.

*Bibliografische Information der Deutschen Nationalbibliothek:*
*Die Deutsche Nationalbibliothek verzeichnet diese Publikation in der Deutschen Nationalbibliografie; detaillierte bibliografische Daten sind im Internet über http://dnb.dnb.de abrufbar.*

Stephanasville
Autorin: Jacqueline Kiara Nele Barnett
Satz: Jacqueline Kiara Nele Barnett
Foto: Jacqueline Kiara Nele Barnett
Covergestaltung: Jacqueline Kiara Nele Barnett
© 2021 by Jacqueline Kiara Nele Barnett
Herstellung und Verlag: BoD – Books on Demand, Norderstedt
Alle Rechte vorbehalten
ISBN 978-3-75432094-5

„Ich ermahne euch aber, Brüder und Schwestern: Ihr kennt das Haus des Stephanas, dass sie die Erstlinge in Achaia sind und sich selbst in den Dienst der Heiligen gestellt haben. Ordnet auch ihr euch solchen unter und allen, die mitarbeiten und sich mühen! Ich freue mich über die Ankunft des Stephanas und Fortunatus und Achaikus; denn wo ihr mir fehltet, haben sie euch ersetzt. Sie haben meinen und euren Geist erquickt. Erkennt solche Leute an!"

Aus der Bibel (Übersetzung nach Martin Luther),

1. Korinther 16, Verse 15 bis 18

# Prolog

Als Bridget Siewert am 5. Mai 2020 die Hauptstraße entlangging, merkte sie, dass sie diese Stadt kannte. Gut kannte. Aber woher? Eigentlich wohnte sie in Augsburg und sie konnte sich nicht erinnern, wann sie jemals in Stephanasville gewesen war.

Sie erkannte den großen Platz wieder, auf dem einmal ein großer Supermarkt gestanden hatte. Daran erinnerte sie sich. Sie sah den Supermarkt vor ihrem geistigen Auge – so, als wäre sie erst gestern dort gewesen. Aber wo war dieser Supermarkt jetzt?

Vielleicht würde Bridget das später herausfinden. Es wäre sinnvoll gewesen, sie hätte sich vor ihrer Reise nach Stephanasville genauer im Internet über diese Stadt informiert.

Sie schritt zu dem Platz, an dem sich ein imposantes Gebäude befand. Es war nicht weit vom Bahnhof entfernt.

Modern und ansprechend wirkte es. Ein weißer Bunker mit vielen Fenstern. Eine der besten Kliniken für Hals-, Nasen- und Ohrenleiden sowie kompetent in Kieferchirurgie. Die Stephanas-Klinik.

Schnell setzte sich Bridget ihren blau-weiß-gestreiften Mund-Nasenschutz auf, also eine Maske aus Stoff, die während der 2020 herrschenden Corona-Pandemie einfach unerlässlich war. Anschließend zog sie ein Einladungsschreiben aus ihrer Handtasche und ging durch die Eingangstüre der Klinik.

Die blonde Dame an der Anmeldung nahm das Schreiben und überflog es.

„Sie sind Teilnehmerin an der Konferenz mit Doktor Müller? Dann gehen Sie rechts, dann links den langen Gang entlang, dann wieder rechts, bis Sie in den Trakt mit der Aufschrift ‚Konferenz' kommen. Sie werden dort schon erwartet!"

Bridget nickte. Rasch schritt sie durch die Gänge und klingelte schließlich an der Glastür, auf der mit großen Lettern „Konferenz" stand.

Eine Dame mit braunen lockigen Haaren öffnete. Ihr Gesicht konnte Bridget nicht sehen, denn auch sie trug einen bunten Mund-Nasenschutz mit Elefanten darauf. Lustigen Elefanten, fand Bridget.

„Frau Siewert, schön, dass Sie da sind! Sie haben uns den Fall Hagelkorn gemeldet?"

Bridget nickte.

„Okay, kommen Sie mit! Mein Name ist Melinda Grünwald. Ich werde Sie mit den Regeln hier bekannt machen! Einen Mund-Nasenschutz tragen Sie ja schon, das ist in Ordnung!"

Sie gingen einen langen Gang entlang. Frau Grünwald öffnete die Türe zu einem modernen Zimmer. Helle Möbel, weiße Wände, nicht einmal ein Bild an der Wand. Steril wirkte der Raum, wie in einem Krankenhaus, dachte Bridget.

„Darf ich Ihren Ausweis sehen?", fragte Melinda Grünwald.

Bridget zog ihren Personalausweis aus ihrer Handtasche und reichte ihn Frau Grünwald.

„Ich scanne ihn ein für unsere Unterlagen. Ich muss Ihnen das sagen."

„Okay", lächelte Bridget unter ihrer Maske. „Ich habe nichts dagegen!"

Schnell war der Scan erledigt, und Bridget steckte ihren Personalausweis wieder ein.

„Ihre Krankenkassenkarte brauche ich auch noch!"

Bridget stutzte. Die Krankenkassenkarte? Warum denn?

„Das war im Einladungsschreiben vermerkt!" Frau Grünwald wurde fast ungeduldig. „Haben Sie die Krankenkassenkarte dabei oder nicht?"

„Ja, doch, ich habe sie dabei!" Bridget reichte Frau Grünwald die Krankenkassenkarte. Frau Grünwald steckte diese in ein Kartenlesegerät, drückte ein paar Tasten auf ihrem Computer – und auf dem Bildschirm erschienen einige Krankenberichte.

Bridget wunderte sich, wagte aber nicht nachzufragen, warum sie diese Karte vor der Teilnahme an einer Konferenz zeigen sollte.

Doch Frau Grünwald ließ sich nicht aus dem Konzept bringen. Sie überflog einen Arztbericht über eine Darmspiegelung, die Bridget vor drei Jahren hatte machen lassen. Dann einen Bericht über eine Mammografie-Untersuchung in einer Röntgenpraxis. Es gab viele Dokumente über Bridget, zumindest empfand sie das so. Geschrieben von vielen Ärzten. „Wie geht es Ihnen gesundheitlich? Irgendwelche Probleme?"

„Nein", Bridget schüttelte den Kopf. „Aber – warum fragen Sie mich das?"

„Reine Routine", erklärte Frau Grünwald. „Wir checken immer den Gesundheitszustand unserer Konferenzteilnehmer! Welche Operationen haben Sie hinter sich?"

Sie händigte Bridget ein Formular aus. „Tragen Sie bitte jede Operation ein!"

Bridget runzelte die Stirn. Operationen angeben vor einer Konferenz fand sie reichlich merkwürdig, sie sagte aber nichts dazu. Fieberhaft überlegte sie, trug Operationen, die ihr einfielen, in das Formular ein und reichte es Frau Grünwald.

Diese überflog es – war aber nicht ganz zufrieden.

„Was haben Sie hier am Hals? Diese beiden Narben?" Frau Grünwald hatte zwei Narben an Bridgets Hals entdeckt, nahm eine Lupe und schaute sich diese Narben genauer an. „Was war da? Was ist Ihnen hier passiert?"

Bridget schluckte. „Sie werden es mir nicht glauben, aber ich kann mich nicht erinnern, woher diese Narben kommen. Eines Tages waren sie da. Ich habe mich auch schon gewundert, habe mir den Kopf darüber zerbrochen, aber…"

„Okay, gehen Sie kurz ins Nebenzimmer. Ich gebe Ihnen den Konferenzvertrag zum Durchlesen. Ein Exemplar unterschreiben Sie bitte und geben es mir wieder, das andere ist für Ihre Unterlagen! Etwas zu trinken gibt es auch. Wenn Sie trinken, dürfen Sie Ihre Maske absetzen. Ich komme gleich wieder und hole Sie ab! Dann machen wir weiter mit dem Aufnahmegespräch!"

Mit einer hektischen Handbewegung öffnete Frau Grünwald eine dicke, gepolsterte Türe. Eine Türe, die nur von außen zu öffnen war. Sie führte in einen Raum mit einem gemütlichen Sofa und einem Sessel. Bridget trat ein, ließ sich im Sessel nieder und schenkte sich Mineralwasser in ein Glas. Beides stand auf einem Tisch. Irgendwoher klimperte angenehme Instrumentalmusik.

Bridget nahm ihre Maske ab und nippte an dem kühlen Getränk. Ja, das konnte sie jetzt gut gebrauchen! Ohne Maske fühlte sie sich frei. Wehmütig dachte sie an die Zeit vor dem März 2020 zurück – an die Zeit vor der Corona-Pandemie. Das war eine Zeit wie aus einem anderen Leben.

Frau Grünwald schloss die Türe, setzte sich wieder an ihren Computer und rief einen Arztbrief auf, den Bridget nie bekommen hatte – der aber von Bridget handelte. Aufmerksam las Frau Grünwald, was darin stand.

Dann wählte sie eine Nummer am Telefon.

„Hallo – ja, ich bin's, Melinda Grünwald! Haben Sie Zeit? Es ist wichtig. Ich habe hier eine Konferenzteilnehmerin, die schon einmal bei uns war."

## Eins

B evor Stephanasville zu seinem Namen kam, hieß es Wallkingen und war eine beschauliche und eher langweilige Kleinstadt in Süddeutschland.

Niemand konnte sagen, wann genau Wallkingen Stadtrechte bekommen hatte. Es musste irgendwann im Mittelalter passiert sein. Historiker vermuteten, dass um 1220 ein Herzog oder Graf diesen Ort zur Stadt erhoben hatte.

Wallkingen genoss seinen Stadt-Status. Und das mit nur 12.600 Einwohnern. Es gab ein Gymnasium dort, eine Realschule, eine Hauptschule und mehrere Grundschulen. Außerdem erfolgreiche Firmen, die immer wieder ihre Geschäftskunden nach Wallkingen einluden. Geschäftskunden, die Hotelzimmer buchten, in den Läden einkauften und in den vorhandenen Restaurants speisten.

An Freizeitmöglichkeiten gab es nicht viel. Lediglich ein Freibad und ein paar Turnvereine. Außerdem einen Fußballclub, der in der untersten Regionalliga spielte.

Seit einigen Jahren traten immer wieder Musikgruppen und Sänger in der Stadthalle oder im örtlichen Heimatmuseum auf. Ab und zu gab es auch eine Theateraufführung. So versuchte man, die Einwohner Wallkingens bei Laune zu halten.

Ein Grund, vielleicht nach Wallkingen zu kommen, war der gute Wein, der auf vielen Weinbergen rund um die Stadt angebaut wurde. Da viele der Weinsorten auch über die Stadtgrenzen hinaus bekannt waren, konnte man sie ebenfalls in den Supermärkten der Nachbarorte kaufen.

Ungeahntes Interesse an Wallkingen entstand allerdings, als die Stephanas-Klinik gebaut wurde. Einige der dort praktizierenden Ärzte waren namhafte Hals-Nasen-Ohrenärzte und Kieferchirurgen, die immer wieder fundierte Artikel in Medizinzeitschriften veröffentlichten. Artikel, die in der ganzen Welt gelesen wurden.

Bei der Namensgebung der Klinik orientierte man sich bewusst an einer Stelle aus dem Korintherbrief im Neuen Testament der Bibel. Dort wurde von einem Mann, namens Stephanas, berichtet. Er hatte eine leitende Position inne und diente anderen Menschen, ohne eine Gegenleistung zu erwarten. Er gehörte also nicht zu den Leitern, die der Meinung sind und waren:

„Wenn ich Leiter bin, dann kann ich kommandieren."

Nein, Stephanas war anders. Jesus war sein Vorbild und er wollte nicht hinter ihm, sondern neben ihm stehen. So, wie Paulus es vorgeschlagen hatte.

Stephanas erntete nicht nur Lob von seinen Mitmenschen für das, was er machte. Aber er war jemand, der Gott mit seinem Verhalten Ehre gab. Er war jemand, dem man für sein Verhalten hätte Respekt und Anerkennung zollen müssen.

Sicherlich wurde Stephanas von vielen Menschen geschätzt, aber von manchen auch nicht. Aber das störte ihn nicht, denn er sah sich als Person, die von Jesus in eine leitende Position eingesetzt worden war.

Genau das schätzten die Ärzte, die die Stephanas-Klinik gründeten an Stephanas und deswegen benannten sie ihre Klinik nach ihm.

Vielleicht war das der Grund, warum Wallkingen ab 2003 in „Stephanasville" umbenannt wurde.

## Zwei

Dass Stephanasville seine Tücken und Schwächen hatte, merkte Constanze Monday, als sie 2007 dorthin zog. Sie hatte vorher in einem anderen Landkreis gewohnt, in einer Kleinstadt, in der sie sich wohlfühlte, in der sie willkommen war. Einer Kleinstadt, die alle Leute so nahm, wie sie waren.

Dort hatte sie in einer Maschinenfabrik gearbeitet, in einem Job, den sie liebte. Export und Fremdsprachen – ja, das waren ihre Passionen, und denen konnte sie in diesem Job frönen. Allerdings fehlte zum persönlichen Glück noch ein Mann. Einer, der ihr gefiel, wohnte in Stephanasville. Er hieß Rainer.

Constanze liebte und heiratete ihn. Sie zog zu ihm nach Stephanasville.

Neue Ärzte suchen, sich eingewöhnen, einen neuen Job suchen – das fand Constanze nicht ungewöhnlich – und das würde sie nach ihrem Umzug nach Stephanasville auch meistern. Schwieriger war es jedoch, Freunde zu finden. Stephanasville war eine eingeschworene Gemeinschaft – und „Neubürger" waren bei vielen Menschen nicht willkommen.

Auch bei den beiden großen Kirchen nicht. Vor Jahren war Constanze aus der evangelischen Kirche ausgetreten. Aber nun war sie bereit, wieder dort einzutreten. Wenn sie dort willkommen war.

Um das herauszufinden, suchte sie einen Hauskreis.

Hauskreise – oder auch Hausbibelkreise – sind Gruppen von Menschen, die sich in bestimmten Zeitabständen treffen, um in der Bibel zu lesen, ein Buch der Bibel oder einen Predigttext zu besprechen. Man pflegt dort Gemeinschaft, tauscht sich über geistliche Inhalte aus und lernt sich so besser kennen. Genau solch einen Kreis wollte Constanze mit ihrem Mann in Stephanasville besuchen und sie freute sich darauf.

## Drei

Ratlos stand Constanze an einem Samstagabend im August 2007 vor ihrem Kleiderschrank und begutachtete ihre Garderobe. Was nur sollte sie heute Abend anziehen? Heute wollte sie ihr Mann Rainer mitnehmen in einen Hausbibelkreis in Stephanasville - zum ersten Mal.

"Britta hat diesen Hausbibelkreis in den höchsten Tönen gepriesen. Anscheinend nimmt man dort gerade ein christliches Arbeitsbuch zum Thema ‚Beziehungen' durch", pries Rainer den Hausbibelkreis an, während seine Augen leuchteten wie frisch polierte Aquamarine. "Die Leute dort sind riesig nett, ich kenne einige schon seit mindestens zwanzig Jahren."

Sie glaubte ihm. Denn sie war neu in Stephanasville. Es wurde Zeit, Menschen kennen zu lernen, sich einen Bekanntenkreis aufzubauen. Warum nicht mit einem Hausbibelkreis anfangen? Immerhin war Constanze bereits seit elf Jahren entschiedene Christin, und sie lechzte danach, neben dem sonntäglichen Kirchenbesuch auch mit einigen "Mitstreitern im Glauben" über die Bibel zu diskutieren - vielleicht neue Anstöße mitzunehmen für die kommende Woche.

Sie betrachtete gedankenverloren ihre Fingernägel. Sollte sie diese mit ihrem Weißchromnagellack anstreichen - der neueste Schrei?

Sie verwarf diesen Gedanken. Als Christin sollte man dezent auftreten - das hatte schon Pastor Blaufuss aus der evangelischmethodistischen Kirche in ihrem vorherigen Wohnort gepredigt.

Also: sittsam und gut angezogen sein, aber nicht zu viel Haut zeigen und nicht zu grell schminken! Deshalb ließ sie die Nägel blassrosa, wie sie von Natur aus waren.

Nachdem sie sich für eine dezent blau-verwaschene Jeans und ein saloppes giftgrünes T-Shirt mit der Aufschrift "Wer Jesus nicht kennt, der pennt" entschieden hatte, bürstete sie ihre glatten kastanienbraunen Haare durch und flocht sie zu einem braven Zopf.

So war auch ihre Mutter während ihrer Jugendzeit im Ostsudetenland herumgelaufen, erinnerte sie sich vage.

Rainer hatte sich ebenfalls schon fertig angezogen. Er trug eine Jeanshose, die ganz oben am linken Hosenbein etwas durchgescheuert war und nach einer Reparatur schrie. Jedoch liebte Rainer diese Jeanshose heiß und innig und wollte sie wegen dieses kleinen Schönheitsfehlers nicht in den Altkleidercontainer werfen oder als Missionsspende für bedürftige Christen in Südamerika weggeben. Deshalb ließ er sich auch Zeit mit der Reparatur.

Ihm schwebte ein hübsches Aufbügelmotiv vor, das den Defekt vertuschen konnte. Aber ein solches Aufbügelmotiv konnte man in Stephanasville in keinem Laden kaufen - dazu musste man schon in die nächstgrößere Stadt fahren.

"Okay - ich bin soweit!", lächelte Constanze und strahlte ihren Gatten voller Zärtlichkeit an.

Sein T-Shirt mit den grün-weißen Streifen gefiel ihr nicht. Außerdem hätte man es bügeln sollen. Aber sie wollte ihm seine gute Laune nicht verderben.

Gemeinsam liefen sie zu ihrem Auto - dem 16-Jahre-alten "Opel Ascona" - leider ohne KAT und deswegen mit hohen Steuern behaftet. Aber etwas Besseres konnten sie sich gerade nicht leisten. Zum Glück kostete der Besuch des Hausbibelkreises nichts.

"Es wird dir dort bestimmt gefallen!", betonte Rainer noch einmal und küsste Constanze innig auf den Mund. Er küsste sie gerne, besonders im Gesicht, da ihre Haut dort so weich und rein war und weil er gerne seine Liebe zeigte. Sie glaubte ihm. Aber sie wusste noch nicht, dass dieser Hausbibelkreis keine Seele hatte.

## Vier

Staunend betrat Constanze an diesem Abend das schmucke Einfamilienhaus im Eukalyptusweg in Stephanasville. Rainer folgte ihr.

Schräg gegenüber durch das große Fenster im Wohnzimmer konnte man eindeutig die Umrisse der Friedhofskapelle ausmachen.

Ab und zu war ein vorbeifahrender Zug zu hören - entweder in Richtung der Landeshauptstadt oder aus dieser Stadt kommend. Allerdings konnte man sich schnell an diese Geräuschkulisse gewöhnen - erstaunt bemerkte Constanze, wie schnell sie im Laufe des Abends das Rattern des Zuges nicht mehr als störend empfand.

Dafür gab es andere Geräuschquellen, die sich als störend und lästig herausstellen sollten.

"Setzt euch hierhin!", lächelte die Gastgeberin. Im Laufe des Abends hörte Constanze, dass es sich hier um die „sagenhafte" Senta Funzel handelte. Senta, eine anmutige, aber etwas farblose Erscheinung mit langen Beinen, die sie in blauen Röhrenjeans versteckt hatte. Senta trug grundsätzlich keine Röcke, weil sie diese nicht mochte.

Ihr Oberkörper steckte in einer Karobluse aus den 1990er-Jahren. Sentas kurz geschnittene, schon mit einigen Silbersträhnen durchwebte schwarze Haare saßen im trendigen Bürstenlook auf ihrem Kopf.

Constanze sagte zur Begrüßung nichts außer einem hörbaren "Guten Abend!" Sie war auch bereit, mehr über sich zu erzählen, wenn das gewünscht war. Eine Antwort auf ihren Gruß bekam sie jedoch nicht.

Senta schien sie geflissentlich zu übersehen. Sie war nicht einmal interessiert, den Namen der "Neuen" im heutigen Hausbibelkreis herauszufinden. Wahrscheinlich genügte es, dass sie in Begleitung von Rainer aufgetaucht war. Rainer war in Stephanasville geboren und zur Schule gegangen. Jeder hier kannte ihn.

,Aha, das ist also Rainers Frau', dachte Senta vielleicht und ließ es bei diesem Gedanken bewenden.

Weitere Personen tauchten auf. Eine kühle Blonde, deren Haare eindeutig gefärbt waren. Eine fetzige Brille klebte auf ihrer Stupsnase wie angenagelt.

Ihr folgte eine weitere blonde Dame, allerdings etwas zu kräftig. Jedoch schien sich diese sich nicht um ihr Gewicht zu scheren, sondern lachte lauthals über einen Witz, den ihre Begleiterin zum Besten gab:

„Gröl, grööööl, gacker, gacker!"

Die beiden schienen sich schon seit Jahrzehnten zu kennen und klebten zusammen wie siamesische Zwillinge.

Ansprechend wirkten diese gackernden Hühner, die wie Frauen aussahen, nicht, konstatierte Constanze. Aber nach ihrer Meinung über Anwesende fragte niemand.

Ein Herr erschien. Schwarzes Haar, randlose Brille, er trug ein weißes Hemd, schwarze Hosen und Krawatte.

Er wirkte exotisch in dieser Runde, die vorwiegend aus Frauen bestand.

„Ist das Wolf Funzel?"

„Ja, das ist er!", antwortete Rainer lächelnd, während er sich mit einer der siamesischen Zwillingsfrauen unterhielt. Es ging um gemeinsame Bekannte. Bekannte, die Constanze nicht kannte – aber danach fragte niemand. Sie fühlte sich hier nicht willkommen.

Auf einmal klingelte es wieder an der Haustür. Constanze merkte schon am lauten Gackern, dass es sich hier nur um Frauen handeln konnte.

„Gröl, grööööl, gacker, gacker!"

Als „Gänse" hätte Constanzes Vater diese Frauen bezeichnet. Und Constanze fand, dass er recht hatte.

Drei weitere Damen erschienen - zwei mit braunen Haaren und Brille, eine mit Afrolook und einer Gitarre. Für Constanze waren das alles nur Gesichter. Niemand hielt es angebracht, zu Constanze zu gehen und sie als Neuankömmling zu begrüßen oder sich ihr wenigstens vorzustellen. Nein, sie waren mit sich selbst beschäftigt. Plauderten und lachten.

„Gröl, grööööl, gacker, gacker, gacker!"

Herzlichkeit sah anders aus. Wo war Constanze hier nur gelandet? Und das war wirklich der heißgeliebte Hausbibelkreis, von dem Rainer so schwärmte? Lag hier nicht ein Irrtum vor?

Constanze beobachtete Rainer, der links neben ihr in einem lilafarbenen Liederbuch blätterte und angestrengt nach einem erbaulichen Liedtitel suchte. Ihn schien es nicht zu stören, dass die Teilnehmer des Hausbibelkreises Constanze bisher weitgehend ignorierten.

Alle hatten sich um einen runden Tisch platziert. Verschlüsse von Mineralwasserflaschen zischten laut, als sie geöffnet wurden. Prickelndes Mineralwasser floss in einige Gläser und wurde von den Teilnehmern mit fruchtigem Orangensaft oder Apfelsaft verfeinert oder auch nicht.

"Wer hat einen Liedwunsch?" Senta lächelte und entblößte dabei ihre etwas gelblichen Zähne.

"Nummer 3.878!", meldete sich Rainer.

"In welchem Liederbuch steht das?", fragte irritiert die afrolockige Dame, die hektisch ihre Gitarre stimmte und ihr ein paar schräge Töne entlockte. Sie klangen, als ob eine Katze ihren Schwanz eingeklemmt hatte.

"Das Lied heißt: 'Jesus, du bist das Ölfeld in meinem geistigen Leben' und steht im lilafarbenen Liederbuch!", antwortete Rainer gehorsam. "Wenn du es nicht spielen kannst, suche ich gerne ein anderes Lied aus, Thusnelda! Das ist kein Problem!"

Aha, Thusnelda hieß also die afro-lockige Dame, bemerkte Constanze erleichtert. Immerhin eine Information mehr!

"Ich kann dieses Lied spielen!", meinte Thusnelda und bemühte sich, ihre Gitarre mit ohrenbetäubendem Klimpern in die richtige Tonlage zu bringen. "Gut - probieren wir, dieses Lied zu singen!"

Fast alle stimmten in das Lied ein. Alle – außer Constanze. Sie war erleichtert. Sie musste nicht mitsingen und tat es auch nicht. Erstens kannte sie das Lied nicht zweitens wusste sie deswegen nicht, wie man es sang. Aber war Gott es nicht egal, ob man falsch oder richtig sang? – Hauptsache, aus vollem Herzen.

Endlich herrschte Ruhe in dem geschmackvoll mit Antiquitäten eingerichtete Wohnzimmer, als der letzte Ton des Liedes verhallt war. Hektisch blätterten alle in einem von drei Liederbüchern, die "Jesus zur Ehre", Band 4, Band 5 und Band 6, hießen.

Diese Liederbücher lagen in mehrfacher Ausfertigung auf dem Tisch.

Constanze wusste nicht, ob sie sich bemerkbar machen und in dieser bisher so kühlen Runde einen Liedwunsch äußern sollte.

"Nummer 8.973 aus dem grünen Liederbuch!", meldete sich eine der bebrillten blonden Damen und nahm Constanze somit die Entscheidung ab.

Bevor Thusnelda wieder fragte, ob sie dieses Lied spielen konnte oder nicht, schaute sie lieber selbst nach. Beim zu hektischen Blättern fiel ihr allerdings das grüne Liederbuch auf den Boden. Mit knallrotem Kopf fischte sie es unter den etwas dicken Beinen der anderen bebrillten Blonden hervor, fiel dabei fast vom Stuhl und suchte dann nach Nummer 8.973 - einem Lied mit dem Titel "Du hast mich aus der Regentonne meiner Eintönigkeit gerissen, oh Herr!"

Auch hier sang Constanze nicht mit, denn sie kannte dieses Lied nicht.

"Entschuldigung, aber ich kenne dieses Lied nicht!", protestierte Thusnelda. "Außerdem ist es gespickt mit zu vielen 'DIS' und 'FIS' - diese Töne sind sehr schwer zu spielen!"

"Aber ich kenne das Lied!", widersprach eine der blonden siamesischen Zwillinge und fing an zu lachen.

„Gröl, gröööl, gacker, gacker!"

Dann sagte sie:

"Das Lied ist sooo toll! Ich habe es auf der Brasilien-Freizeit vor sechsdreiviertel Jahren gesungen! Warum wollt ihr dieses Lied nicht lernen?"

"Ja, kannst du das Lied auch auf der Gitarre begleiten, Klothilde?", fragte Thusnelda und riss ihre großen blauen Augen erstaunt auf.

Aha – Klothilde hieß die eine Hälfte der "siamesischen Zwillinge"! Und - anscheinend nahm sie gerne an christlichen Freizeiten im Ausland teil.

Immerhin war das jetzt die zweite Information über diesen Hausbibelkreis für Constanze nach einer halben Stunde! Warum sickerten alle Informationen so spärlich durch? Warum benahm man sich gegenüber neuen Teilnehmern so unhöflich und nicht herzlich und christlich? Warum gab es keine Begrüßung und keine Vorstellungsrunde, in der man wie selbstverständlich Grundinformationen über sich selbst preisgab?

Zeichnete nicht das einen guten Hausbibelkreis aus und bot eine Grundlage zu einer guten Beziehung untereinander und gelungenem geistlichen Wachstum?

Aber Constanze wusste nicht genau, was einen guten Hausbibelkreis auszeichnete. Diese Gruppe bei Familie Funzel schien kein guter Hausbibelkreis zu sein, denn Constanze fühlte sich immer schlechter, je länger sie hier war.

Constanze schimpfte mit sich selbst. Man sollte nicht voreilig mit Kanonen auf Spatzen schießen. Das steht zwar so nicht in der Bibel, aber Jesus hatte sicher etwas Ähnliches gesagt, auch wenn Constanze sich an eine solche Bibelstelle auf Anhieb gar nicht erinnerte. Immerhin wurde sie als Jugendliche konfirmiert – und einige Glaubensgrundlagen kannte sie schon noch.

‚Sicherlich wird dieser Hausbibelkreis beim nächsten Mal vor Warmherzigkeit erblühen und alle meine Erwartungen erfüllen!', dachte Constanze fast schon spöttisch. Hatte nicht Rainer gesagt, dass alle Leute in dieser Runde entschiedene Christen seien? Constanze bezweifelte jedoch immer mehr, dass sie lange diese Treffen besuchen würde.

Während Constanzes tiefgreifender Gedankengänge über den Sinn einer Vorstellungsrunde und eines herzlichen Willkommens neuer Besucher eines Hausbibelkreises hatte Thusnelda ihre Gitarre aus brasilianischem Buchenholz vorsichtig Klothilde umgehängt. Beherzt klimperte diese drauflos und versuchte, mit ihrer chorerprobten Sopranstimme die Gesangsrunde durch das Lied zu leiten. Dank der vielen "DIS" und "FIS" jedoch klang der Gesang eher wie Katzenjammer nach einer lange durchgezechten Nacht, und Constanze begann zu verstehen, warum Thusnelda es abgelehnt hatte, dieses Lied zu begleiten.

Man sang noch weitere Titel, zum Beispiel "Jesus, mein Fels in der Brandung" oder "Jesus, nur mit dir will ich meine Sandburg bauen".

Endlich - nach fast einer Stunde Gesang - kramten alle Teilnehmer ihre Bibeln und ein Heft für Bibelkreise hervor, mit dessen Hilfe eine zentrale christliche Frage, nämlich "Beziehungen - sind wir eine Gemeinschaft oder sind wir eher gemein?", geklärt werden sollte. Dieses Heft hatte Klothilde für alle in der hiesigen Buchhandlung bestellt und zum günstigen Preis von 5,99 Euro an alle Teilnehmer weiterverkauft.

An alle Teilnehmer? Ja, denn Constanze und Rainer teilten sich ein Heft.

Das erste Kapitel dieses Arbeitsheftes "Beziehungen - sind wir eine Gemeinschaft oder sind wir eher gemein?" befasste sich mit dem Beginn menschlichen Lebens auf dem Planeten Erde. Dem Beginn des menschlichen Lebens, wie ihn Gott, der Herr, geplant und durchgeführt hat, und nicht so, wie ihn die Darwinisten mit ihrer Evolutionslehre angeblich bewiesen haben.

"Schlagen wir einfach das erste Kapitel auf!", schlug Senta vor, und ihr Mundgeruch waberte zu Constanze herüber. Warum merkte Senta das nicht und warum unternahm sie nichts dagegen?

Als Mit-Inhaberin dieser schmucken Eigentumswohnung in Bahnhofsnähe und als Gastgeberin war es für Senta selbstverständlich, Wortführerin zu sein.

"Wie ihr seht, fangen wir heute mit einem neuen Heft an. Einem Heft über Beziehungen. Ich hoffe doch, dass ihr alle nach dem Durcharbeiten der sieben Lektionen gestärkt und neu ermutigt alle Prüfungen im Leben bestehen könnt!"

Einige der Anwesenden kicherten.

„Gröl, grööööl, gacker, gacker!"

Constanze fand, dass in diesem Hausbibelkreis zu viel gelacht, gegrölt und gegackert wurde. Was waren das nur für merkwürdige Leute? Es machte ihnen Spaß, Theater zu spielen, um arglose Leute „auf den Arm zu nehmen".

Nach dem Durcharbeiten des ersten Kapitels dieses Heftes über Beziehungen würde man sich dem „eigentlichen Zweck" dieses Abends widmen! Tratschen und klatschen – und über andere Leute, die nicht da waren, herziehen! Das hatte man sich schon vorgenommen, das war eine klare Sache!

Aber jetzt blickte Wolf die Kichernden strafend an. Man wollte die Rolle des „Hausbibelkreises" doch anständig spielen – oder? Stille senkte sich wieder über die antiken Möbel, über die betretenen Gesichter der Anwesenden. Niemand getraute sich, etwas zu sagen. Oder niemand wollte etwas sagen.

Senta räusperte sich, denn nun hatte sie den Faden verloren. Aber wozu gab es denn clevere Arbeitshefte für Hausbibelkreise?

"Wenn ihr die Seite sechs aufschlagt, wird als Bibeltext erster Mose zwei, die Verse 18 bis 25, vorgeschlagen. Vielleicht solltet ihr diesen Text einfach lesen. Danach fahren wir fort, wie es in dem Arbeitsheft beschrieben ist!"

Erleichtert fuhr sich Senta durch ihre kurzen Haare, ließ wieder etwas Jauchengrubenmundgeruch in den Raum fahren, klimperte mit ihren 28 Armreifen in verschiedenen Gold- und Silbertönen und nippte geräuschlos an ihrem Glas "Autobahn-

Quelle, das Mineralwasser mit dem leichten Geruch nach Motoröl".

Constanze und Rainer beugten sich interessiert über das Arbeitsheft "Beziehungen - sind wir eine Gemeinschaft oder sind wir eher gemein?" Dabei fiel Constanze auf, dass Senta und Wolf das im Heft vorgeschlagene Anfangsritual geflissentlich übersprungen hatten.

Dort stand: "Erzählen Sie zur Einstimmung auf diese Lektion, was Sie heute erlebt haben!"

Constanze hätte einiges zu sagen gehabt - ihr Vater litt gerade an Gürtelrose, und sie hatte heute schon mit ihm telefoniert. Auch während des Einkaufens in Stephanasville hatte sie viel erlebt - ebenso später während des Spaziergangs in der Angebersiedlung, einem Stadtteil von Stephanasville.

Warum erzählte niemand aus der Runde seinen persönlichen Samstag?

Aber die anderen wollten nichts berichten. Lieber gackerten, grölten und kicherten sie.

„Gröl, gröööl, gacker, gacker!"

Constanze konnte dieses blöde Gelächter und Gegacker schon nicht mehr hören.

"Hat jemand eine Bemerkung zu den soeben verinnerlichten Bibelversen zu machen?", schaltete sich Wolf mit seiner wohlklingenden Stimme in die Stille ein.

"Es geht um die Erschaffung von Mann und Frau - durch Gott!", bemerkte Thusnelda geistesgegenwärtig und strich sich durch ihre Haare.

"Ja, genau!" Wolf lächelte entwaffnend. "Und diese Geschichte ist uns hinreichend bekannt. In unserer Lektion jedoch geht es um Beziehungen! Hier handelt es sich um eine der ersten Beziehungen bei Menschen - die zwischen Mann und Frau!"

'Dämliches Geschwätz!', schoss es Constanze durch ihre Gedanken. ‚Das merkt doch ein Kleinkind, dass es hier um Mann und Frau geht!'

Britta, die sich Constanze ebenfalls nicht vorgestellt hatte, kicherte jetzt. Sie hatte die Gabe, gut zuzuhören und immer an der richtigen Stelle zu kichern. Ihr Lachen war nicht nur schrecklich, sondern furchtbar. So, als ob sie geistig hohl wäre. Constanze bezeichnete es als „Müllgrölen".

Diesmal kicherte Britta über die Beziehungen zwischen Mann und Frau.

Constanze fand Britta rein optisch hübsch – aber mit ihrem Lachen konnte sie jeden Mann vergraulen! Vielleicht war sie deswegen Single.

"Ich schlage vor, ihr kümmert euch jetzt um die Fragen eins bis sieben auf Seite acht. Danach gehen wir zur Gruppenarbeit über!" Senta Funzel beugte sich ernst über ihr Heft, einige andere folgten ihrem Beispiel, wieder andere lachten und kicherten:

„Gröl, gröööööl, gacker, gacker!"

Sie hatten gerade über ihre Nachbarn und den Schornsteinfeger gelästert.

Dieser Hausbibelkreis schien nur aus Gelächter, Ignoranz, Unhöflichkeit, flachen Bemerkungen und tiefem Schweigen zu bestehen, stellte Constanze fest. Wenn diese Leute tatsächlich Mitglieder der evangelischen Kirche waren, dann wollte sie – Constanze – nie mehr ein Mitglied der evangelischen Kirche werden!

Sie versuchte, sich auf die gestellten Fragen eins bis sieben zu konzentrieren.

"Stellen Sie sich vor, Sie müssten die Erschaffung Adams und Evas in einem Kinofilm festhalten. Welche der folgenden bekannten Schauspieler würden Sie für die Hauptrollen vorschlagen?", las sie die Frage Nummer eins. Interessanterweise waren gleich einige Beispiele bekannter Namen angegeben, die man ankreuzen konnte.

Constanze beschäftigte sich mit der Männerliste. Ingolf Drückt? Nein, er erschien ihr als Adam zu aufgedreht!

Auch Arnold Schwarzwurzel schien nicht geeignet, den Adam zu spielen, obwohl er tolle Muskeln hatte.

Wie war es mit Jürgen neben der Schrippe, Ben Freilauf, Kevin Most oder Herwart Garfunkel? Der letztere war eindeutig zu alt für die Rolle - er könnte eher Abraham spielen. Ben Freilauf von einer Nachrichtensendung aus den öffentlich-rechtlichen Kanälen kannte Constanze zu wenig. Auch Kevin Rost war schon zu alt.

Schließlich entschied sich Constanze für Victor Prof und setzte in das Kästchen rechts neben seinem Namen ein Kreuz. Richard Teer war auch eine gute Wahl, aber auch er war schon zu alt. Welche der angegebenen Damen war für die Rolle der Eva geeignet? Romy Streifer und Ruth Versteck schieden aus - sie würden höchstens in die Rolle von Evas Mutter passen. Auch Nastassja Schuhbindski, Meryl Sprüh und Inge Barbieritski gefielen Constanze als Eva-Darstellerinnen nicht.

Schließlich entschied sie sich für Keira Broadski, den Superstar aus den Vereinigten Staaten, die bereits schon in "Schwarzer Geier" und "Alles, was wir naschen mussten" gute Hauptrollen gespielt hatte.

"Lasst uns unsere Ergebnisse vergleichen!", unterbrach Senta mit ihrer sanften Radiostimme jegliche konstruktiven Gedanken. Ihr Mundgeruch war stärker geworden und roch fürchterlich. Sie sollte sich wirklich die Zähne putzen!

Constanze schüttelte sich. Aber das merkte niemand.

"Ich bin aber gerade erst bei Frage zwei!", protestierte Klothilde und blickte entsetzt zu ihrer "Busenfreundin", dem bisher für Constanze namenlosen siamesischen Zwilling.

Wie auf Kommando echote der "Zwilling":

"Ja, ich bin auch noch nicht fertig!" Fast schon liebevoll drückte sie die Hand von Klothilde.

"Ich bin auch erst bei Frage drei!", meinte Thusnelda beleidigt und fuhr sich in einer hektischen Handbewegung durch ihren Afro-Look.

Würde es die Sendung "Was bin ich?" – das heitere Berufe-Raten - noch geben, wäre diese Handbewegung gut genug, um den Beruf einer Friseuse zu versinnbildlichen. Ja, Thusnelda könnte Friseuse sein, schoss es Constanze durch den Kopf. Gepflegt genug sah sie aus.

"Ich habe noch eine Pizza im Ofen stehen!", verriet Senta. "Wenn wir so lange zur Beantwortung von ein paar läppischen Fragen brauchen, trocknet die Pizza aus und wird ungenießbar! Also - gehen wir die Fragen miteinander rasch durch!"

Die anderen ließen sich überzeugen. Die Aussicht auf leckere Pizza mit oder ohne Salami, mit oder ohne vier verschiedene Käsesorten, mit oder ohne Artischocken, mit oder ohne Thunfisch ließ jegliche Einwände verstummen.

Beherzt glitten alle Teilnehmer des heutigen Treffens aus ihrer gemütlichen Erholungshaltung und setzten sich aufrecht auf ihre Plätze. Wieder zischten Sprudelverschlüsse, und Mineralwasser gluckerte in Gläser.

Britta schaffte es sogar, voller Enthusiasmus den halben Tisch unter Wasser zu setzen, als sie, nachdem sie den Apfelsaft eingegossen hatte, zu viel und zu schnell Mineralwasser hinterher goss. Entschuldigend blickte sie in die Runde aller seelenlosen Gesichter und sprang anschließend auf, um in Sentas hochmoderner Küche nach einem Wischlappen zu suchen.

Als Adam-Darsteller in Frage eins hatten sich fast alle für Arnold Schwarzwurzel entschieden, weil sie dessen muskulösen Körperbau so erotisch fanden.

Als Eva-Darstellerin hatten sich beinahe alle Damen in der Runde für Julia Toaster entschieden, weil diese Schauspielerin jung und hübsch war und den Frauentyp verkörperte, der im Moment gerade angesagt war.

Britta, die sich Constanze nicht vorgestellt hatte, kicherte. Sie hatte die Gabe, gut zuzuhören und immer an der richtigen Stelle zu kichern. Constanze mochte Brittas Lachen nicht. Diesmal kicherte Britta über Arnold Schwarzwurzel und seinen tollen Körperbau.

„Gröl, grööööl, gacker, gacker!"

Constanze ging dieses Kichern auf die Nerven, aber sie sagte es nicht.

Die Besprechung der dritten Frage war ebenfalls in weniger als einer Minute erledigt. "Wo fanden Sie während Ihrer Schulzeit Ihr persönliches Paradies? - Im Klassenzimmer, vor dem Kühlschrank in der elterlichen Küche, während des Religionsunterrichtes, in der evangelischen Kirche, im Chemiesaal, im elterlichen Auto?"

Komischerweise hatten sich die meisten für das elterliche Auto entschieden (wo man die erste Liebe gevögelt hatte oder sich vögeln ließ) oder die Nähe des Kühlschrankes – erstaunlicherweise hatte niemand die evangelische Kirche oder den Religionsunterricht angegeben!

Nur Constanze machte eine Ausnahme – sie hatte eine andere Lösung gewählt, nämlich den Lateinunterricht. Schon als Kind und Jugendliche deklinierte sie gerne deutsche Nomen und konjugierte deutsche Verben. Ab Klasse 5 machte sie das auch mit lateinischen Substantiven und lateinischen Verben. Aber das konnte sie hier in diesem Hausbibelkreis nicht sagen, da sie immer noch von allen – außer Rainer - ignoriert wurde.

Britta kicherte erneut. Diesmal kicherte sie über das elterliche Auto als Schauplatz für ein Paradies.

Die nächste Frage lautete: "Warum konnte sich Adam, Ihrer Meinung nach, nicht näher mit der Schlange anfreunden, sondern wählte Eva?"

,Eine komische Frage', dachte Constanze. Aber sie sagte es nicht.

Britta kicherte erneut. Diesmal kicherte sie über Adam und die Schlange.

"Weil er mit der Schlange nicht kuscheln konnte, sondern mit Eva!", meldete sich Thusnelda forsch nach allen Regeln der Gesprächstechnik.

Britta kicherte erneut:

„Gröl, gröööl, gacker, gacker!"

Diesmal kicherte sie, weil sie sich versuchte vorzustellen, wie Adam mit einer Schlange kuscheln konnte.

"Was meinst du zu dieser Frage, Britta?", wandte sich Senta an Britta. Diese hörte endlich auf zu kichern, wurde rot bis zu den Ohrläppchen und stotterte:
"Ääääh - Adam wählte Eva, weil er sich mit der Schlange nicht unterhalten konnte!"
"Was für eine clevere Antwort!" Senta wandte sich bewundernd an Britta wie eine Lehrerin, die eine Erstklässlerin lobt. "Gehen wir über zu Frage 5. Warum ist Eva aus der Rippe Adams entstanden und nicht umgekehrt?"
Tiefes Schweigen lastete erneut wie Blei über der Gruppe. Schließlich meinte Wolf mit erstaunlicher Leichtigkeit:
"Frauen und Männer sind Teil der gleichen Einheit - sie brauchen einander, um vollständig zu sein!" Dabei warf er einen zärtlichen Blick auf seine Gattin, die bis an die Haarwurzel errötete.
"Das mag vielleicht auf dich zutreffen!", schaltete sich Klothilde forsch ein und versuchte, Wolf nach allen Regeln einer selbstbewussten Emanze abzufertigen. "Es ist ja nicht so, dass die Frauen ihre Existenz den Männern verdanken - und so klingt es eigentlich!"
"Nein - ich würde es eher so formulieren", schaltete sich Senta ein. "Ich habe vor siebendreiachtel Jahren einen wunderschönen Spruch gehört: die Frau wurde nicht aus dem Kopf des Mannes gemacht, damit sie nicht über ihn herrscht, auch nicht aus seinem Fuß, damit er nicht auf ihr herumtrampelt, sondern aus seiner Seite, damit sie seinem Herzen nahe sei!"
"Warum gibt es dann so viele ledige Frauen?", fragte Thusnelda unwirsch.
Britta kicherte erneut. Klothilde stimmte in das Kichern und Gackern ein. Sie gackerten über Thusnelda und ihre Frage, die niemand beantworten wollte oder konnte. Ja - warum gab es in christlichen Kreisen so viele ledige Frauen?
Senta erlöste alle Teilnehmer aus ihrer misslichen Lage, indem sie die Frage fünf als "unentschieden" deklarierte, da man keine zufriedenstellende Lösung darauf finden konnte. Aus der Runde gab es keine Widersprüche - und so schritt man zur

Beantwortung der Frage 6 "Beschreiben Sie in einem Satz, wie Sie sich fühlen, wenn Sie an Ihre Beziehungen zu anderen Menschen denken".

Thusnelda erklärte freimütig, sie liebe jeden Menschen, dem sie begegne. Denn sie handle nach Christus' Vorbild - und Christus hatte auch alle Menschen geliebt.

Senta schloss sich Thusneldas Meinung an.

Britta kicherte wieder, weil sie keine konkrete Antwort wusste. Klothilde gab zu, manchmal menschliche Züge in ihrer Menschenliebe zu zeigen und nicht alle Menschen uneingeschränkt lieben zu können, wie Jesus es tat.

Senta gab ehrlich zu, so ginge es auch ihr. Am besten sei es, andere Menschen, die Ärger bereiten, zu segnen. Jesus habe uns die Macht gegeben, andere Menschen zu segnen.

Constanze und Rainer kamen gar nicht mehr dazu, etwas zu sagen. Denn plötzlich sprang Senta auf und schrie: "Fast hätte ich meine Pizza vergessen!"

Sie rannte in die Küche. Gespannt hörten die anderen von dort ein heftiges Kratzen, ein Schaben, ein Knallen.

Nach drei Minuten kehrte eine glücklich aussehende Senta mit zwei Tellern, auf denen jeweils ein Riesenstapel voller Pizzastücke thronte, ins Wohnzimmer zurück.

"Ich glaube, diese Pizza kann man essen!", jubelte sie schon fast und stellte einige Teller auf den Wohnzimmertisch aus hellem Eichenholz. Leere Teller wurden herumgereicht, und jeder machte sich über die Pizza her. Nach einer Stunde Singen und einer Stunde Bibelarbeit hatte die antike Standuhr in der Wohnung der Funzels 22 Uhr geschlagen und man ergötzte sich an der leckeren Pizza.

Eine Gebetsgemeinschaft, wie im Arbeitsheft vorgeschlagen, fehlte leider.

Bei einer Gebetsgemeinschaft beten die Teilnehmer reihum. Wahrscheinlich wäre heute Abend sowieso jeder schweigend dagesessen und hätte kein Gebet gesprochen. In einem Kreis, in dem gegrölt und gegackert wird, gab und gibt es keine Ideen, wofür man beten könnte.

Constanze nahm sich ein Stück Pizza auf einen Teller und kaute sie. Sie schmeckte gut. Dennoch fühlte sie sich nicht gut – denn sie wurde auch weiterhin in dieser Gesprächsrunde ignoriert, sie fühlte sich hier nicht akzeptiert und nicht willkommen. Das war und ist ein blödes Gefühl.

Rainer tippte ihr begeistert auf die Schultern und flüsterte: „War das heute nicht wieder ein grandioser Hausbibelkreis? Senta und Wolf haben sich wieder selbst übertroffen! Eine Veranstaltung mit so viel geistlichem Tiefgang und hohem Niveau! Und was ich wieder für meinen Alltag durch diesen Abend mitgenommen habe, ist unermesslich. Unermesslicher geistlicher Reichtum!"

Er wartete ihre Meinung, gar nicht ab – denn bald war er in ein angeregtes Gespräch mit Thusnelda versunken und hatte seine Frau vergessen.

Geistlicher Tiefgang durch das Beantworten einiger Fragen aus einem Heft? Ein hohes Niveau durch Gegröle und Gegacker? Solch eine minderwertige Veranstaltung wie beim Ehepaar Funzel hätte auch Constanze als Nicht-Hauskreisleiterin auf die Beine stellen können – das war wirklich keine Kunst.

Für Constanze war das eine absolut misslungene Veranstaltung, die ihr nichts zu den Themen „Glaube – Kirche – Religion" vermitteln konnte. Geistlicher Müll sozusagen. Sie fühlte sich hier fehl am Platze. Und dafür wollte sie wieder in die evangelische Kirche eintreten? Nein, für solche ignoranten Veranstaltungen wollte sie keine Kirchensteuer mehr bezahlen!

Dafür war die Klatsch- und Tratschrunde des Hausbibelkreises nun im vollen Gange. Der Abend drehte sich um köstliche Pizzas mit und ohne Thunfisch, mit und ohne vier Käsesorten, mit und ohne Auberginen und andere leckere Zutaten. Bei anbrechender Dunkelheit redeten viele über Themen, die in einer niveaulosen Talkshow vorkommen konnten. Es fehlte eigentlich nur noch eine Talkshow-Leiterin.

Klothilde schien offensichtlich in der "Weinberg-Genossenschaftlichen Bank eG" zu arbeiten und trat Informationen über den EURO, die sowieso schon jeder aus den Nachrichten kannte, weit aus.

Constanze unterdrückte mehrere Gähnanfälle und linste ab und an zu ihrem Ehemann, der angeregt zuhörte. Britta kicherte immer, wenn Klothilde drei Sätze vollendet hatte. Sie hatte die Gabe, gut zuzuhören und immer an der richtigen Stelle zu kichern. Diesmal kicherte sie über Klothilde und deren Ausführungen über den EURO.

Einige Bibelkreisteilnehmer würden diese Informationen am Montag wie Brieftauben zu ihren Kollegen und Freunden tragen und dafür einige gelangweilte Blicke ernten.

"Als der EURO eingeführt wurde, wurden alle Transportfahrzeuge mit den neuen Scheinen und Münzen unter strengster Bewachung in die Banken gefahren!", erklärte Klothilde angeberisch eine Information, die schon vor Jahren bundesweit in den Tagesthemen behandelt worden war.

Nach einer Stunde ausführlichster Abhandlungen über den EURO wähnte sich Constanze schon fast im Bett und starrte ihren Gatten erwartungsvoll an.

Wann endlich würde Rainer "Tschüss" sagen und sie zu ihrem alten Opel Ascona begleiten?

Doch Rainer hing wie hypnotisiert an Klothildes Lippen und an den Lippen jeder Teilnehmerin, die eine kurze Bemerkung dazu wusste. Nur Britta sagte nichts. Sie kicherte, wie immer an der richtigen Stelle.

Constanze sagte auch nichts, weil sie das Thema stinklangweilig fand. Zum nächsten Hauskreisabend sollte sie wohl vorsorglich ein Buch mitnehmen. Das war sicher sinnvoller, als diesem langweiligen Geschwätz zu lauschen und damit die Zeit totzuschlagen.

"Ach, habt Ihr schon das neue Optiker-Geschäft in der Mauerblümchenallee 45,7 bestaunt?", begann Senta ein neues Thema.

"Nein, meine Brille habe ich erst kürzlich beim Augenarzt kontrollieren lassen!" Rainer strich sich über seine Stoppelmähne, deren Stoppel die Länge von abgebrannten Streichhölzern hatten. "Ich las von dem neuen Optikergeschäft in der hiesigen

Wochenzeitung, aber da mein Zug in den letzten Tagen ständig Verspätung hatte, bin ich nicht mehr dazugekommen, das neue Optikergeschäft anzuschauen!"

"Meine Brille habe ich kürzlich im Büro liegen lassen," warf der blonde siamesische Zwilling ein und schien aus dem Winterschlaf gerissen. Nur selten meldete sich dieser "siamesische Zwilling" zu Wort, dessen Namen Constanze immer noch unbekannt war. Und so lauschten auch heute alle wieder, wenn diese Dame eine Wortmeldung brachte. Nur brachte sie nie eine Wortmeldung zu den biblischen Themen, die behandelt wurden.

Aber nun erzählte sie in knappen drei Sätzen, wie sie die Brille vergessen hatte und dann verzweifelt suchte, nachdem sie drei Minuten in der Damentoilette des Büros, in dem sie zu arbeiten schien, verbracht hatte. Die Brille hatte sich schließlich auf dem Kopiergerät des Großraumbüros wiedergefunden.

Alle - außer Constanze - fanden diese Story äußerst interessant und erzählten nun ihrerseits, wann und bei welchen Gelegenheiten sie ihre Brillen vergessen hatten. Klothilde hatte ihre Brille im Sommer 2004 während der Freizeit in Honolulu aus Versehen im Strandkorb vergessen und nach vierzehn Stunden Suche und einer durchwachten Nacht das teure Stück endlich von einem Einheimischen überreicht bekommen, dem sie 37,87 US-Dollar Finderlohn und 15 Prozent Mehrwertsteuer gab.

Senta hatte ihre Brille sogar drei Male vergessen, nämlich im Juli 1988 in der Schule unter der Bank nach der Chemiestunde, im September 1997 in der S-Bahn, als sie ihren Vater im Krankenhaus in Stuttgart besuchte und im Januar 2000 auf dem Herrenklo am Frankfurter Hauptbahnhof. Sie hatte vor lauter Harndrang aus Versehen die Türen der Toiletten verwechselt, als sie auf ihren Anschlusszug nach Stuttgart wartete.

Und Senta gab zu: "Es war Gottes reiche Gnade, dass ich alle drei Male meine Brille unversehrt wiederbekam!"

Rainer hatte seine Brille aus Versehen während der Lehre zum Elektroniker in einen Schaltregler eingebaut. Als er es merkte, musste er den ganzen Schaltregler wieder in alle Einzelteile zerlegen, was ihm sehr viel Zeit kostete. Aber dafür erhielt er seine Brille unversehrt wieder.

Thusnelda hatte ihre Brille noch nie verloren. Nur einmal war sie ihr aus Unachtsamkeit in den Erbseneintopf gefallen. Aber dank ihrer schnellen Reaktionsfähigkeit, die ihr auch immer beim Gitarrenspielen zugutekam, hatte sie die Brille schnell aus ihrer misslichen Lage befreien können.

Shakira, eine der braunhaarigen Damen, berichtete in einer knappen halben Stunde, wie sie ihre Brille im letzten Frühjahr, also 2006, neben einem Weinberg verloren hatte. Das gute Stück war ihr beim Spaziergang aus der Tasche geplumpst und unbemerkt neben der Rebe Nummer 347 des Weingärtners Paul Brunse liegen geblieben. Erst zu Hause bemerkte Shakira den Verlust. Aber sie konnte die Brille nicht mehr finden. Schließlich aber meldete sie sich beim Fundbüro, wo Paul Brunse die Brille abgegeben hatte.

Britta konnte sich nicht erinnern, ob sie überhaupt schon einmal ihre Brille verloren hatte.

Dafür kicherte sie erneut. Sie hatte die Gabe, gut zuzuhören und immer an der richtigen Stelle zu kichern. Diesmal kicherte sie über alle gehörten "Lost-And-Found"-Brillengeschichten.

„Gröl, gröhöhöööl, gacker, gacker!"

Nur Constanze konnte zu diesem Thema "Wann und wo habe ich meine Brille verloren?" nichts beitragen - sie trug nämlich keine Brille, da ihre Augen immer noch einwandfrei waren. Aber ihr hätte sowieso niemand zugehört. Sie war für diesen Hauskreis unsichtbar.

Die Uhr schlug Mitternacht. Endlich! Gähnend erhoben sich alle Teilnehmer und verabschiedeten sich fast alle von Senta.

Da Constanze immer noch übersehen worden war, wollte sie sich auch nicht bedanken. Wofür denn? Sie verabschiedete sich auch nicht.

Überschwänglich bedankten sich die restlichen Teilnehmer für die leckere Pizza. Dann stoben alle in die finstere Nacht hinaus, die nur notdürftig von einem blassen Halbmond und einigen spärlichen Straßenlampen erhellt wurde.

Erleichtert folgte Constanze ihrem Ehemann zu ihrem gemeinsamen Auto.

## Fünf

Constanze schlürfte unzufrieden ihren Joghurt mit frischen Waldbeeren aus dem Supermarkt für 0,49 Euro, Verfallsdatum: gestern, sechzehn Uhr. Inzwischen war es frühester Sonntagmorgen, 0.30 Uhr. Sie gähnte. Was hatte sie an diesem Hauskreisabend gelernt? Dass es zwei Damen gab, deren Namen sie nicht wusste, dass Adam mit einer Schlange nicht kuscheln konnte, dass Richard Teer und Julia Toaster in einem Hollywood-Streifen heutzutage am publikumswirksamsten Adam und Eva verkörpern konnten, dass Senta wunderbare Pizza zaubern konnte, aber lästigen Mundgeruch überall dort, wo sie war, verbreiten konnte. Dass fast jeder aus dem Kreis bereits seine Brille verlegt oder verloren hatte. Außer sie, Constanze, und vielleicht auch die oft lachende Britta. Britta, deren Namen sie noch nicht kannte.

Schöne Aussichten. Und das sollte ein Hausbibelkreis sein?

"Sag' mal, wie heißt denn die braunhaarige Frau, die zwischen Thusnelda und Klothilde saß?", wandte Constanze sich an ihren ebenfalls joghurtschlürfenden Ehemann.

Dieser schrak sichtlich zusammen und stellte seinen Joghurtbecher aus dem Supermarkt mit Pfirsich-Maracuja-Geschmack, Preis: 0,49 Euro, Verfallsdatum: heute – 15 Uhr, auf seinen mit Micky-Maus-Heften übersäten Nachttisch aus brasilianischer Eiche.

"Wen meinst du? Britta?"

„Wer ist Britta?"

Rainer zuckte ungeduldig die Schultern.

„Na, die Braunhaarige mit Brille. Die, die sehr oft lachte!"

„Ach, die mit dem blöden Lachen!" Constanze schüttelte sich. „Das fiel mir gewaltig auf die Nerven!"

„Du bist schon manchmal komisch", kommentierte ihr Ehemann. „Britta lacht nicht blöd. Sie lacht schön!"

"Warum bin ich komisch, wenn mir etwas nicht gefällt? Wenn ich zu etwas meine Meinung äußere?", reagierte Constanze ungehalten. „Mir gefällt Brittas blödes Gegacker einfach nicht!"

Schweigen breitete sich erst mal zwischen den beiden Eheleuten aus, bis Constanze das Schweigen unterbrach:

„Was ich wissen wollte, ist, wie die Dame heißt, die ihre Brille neben dem Weinberg verloren hatte!"

Sie strich sich eine freche Ponysträhne aus ihrer bereits übermüdeten Stirne und wartete auf eine Antwort.

Rainer dachte angestrengt nach und zog seine Stirne in Falten. "Ach – du meinst Brunhilde Fritz!"

"Ich finde es blöde, dass sich die Leute mir nicht vorgestellt haben! Dort, wo ich herkomme, macht man immerhin eine Vorstellungsrunde!"

"Ach, Constanze, du bist hier in Stephanasville! Hier gibt es keine Vorstellungsrunden! Wenn du etwas wissen willst, musst du fragen!" Rainer nahm lächelnd seinen vernachlässigten Joghurtbecher und verzehrte den Inhalt genüsslich weiter.

"Dann sind die Leute hier reichlich unhöflich!" Constanze fuhr mit ihrem Zeigefinger in ihren Joghurtbecher und putzte ihn blank. "Also frage ich dich: was macht Brunhilde Fritz beruflich?"

"Oh, da darfst du mich nicht fragen! Ich weiß es nicht. Sie arbeitet in der Diakonie oder so." Rainer ließ sich nicht von seinem köstlichen Joghurt ablenken. "Wenn du es wissen willst, musst du Britta fragen. Sie kennt diese Leute!"

"Ich dachte, du kennst die Leute schon seit mindestens zwei Jahrzehnten!"

"Ja, schon. Aber so genau kenne ich die Leute nicht." Rainer stellte seinen leergegessenen Joghurtbecher mit Löffel wieder auf seinen Nachttisch aus brasilianischer Eiche. "Ich bin jetzt wirklich müde. Wir können uns morgen weiter unterhalten."

Damit löschte er das Licht, ohne Constanzes Antwort abzuwarten.

Frustriert löschte auch sie das Licht. Schade, dass es so spät war!

Den Gottesdienst in der "Florettenkirche" am heutigen Sonntag um 9.30 Uhr konnte sie vergessen. Wahrscheinlich war sie dazu zu müde. Dabei liebte sie die große "Florettenkirche" mit ihren üppigen Fresken und Deckenmalereien.

Sie konnte froh sein, wenn sie am Sonntagmorgen konzentriert genug war, um den Gottesdienst in der kleinen "Lukaskirche" gegenüber dem Haus, in dem sie wohnten, besuchen konnte.

## Sechs

Zwei Wochen später fand der nächste Hausbibelkreis bei Familie Funzel statt. Das Thema lautete diesmal: „Lasst uns durch Beziehungen Wunder erleben!"

Nach ungefähr 20 Liedern, die immer wieder unterbrochen wurden durch nervige Gitarrenfehlgriffe, stiegen Senta und Wolf in das vorgesehene Bibelthema ein.

Als „Wunder" konnte man nicht nur manche Ereignisse in der Bibel bezeichnen, sondern unerwartete Ereignisse, die überraschend und meist günstig und außergewöhnlich waren. Ein Lottogewinn über einen größeren Geldbetrag oder der Gewinn einer Reise konnte – nach menschlichem Ermessen – durchaus als Wunder gewertet werden.

Ein Wunder war auch, wenn man einen schweren Verkehrsunfall überlebte, so wie es Constanze vor einigen Jahren passiert war. Aber darüber durfte sie im heutigen Kleingruppentreffen nicht erzählen, weil sie wieder einmal ignoriert wurde.

In der Bibel wiesen die Wunder oft auf die Einzigartigkeit Jesu hin – das konnte aber auch im täglichen Leben so gesehen werden. Das konnte der Fall sein, wenn ein Wunder im Leben eines Christen passierte.

Aber waren das alles Christen, die hier vor Constanze saßen? Constanze sinnierte wieder einmal darüber, denn diese Leute hatten sich ihr als Christen nicht vorgestellt. Sie verbargen ihr Christsein – wenn es vorhanden war – hinter Gegröle, Gegacker und Ignoranz.

Constanze hoffte auch diesmal wieder auf das Wunder, von dieser Kleingruppe wahrgenommen zu werden. Sie wollte einen Anlass haben, wieder in die evangelische Kirche eintreten zu können – aber dieser Anlass wurde Constanze während dieses Treffens erneut nicht geboten.

„Welches Wunder wollen wir heute behandeln?", leitete Senta ihre Bibelarbeit ein. „Ich habe mir die Heilung des Leprakranken, die in Markus 1, genauer gesagt in den Versen 40 bis 45, behandelt wird, ausgesucht." Sie lächelte. „Lesen wir diese Verse einfach mal im Stillen durch!"

Alle beugten sich über ihre Bibeln und lasen die angegebenen Verse im Neuen Testament. Interessant in diesen Versen war, dass der Leprakranke von Jesus aus Mitleid geheilt wurde, Jesus ihm aber einschärfte, niemandem etwas von dieser Heilung zu erzählen! Warum machte Jesus das? Schämte er sich für das Wunder, das er bewirkt hatte?

Jesus wollte lieber, dass der geheilte Mann ein Opfer bringt – als Dank für das Wunder. Doch der Mann war so glücklich über die Heilung, dass er sie überall herumerzählte. Das gefiel Jesus gar nicht, er verließ die Stadt und flüchtete in die Einsamkeit. Aber ebenfalls in der Einsamkeit fanden die Menschen Jesus, was diesem nicht immer gefiel. Jedoch musste er damit leben.

„Eine interessante Frage zu diesem Thema haben wir in unserem Heft!" Wolf lächelte und unterbrach die Stille der Bibellesenden. „Mir ist die Frage ‚Waren Sie schon mal in Isolation, weil Sie eine ansteckende Krankheit hatten? Oder kennen Sie jemanden, der schon einmal in Isolation wegen einer ansteckenden Krankheit war?' sehr wichtig geworden. Wie würdet ihr darauf antworten?"

Constanze überlegte fieberhaft. Ansteckende Krankheiten hatte sie schon überlebt. Mehrmals die Grippe beispielsweise. Oder die Windpocken und die Masern. Aber deswegen in Isolation bleiben? Gut, ihre Mutter hatte sie und ihre Geschwister immer abgeschirmt, wenn sie krank waren. Aber machte das nicht jede Mutter so?

Auf die Frage konnte sie nur „nein!" antworten, aber interessierte das jemanden in Funzels Kleingruppe?

Rainer sagte ebenfalls nichts. Er hatte schon einige Krankenhausaufenthalte hinter sich – aber nicht wegen einer ansteckenden Krankheit.

Shakira hatte sofort eine Ereignis parat. Sie erzählte von ihrer Großmutter, die im Zweiten Weltkrieg die Masern hatte und von ihrer Mutter im Haus versteckt wurde.

„Stellt euch vor", meinte sie aufgeregt. „Meine Mutter lag da im Bett – und auf einmal rannten Soldaten ins Haus. Ich weiß nicht mehr, ob es Russen oder Franzosen oder Amerikaner waren. Auf einmal waren sie in dem Zimmer, in dem meine Mutter lag mit ihren roten Punkten auf der Haut – und als sie die Masern sahen, flüchteten sie schreiend aus dem Haus, weil niemand von ihnen die Masern haben wollte!"

„Aber war das jetzt eine Isolation?", schaltete sich Thusnelda ein. „In der Frage ist nach einer Isolation gefragt. Meiner Meinung nach ist Isolation etwas anderes!"

„Wieso ist Isolation anders als das, was meine Mutter erlebt hat?" Shakira war beleidigt.

„Nun ja, deine Mutter war nicht zwangsläufig eingesperrt. Sie nahm ja als Kranke am Familienleben teil", schaltete sich Senta ein.

„Wenn ihr schon mal Masern gehabt hättet, würdet ihr diese Situation anders bewerten!", schmollte Shakira.

„Okay, wenn niemand sonst etwas zu sagen hat, lasst uns die nächste Frage in Angriff nehmen!" Senta sah auf die Uhr. Immerhin sollte ja nach der Bibelarbeit noch genug Zeit zum Essen und Tratschen sein.

Die nächste Frage lautete: „Sind Sie schon einmal einer Person begegnet, der Sie nicht gerne die Hand gegeben haben oder geben würden?"

Constanze runzelte die Stirn und dachte nach. Niemand hatte ihr an diesem Abend die Hand gegeben. Niemand hatte sie eines Blickes gewürdigt, was noch schlimmer war.

„Ich", wollte sie sagen. „Ich bin einer Person, der ihr heute noch nicht die Hand gegeben habt!" Aber sie wurde von Britta mundtot gemacht, die hastig sagte:

„Also – äh – ich gebe nicht jedem die Hand, den ich sehe. Ihr etwa? Man kann sich sonst ja auch Viren oder Krankheiten oder sonst was einfangen. Ich finde diese Frage hohl!"

Sie fing an zu grölen und zu gackern.

„Die Frage ist nicht hohl", schaltete sich Wolf ein. „Wenn ich Kunden in der Bank treffe, muss ich ihnen die Hand geben. Egal, ob ich will oder nicht. Privat möchte ich es etwas lockerer handhaben. Da gebe ich nur selten Leuten die Hand. Dennoch weiß ich jetzt nicht, was diese Frage mit dem Ereignis mit Jesus und dem Leprakranken zu tun hat. Da gibt doch Jesus niemandem die Hand. Die nächste Frage finde ich interessanter: ‚Wie fühlte sich der Leprakranke, als sich Jesus ihm näherte?'"

Die Hauskreisleiter wichen also dieser Frage aus, bemerkte Constanze verärgert. Genauso, wie man geflissentlich die Frage ‚Gibt es in Ihrer Stadt Aussätzige oder Ausgestoßene?' nicht beantworten wollte. Fragen, die unbequeme Charaktereigenschaften in dieser Kleingruppe ansprachen, wollte man offensichtlich übersehen!

„Der Leprakranke war sicherlich sehr überrascht, als Jesus zu ihm kam!", überlegte Brunhilde laut. „Denn Lepra galt ja als hochansteckend – und die Kranken wurden ausgestoßen!"

„Ja, so würde ich es auch sehen!", stimmte Senta zu. „Im Film ‚Ben Hur' werden Leprakranke gezeigt. Sie haben ekelhafte Pusteln, die ich nicht haben will!"

„Pusteln? Nee!", gackerte Britta. Ihr Lachen klang so bescheuert, dass auch Thusnelda, Shakira und Klothilde mitjohlen mussten.

„Warum lachst du, Britta?", meinte Wolf ungehalten. „Wie würdest du reagieren, wenn du dieser Leprakranke wärst – und warum sagt er zu Jesus eigentlich den Satz ‚Wenn du willst, kannst du mich heilen'?"

Britta schwieg. Sie fühlte sich ertappt.

Constanze beantwortete die Frage, die Wolf gestellt hatte, in Gedanken. Sie war sich sicher, dass der Leprakranke erkannt hatte, dass Jesus Christus jemand ganz Besonderes war – vielleicht wusste er in seinem Herzen, dass der den Sohn Gottes vor sich hatte?

Aber laut sprach sie ihre Gedanken in dieser Kleingruppe nicht aus. Sie hatte immer mehr den Eindruck, dass sie sie – Constanze – diskriminierend behandelten, indem sie sie ignorierten. Mobbten. Diese Ignoranz war manchmal kaum auszuhalten – und auch heute war Constanze nur Rainers wegen zu Funzels gegangen.

Brunhilde gab schließlich die Antwort, die sich Constanze ausgedacht hatte – und alle waren zufrieden.

Senta wollte anschließend wissen, was es für den Alltag des Leprakranken bedeutete, geheilt zu sein. Rainer hatte hier einen Gedanken:

„Als er geheilt war, konnte er wieder seinen Lebensunterhalt verdienen – vielleicht hatte er sogar eine Familie versorgen. Und er konnte am täglichen Leben teilnehmen, er konnte Leute treffen – das ist eine ganz wichtige Freiheit!" Rainer war euphorisch.

„Oh ja, Lepra – das ist doch hohl!", fiel es Klothilde ein, und sie begann zu lachen. Das war ein Kommando für Britta, auch zu lachen. Am Schluss lachten fast alle, bis auf Wolf und Constanze.

Senta war die erste, die nach dem Gegacker und Gegröle wieder zur Vernunft kam.

„Erinnert ihr euch noch an den Film ‚Ben Hur'?", versuchte sie, den Geräuschpegel in der Kleingruppe zu übertönen. „Da gibt es doch eine Szene am Schluss des Films, als Ben Hurs Mutter und seine Schwester auf einmal von ihrer Lepra geheilt werden, nachdem Jesus am Kreuz gestorben war. Was will uns diese Szene eigentlich sagen?"

Doch irgendwie drang Senta nicht mehr zu den anderen Teilnehmern durch. Alle grölten und gackerten und erzählten sich Urlaubserlebnisse und Krankenhausaufenthalte.

Leprakranke kamen in den Erzählungen nicht vor, denn niemand hatte jemals eine oder einen Leprakranken gesehen. Dafür waren die Funzels vor zwei Jahren in den USA gewesen, hatten sich einen Mietwagen organisiert, um damit durch einige Bundesstaaten zu reisen. Erzählungen über diese Reise wurden nur angerissen. Dabei hätten diese Reiseerzählungen Constanze interessiert. Aber niemand fragte sie. Sie hätte sonst erzählen können über ihre Australien-Aufenthalte, über ihren Urlaub in Neuseeland und auch weitere Reisen. Beispielsweise nach Hong Kong.

Anschließend lästerte die Gruppe über den Schornsteinfeger, über den Briefträger und den Chef der Firma BRELTON, den größten Arbeitgeber von Stephanasville.

Es war total nervend für Constanze, sich solch einen Schrott anzuhören, zumal das geistliche Thema des heutigen Abends „Lasst uns durch Beziehungen Wunder erleben!" noch nicht vollständig ausdiskutiert war.

Ein Wunder wäre gewesen, wenn Rainer mit ihr um 22 Uhr nach Hause gefahren wäre. Aber er klebte auf seinem Stuhl, als habe man ihn dort mit Klebstoff festgeleimt. Er fühlte sich wohl inmitten von Grölen und Gackern und hohlen Sprüchen.

Er liebte seine Frau – aber an solchen Abenden wie diesem schenkte auch er ihr keinerlei Beachtung.


## Sieben

Leider wurde der Hausbibelkreis bei Familie Funzel nicht besser. Jeden zweiten Samstag fand er ab 20 Uhr statt. Constanze ging nur Rainer zuliebe dorthin, denn sie selbst konnte keinen persönlichen Nutzen aus dieser Veranstaltung ziehen. Ständig wurde sie ignoriert, egal, was sie sagte oder fragte. Irgendetwas stand wie eine Wand zwischen ihr und diesen Leuten. Etwas, das sie nicht definieren konnte.

Sie beschloss, diesen Kreis „Gröl-Gacker-Kreis" zu nennen.

Nach einigen Liedern, die sie nicht kannte, bemühte man sich im Gröl-Gacker-Kreis, mit Hilfe einiger Bibelstellen eine Botschaft mit Tiefgang zu kreieren. Aber den Tiefgang gab es nicht. Man las in der Bibel, aber das Gesagte verpuffte schnell, zumal nach dem Bibelleseteil der Klatsch und Tratsch anfing, der stundenlang dauerte. Mit Klatsch und Tratsch konnte man jegliche geistliche Botschaft im Keim ersticken.

Nach der erledigten Bibelarbeit gab es zuerst ein gutes Essen. Meistens brachte es Britta mit. Sie hatte herzhaften Kuchen auf einem Blech zubereitet, den man nur kurz aufwärmen musste und dann genoss. Manchmal gab es auch Pizza.

Während des Essens und danach „unterhielten" sich die Leute. Alle, außer Constanze.

Zumindest nannte man es „Unterhaltung". Es wurde über viele Leute geklatscht, gelästert und gelacht, die Constanze nicht kannte und die nicht anwesend waren.

Das Problem dieses „Hausbibelkreises" war, dass man nicht MIT den Leuten redete, sondern ÜBER sie redete.

Constanze fand es teilweise richtig übel, was gesagt wurde. Die Angelegenheiten abwesender Personen wurden regelrecht durch den Schmutz gezogen!

Aber diese Gruppe sah es offensichtlich nicht so. Sie fanden Klatsch und Tratsch normal.

„Flintenweiber" – so hätte Constanzes Mutter solche Leute betitelt. Als „Flintenweiber" bezeichneten viele Menschen im Zweiten Weltkrieg Frauen der Siegermächte, die offensichtlich nichts anderes zu tun hatten, als den besiegten Deutschen ihre Sachen wegzunehmen. Das hatte Constanzes Mutter selbst erlebt.

„Flintenweiber" passte auch auf die Teilnehmer des Gröl-Gacker-Kreises beim Ehepaar Funzel. Sie nahmen abwesenden Leuten Informationen weg. Sie betrogen Leute, die Kirchensteuer bezahlten und bezahlt hatten, indem sie ihnen keine anständige christliche Veranstaltung boten.

Als Constanze ihr Stück Pizza oder anderes zu Ende gegessen hatte, ging sie oft auf die Toilette und blieb dort lange. Erst kurz vor zwölf Uhr verließ sie die Wohnung der Funzels, um zum Auto zu gehen. Niemand bemerkte sie und niemand schüttelte ihr zum Abschied die Hand.

Die Leute hockten noch stundenlang zusammen, tratschten, klatschten, lästerten, grölten und gackerten – bis weit nach Mitternacht.

Auch Rainer lästerte mit. Er fühlte sich wohl dabei.

Am nächsten Tag waren alle müde und hatten keine Lust, einen Gottesdienst zu besuchen.

Constanze hatte an diesem „Hauskreisbibelabend" keine neuen Leute kennen gelernt. Denn sie wollten Constanze nicht kennen lernen.

Ihre Mutter würde sagen:

„Das sind schlimme Klauen!" Aber Constanze wollte ihren Eltern nichts über ihr geistliches Leben in Stephanasville erzählen.

Vielleicht hätte Constanze schon nach dem ersten Besuch sagen sollen, dass sie nicht mehr zu diesen „Flintenweibern", also diesem Gröl-Gacker-Kreis, gehen würde. Das wäre besser gewesen, als die Lage so eskalieren zu lassen, wie sie es schließlich tat.

Manchmal am Sonntagmorgen besuchte Constanze den Gottesdienst einer evangelischen Kirche am Ort mit Rainer. Der Gottesdienst war gut, aber der Stadtpfarrer Theophilus Ludwig war Constanze nicht wohl gesonnen. Grund war, dass sie vor fast einem Jahrzehnt aus der Kirche ausgetreten war. Dass sie durchaus gewillt war, wieder dort einzutreten, interessierte ihn nicht.

Sie konnte sich mit ihm nicht unterhalten. Er ignorierte sie zwar nicht – er behandelte sie immerhin mit kühlem Respekt. Aber er verurteilte alle Menschen, die nicht Mitglieder der beiden großen Kirchen (evangelisch und katholisch) waren.

Was er nicht verurteilte, war Klatsch und Tratsch.

Constanze hatte irgendwie das Gefühl, dass sie – was die Kirche und ihren Glauben anbelangte – auf der Stelle trat. Klatsch, Tratsch, Ignoranz und Feindseligkeit vergällten ihr Glauben und Religion. Irgendwie fühlte sie sich deswegen in Stephanasville nicht willkommen.

Ihr Mann verstand sie nicht. Immer, wenn sie sich über das, was sie erlebte, beschwerte, sagte er, dass sie komisch sei. Vielleicht WOLLTE er sie nicht verstehen. Er wollte ihre Hilferufe nicht hören.

Ein halbes Jahr, nachdem Constanze zum ersten Mal in den Gröl-Gacker-Kreis bei Ehepaar Funzel gekommen war, wurde sie schwanger. Sie freute sich. Ein neues Leben wuchs in ihr heran. Die Schwangerschaft verlief nicht immer einfach. Oft war Constanze schlecht.

Das war endlich ein Grund für sie, den Gröl-Gacker-Kreis bei Ehepaar Funzel nicht mehr zu besuchen.

## Acht

Kein Wunder, dass Constanze diesen Entschluss fasste. Sie fühlte sich wie eine Cola-Dose, die man weggeworfen hatte. Sie hatte Zeit und Energie in diese Kleingruppe investiert – und nichts dafür zurückbekommen.

Sie beschloss, sich selbst mit dem Thema „Beziehungen zu Gott und der Menschen untereinander" zu befassen, forschte im Internet, las Predigten und Auszüge aus Büchern und stieß auf erstaunliche Erkenntnisse:

Menschen werden oft ausgenutzt und dann weggeworfen. Jeder erlebt das öfter, als man denkt.

Die Kleingruppe bei Funzels bearbeitete unter anderem das Thema „Beziehungen". Solche konnten nur funktionieren, wenn die Liebe Gottes zum Einsatz kam.

Die Beziehungen, die dieser Gröl-Gacker-Kreis zu anderen – neuen – Teilnehmern eingehen wollte, sahen zerknittert, zerknüllt und zerrüttet aus. Solche Beziehungen konnten nicht funktionieren, sie mussten in eine Katastrophe münden.

Das Ehepaar Funzel und seine Freunde betrachteten viele andere Menschen nach dem Motto „Ich schaue mal, ob ich dich brauchen kann – und wenn ich dich nicht mehr brauche, werfe ich dich weg!"

Sie waren Seelenmörder.

Und über Constanze dachten sie:

„Wir brauchen dich nicht als neue Beziehung. Du bist nicht bei uns dabei – wir brauchen generell keine neuen Beziehungen!"

Und das lebten und zeigten sie an jedem Gröl-Gacker-Abend, den sie als „Hauskreisabend" titulierten.

Constanze hätte durchaus den Angehörigen der Kleingruppenteilnehmer mit ihren Latein-, Englisch- und Französischkenntnissen helfen können. Aber da sie von diesen Leuten weggeworfen – also ignoriert worden war und es noch wurde, konnte sie diesen Leuten nicht mit ihrem Wissen helfen.

Sie hätte die Gruppe nach einer Bibelarbeit auch mit ihren zahlreichen Reiseerlebnissen und Kenntnissen über viele Länder bereichern können – aber auch das war nicht gewünscht.

Wie gesagt, sie wurde regelrecht weggeworfen. Und das schmerzte unsäglich, zumal niemand dieses Dilemma verstand. Selbst ihr Mann nicht.

Er fand es offensichtlich toll, dass Constanze von anderen Leuten weggeworfen wurde.

Dabei sollte sich jeder Christ fragen:

Ist unsere Beziehung zu Gott eine Ich-Brauche-Dich-Beziehung? Braucht Gott uns?

Wichtig sind hier die Verse aus der Bibel, dem Neuen Testament, die in 1. Johannes 4, ab Vers 7 stehen:

„Ihr Lieben, lasst uns einander liebhaben; denn die Liebe ist von Gott, und wer liebt, der ist aus Gott geboren und kennt Gott. Wer nicht liebt, der kennt Gott nicht; denn Gott ist Liebe.

Darin ist erschienen die Liebe Gottes unter uns, dass Gott seinen eingeborenen Sohn gesandt hat in die Welt, damit wir durch ihn leben sollen.

Darin besteht die Liebe: nicht, dass wir Gott geliebt haben, sondern dass er uns geliebt hat und gesandt seinen Sohn zur Versöhnung für unsre Sünden.

Ihr Lieben, hat uns Gott so geliebt, so sollen wir uns auch untereinander lieben.

Niemand hat Gott jemals gesehen. Wenn wir uns untereinander lieben, so bleibt Gott in uns, und seine Liebe ist in uns vollkommen.

Daran erkennen wir, dass wir in ihm bleiben und er in uns, dass er uns von seinem Geist gegeben hat.

Und wir haben gesehen und bezeugen, dass der Vater den Sohn gesandt hat als Heiland der Welt.

Wer nun bekennt, dass Jesus Gottes Sohn ist, in dem bleibt Gott und er in Gott.

Und wir haben erkannt und geglaubt die Liebe, die Gott zu uns hat: Gott ist Liebe; und wer in der Liebe bleibt, der bleibt in Gott und Gott in ihm.

Darin ist die Liebe bei uns vollendet, auf dass wir die Freiheit haben, zu reden am Tag des Gerichts; denn wie er ist, so sind auch wir in dieser Welt.

Furcht ist nicht in der Liebe, sondern die vollkommene Liebe treibt die Furcht aus. Denn die Furcht rechnet mit Strafe; wer sich aber fürchtet, der ist nicht vollkommen in der Liebe.

Lasst uns lieben, denn er hat uns zuerst geliebt.

Wenn jemand spricht: Ich liebe Gott, und hasst seinen Bruder, der ist ein Lügner. Denn wer seinen Bruder nicht liebt, den er sieht, der kann nicht Gott lieben, den er nicht sieht."

Als Constanze diese Verse wieder las, verstand sie sie so, dass Gott uns Menschen zuerst geliebt hat. Wenn wir das verstanden haben, dann wirkt sich das so aus, dass wir andere lieben können.

Oftmals leben wir einen Glauben, in dem wir Gott instrumentalisieren. Das sollten wir nicht tun. Es ist nicht richtig. Gott ist kein Automat, in den wir etwas reinstecken – und dann kommt unten etwas raus. Etwas Gutes für uns.

In Menschen – in Christen – sollten wir Gott erkennen. Sie sollten Gott ausdrücken. Denn uns sollte es um Gott gehen, um eine Liebesbeziehung zu Gott.

Vers 20 aus 1. Johannes 4 war hier auch besonders wichtig. Er lautete:

„Wenn jemand spricht: Ich liebe Gott, und hasst seinen Bruder, der ist ein Lügner. Denn wer seinen Bruder nicht liebt, den er sieht, der kann nicht Gott lieben, den er nicht sieht."

Auf gut Deutsch also:

„Wie willst du Gott lieben, den du siehst, wenn du nicht das siehst, was vor deiner Nase ist? Also, die Menschen, die dir Gott vor die Nase gesetzt hat?"

Die Kleingruppe bei Funzels sah Menschen, die ihnen Gott vor die Nase gesetzt hat, nicht. Oder sie wollten sie nicht sehen.

Also war es Zeitverschwendung, dass Constanze sie weiterhin traf.


## Neun

Eigentlich hätte jetzt alles gut sein können. Sich positiv weiterentwickeln können. Manchmal ist es ja so, dass die Chemie zwischen Menschen nicht stimmt. Das ist der Grund, warum manche Menschen andere Menschen ablehnen. Dann geht man sich einfach aus dem Weg, um Streitigkeiten oder Angriffe zu vermeiden.

Constanze ging dem Ehepaar Funzel aus dem Weg, das Ehepaar Funzel ging Constanze aus dem Weg.

Allerdings hatte Constanze die Rechnung ohne Britta gemacht, die sie immer wieder in Stephanasville traf. Britta war immer wieder sehr mitteilungsfreudig – besonders gegenüber Leuten, die sie mochte.

„Du erzählst NIEMANDEM aus diesem Klatsch- und Tratschkreis von meiner Schwangerschaft!", hatte Constanze ihrem Mann Rainer eingeschärft.

Rainer wusste sehr wohl, wen Constanze meinte, wenn sie von einem Klatsch- und Tratschkreis sprach. Was diese Leute - also das Ehepaar Wolf und Senta Funzel und seine „Hauskreis-Freunde"- anging, so hatten er und seine Frau unterschiedliche Meinungen. Er mochte diese Leute, seine Frau fand sie grauenhaft.

Rainer hielt sich jedoch nicht an Constanzes Bitten und Wünsche.

Im März 2008, als er Britta am Bahnhof zufällig traf, erzählte er ihr, dass Constanze schwanger war. So dauerte es nicht lange, bis auch der Gröl-Gacker-Kreis bei Ehepaar Funzel davon erfuhr.

Britta brauchte ein Thema, mit dem sie sich bei Ehepaar Funzel und all den anderen Anwesenden wichtigmachen konnte, und so war Constanzes Schwangerschaft ein gefundenes Fressen!

Am nächsten Tag, einem Sonntag, traf Rainer Britta, die ihm hämisch grinsend erzählte, dass nun alle Mitglieder des „Hauskreises" wüssten, dass Constanze schwanger sei.

Er erzählte das Constanze:

„Du, Britta hat jetzt im Hauskreis von Funzels erzählt, dass du schwanger bist. Sie mag diese Leute, und sie wollte ihnen diese Information nicht vorenthalten!"

„Wie bitte?" Für Constanze brach eine Welt zusammen.

Wie bitte – den Funzels – diesen Angebern und Wichtigtuern –, in deren „Hausbibelkreis" neue Besucher nie willkommen waren, die sich nie vorstellen konnten, hatte Britta alles erzählt? Und den anderen gackernden Idioten noch dazu?

Constanze konnte sich richtig gut vorstellen, wie Britta die Anerkennung, die sie nach dem Herumtratschen von Constanzes Geheimnis entgegengeschlagen hatte, genoss.

Constanze fühlte sich total schlecht. Sie fühlte sich und ihr Kind verraten. Sie fühlte sich verleumdet.

Man hatte nicht MIT ihr geredet, sondern ÜBER sie.

Man hatte sie diskriminiert. Hätte sie eine dunkle Hautfarbe, würde man bei Klatsch und Tratsch hinter ihrem Rücken von „Rassismus" sprechen. Ursprung des Rassismus ist ein falsches

Denken, das sich vor Jahrhunderten in Nordamerika gebildet hatte. Personen mit weißer Hautfarbe maßten sich an, sie seien höherwertigere Wesen als Menschen mit dunkler Hautfarbe. Das gäbe Menschen mit weißer Hautfarbe das Privileg, über Menschen mit anderer Hautfarbe zu herrschen. Quasi eine Vorherrschaft über diese Menschen zu haben.

Die Funzels und ihre Anhänger allerdings waren der Auffassung, über Neubürger von Stephanasville herrschen zu dürfen. Und deswegen verhielten sie sich gegenüber Constanze von oben herab. Es gab keine Vorstellungsrunde, Constanze wurde ignoriert. Constanze wurde als minderwertiges Wesen von den Funzels und ihren Anhängern angesehen. Das, was Constanze passiert war, nennt man Diskriminierung. Also ein Konflikt zwischen Personen gleicher Hautfarbe.

In dieser Gruppe wurde bei jedem Treffen die Sünde verhätschelt. Mit Klatsch und Tratsch hieß man sie willkommen.

Einige Wochen später erlitt Constanzes ungeborenes Kind eine Gehirnblutung und musste per Kaiserschnitt geholt werden.

Die Kaiserschnitt-Operation war schlimm und die Schmerzen im Unterleib ebenfalls. Auch mitansehen zu müssen, wie ihr Baby in einem Brutkasten ums Überleben kämpfte, war hart für Constanze. Aber sie wusste und fühlte: Ihr Sohn brauchte sie – und für ihren Sohn wollte sie leben und stark sein.

Was sie jedoch nie loswurde, war das Trauma, dass man sie verleumdet und verraten hatte.


Zehn

Angeber – wie wurde man das? Wer die Funzels einmal getroffen hatte, fragte sich das unweigerlich. Wolf Funzels Vorfahren stammten aus Kärnten, einem heutigen österreichischen Bundesland.

Im 16. Jahrhundert flohen sie von Kärnten ins damalige Herzogtum Württemberg. Der Grund für die Flucht war, dass der damalige Herrscher Kärntens seine Untertanen zwang, zum katholischen Glauben zu konvertieren.

Die pietistisch geprägten Vorfahren Wolf Funzels wollten das nicht – und wurden deswegen zu Glaubensflüchtlingen. Sie wollten ihren protestantischen (evangelisch) Glauben leben, und das konnten sie in Württemberg tun.

Viele Glaubensflüchtlinge kamen in Württemberg zur so genannten „Ehrbarkeit". Das heißt, dass ihre Familien eine Elite bildeten – also etwas Höheres und Besseres. Sie heirateten untereinander – und man blieb in Württemberg. Es ging ihnen doch gut.

Jedoch gesellte sich bei manchen zu einer Demut im Glauben auch ein gewisser Hochmut. Man fühlte sich als etwas Besseres – und musste das bei jeder Gelegenheit zum Ausdruck bringen.

Ebenso war die Familie von Wolf Funzel so geprägt. Wolf wuchs auf in dem Wissen, er sei etwas Besseres, er sei großartig und sagenhaft. Kein Wunder, dass er sich zu einem Angeber, zu einem Blender und Narzissten entwickelte.

Viele Menschen in Stephanasville wurden von seinem Wesen verblendet. Sie wollten mit ihm bekannt sein – sie wollten mit ihm befreundet sein.

Seine Frau Senta lernte Wolf auf einer christlichen Freizeit kennen. Also einer Reise, während der nicht nur schöne Städte und hinreißende Landschaften besichtigt wurden, sondern auch Themen aus der Bibel behandelt wurden.

Zu Hause in Stephanasville scharte Wolf eine beachtliche Anhängerschar um sich. Manche von diesen Leuten erkannten irgendwann, dass Wolf sich keinen Deut um sie scherte. Dass sie ihm egal waren, dass er sie brüskierte und bloßstellte. Dass er völlig in seiner Selbstliebe aufging und andere Menschen seelisch verletzte. Er war ein Egomane, der immer im Mittelpunkt stehen wollte. Menschen, die er enttäuscht hatte, verließen ihn und versuchten, ihn zu vergessen. Manchen gelang das auch.

Senta, Wolfs Frau, vergötterte ihren Gatten. Sonst hätte sie es neben ihm nicht ausgehalten.

Dabei vergaßen die beiden, woher sie eigentlich kamen. Aus pietistisch geprägten Elternhäusern – so wie Sentas und Wolfs Vorfahren – stammte auch der Philosoph Georg Wilhelm Friedrich Hegel. Ebenfalls seine Vorfahren waren Glaubensflüchtlinge aus Kärnten, und die Familie Funzel hatte es sich Hegels Thesen angeeignet. Sie passten gut in ihr christliches Menschenbild.

Hegel war 1770 in Stuttgart geboren. In der Schule glänzte er, und studierte anschließend in Tübingen Theologie. Er war mit Friedrich Hölderlin, der später Dichter wurde, befreundet. Auch Friedrich Wilhelm Joseph Schelling zählte zu seinen Freunden. Ebenfalls ein Theologe, der später die spekulative Naturphilosophie begründete.

Nachdem Hegel im Jahre 1792 sein Studium der Theologie gut abgeschlossen hatte, wurde er zuerst einmal Hauslehrer, da er keinen anderen Job fand. Nach einer Tätigkeit als Rektor an einem Gymnasium in Nürnberg wurde er 1816 Professor für Philosophie in Heidelberg.

1818 begann der Höhepunkt seiner Karriere: Er wurde Professor an der Berliner Universität, aus der später die Humboldt-Universität hervorging.

Im Gedächtnis blieb Hegel vielen Menschen sowohl durch seine Antrittsvorlesung an der Universität in Berlin, als auch seiner philosophischen Ansichten.

Hegel gelangte zu der Ansicht, dass der Mensch sich selbst ehren sollte. Damit ist nicht gemeint, dass der Mensch sich an der Stelle Gottes sehen sollte – aber er sollte sich selbst achten. Der Mensch kann das Universum selbst benutzen. Er kann auch die Reichtümer, die die Erde ihm bietet, selbst nutzen.

In seiner optimistischen Rede in Berlin meinte Hegel also, dass der Mensch mit seiner Vernunft die Erde verstehen lernen könnte. Der Weltgeist hatte sich im Laufe der Jahrtausende entwickelt und liefe von einer Kultur zur nächsten. Hegel versuchte also in seinen Theorien, den Geist und die Wirtschaft

in einer Synthese zusammenzuführen. Für ihn führte eine These
zur Antithese und schließlich zur Synthese.

Als Beispiel dafür konnte man zwei Menschen anführen, die
sich nicht leiden konnten, aber zusammenarbeiten mussten. Für
sie war das Zusammensein eine lästige Pflicht. Eines Tages
jedoch näherten sie sich an – und aus der lästigen Pflicht wurde
Freude. Hegel sagte dazu, dass der ganze Mensch sich verändert
hatte, wenn Pflicht und Freude zusammenkommen. Gegensätze
fänden so zusammen.

Aus etwas Negativem konnte sich also Positives entwickeln.
Hegel dachte hier nicht an die Evolution, er dachte als Theologe
an das, was ihm die Bibel vorgegeben hatte.

So verlief die Dialektik Hegels – und sie war und ist konträr
zur Dialektik des Philosophen Adorno. Adorno war der Ansicht,
dass eine These in eine Antithese überginge – aber schluss-
endlich in einer Katastrophe enden würde.

Betrachtete man die Sichtweisen von Hegel und Adorno,
wunderte es nicht, dass viele Menschen die positiven Ansichten
Hegels teilten, auch die Vorfahren von Wolf Funzel.

Dieser jedoch scherte sich keinen Deut um Dialektik, Hegel
oder Gott – und stieß viele Menschen vor den Kopf, so dass sie
sich von ihm abwandten.

Aber viele Menschen – so auch Rainer – blieben Senta und
Wolf Funzel treu und vergötterten vor allem Wolf.


## Elf

Während sich Constanze um ihr zu früh geborenes
Baby kümmerte und versuchte, in Stephanasville
Fuß zu fassen, entstand dort eine Bewegung, be-
stehend aus Ärzten, Pfarrern, Computerexperten und Rechtsanwälten.

Eine Untergrundbewegung, die sich „Gerechtigkeit 5.0" nannte. Der Sitz dieser Organisation war ein Trakt in der Stephanas-
Klinik. Ein Trakt, der nur für geladene Gäste und Mitarbeiter

zugänglich war. Der Grund dafür war, dass auch einige der dort arbeitenden Ärzte dieser Organisation angehörten und für sie arbeiteten.

Zuerst sammelten sich einige Menschen, die schlechte Erfahrungen mit Klatsch und Tratsch gemacht hatten, in mehreren Internetforen. Sie tauschten sich dort aus, und es ergaben sich Freundschaften. Einige trafen sich sogar persönlich – und schließlich beschlossen einige Forenmitglieder, sich zusammenzutun und eine Organisation zu gründen.

Denn es war nicht gut, dass andere Menschen abgelehnt wurden. Jeder sollte willkommen sein! Auch Jesus war in diese Welt gekommen – und er wurde von vielen Menschen abgelehnt. Ablehnung kann besonders schmerzhaft sein, wenn sie von Leuten verübt wird, die einem Menschen wichtig sind – oder hätten wichtig sein sollen.

Leute, die Jesus wichtig waren, die ihm hätten helfen können, hatten über ihn gelacht. Er kam in die Welt, die IHM gehörte – und die Welt nahm ihn nicht auf.

Jesus wurde ausgelacht, bedroht, unschuldig angeklagt, gehasst und ausgepeitscht.

Diese Gedanken hatten Personen, die sich für „Gerechtigkeit 5.0" einsetzten. Sie wollten die Ablehnung, die sie erlebt hatten, nicht mehr hinnehmen. Sie wollten dagegen vorgehen – so, wie es ihnen möglich war. Und sie wollten Menschen, die Ablehnung erlebt hatten, helfen.

Es gab Menschen, die haupt- oder nebenberuflich für „Gerechtigkeit 5.0" arbeiteten. Andere unterstützten diese Organisation mit Spenden, weil sie dort endlich Leute gefunden hatten, die ihnen zuhörten – und die gezielt gegen Klatsch und Tratsch vorgehen wollten. Für viele war das eine gute Sache.

Natürlich ist bei allen Straftaten, Vergehen und Ereignissen, die aus dem Ruder gelaufen sind, Vergebung wichtig. Und zwar von beiden Seiten. Von den Tätern und den Opfern. Vergebung kann durch Versöhnung passieren.

Aber es gibt Menschen, die keine Versöhnung haben wollen. Sie geben nicht zu, dass sie etwas falsch gemacht haben. Zum

Beispiel, dass sie Informationen gestohlen haben oder widerrechtlich an Informationen gekommen sind, die ihnen nicht zustehen.

So passierte es auch zwischen Constanze und der Gruppe bei Funzels. Diese Gruppe wollte keine Versöhnung, sie wollte Krieg und Zwietracht haben. Niemand wollte mit Constanze reden und sich bei ihr entschuldigen. Und Rainer, Constanzes Mann, war auch nicht besser. Er wollte dieses Vergehen unter den Tisch kehren und nicht darüber reden.

In dieser Gröl-Gacker-Gruppe wurde nicht Glauben gelebt, sondern Sünde verhätschelt.

Damit solche Vergehen nicht unter dem Tisch blieben und dagegen vorgegangen werden konnte, gab es „Gerechtigkeit 5.0". Diese Vereinigung entwarf Maßnahmen, um Personen, die sich gegenüber anderen in „Hausbibelkreisen" oder anderswo schuldig gemacht hatten, das Handwerk zu legen.

Sie wollten gegen Seelenmörder vorgehen. Gegen Personen, die Verbrechen gegen Würde, Freiheit und Leben einer oder mehrerer Personen begingen.

Das war schon ein Straftatbestand. Schlimmer war es aber, wenn man Leute, die etwas gegen die Methoden der Seelenmörder sagten oder schrieben, bedrohte.

Die Finanzierung der Maßnahmen gegen solche Verbrecher ergab sich aus den Aktivitäten, die „Gerechtigkeit 5.0" während ihrer Konferenzen und danach durchführte.

„Gerechtigkeit 5.0" entstand auch, weil einige Kirchen seit Jahren unter einem großen Mitgliederschwund litten. Nicht nur, weil Kirchenmitglieder starben, sondern auch, weil Kirchenmitglieder austraten. Gründe dafür gab es viele.

Einige Mitarbeiter der Kirchen wollten sich das nicht mehr ansehen und beschlossen zu handeln. Sie schlossen sich mit weiteren Experten – also Rechtsanwälten, Computerexperten und Ärzten – zusammen.

Und sie handelten.

## Zwölf

Als man Constanze verleumdet hatte, dachte sie, eine Welt bräche für sie zusammen. Niemand wollte ihr glauben, dass eine Gruppe, namens „Hausbibelkreis", sie verleumdet hatte – am allerwenigsten ihr Mann.

Er war durchaus damit einverstanden, dass seine Frau diskriminiert worden war.

Oh nein, ein Hauskreis tut doch so etwas nicht, Mitglieder eines Hauskreises sind doch lauter liebe, fromme Leute, die auch im täglichen Leben mit einem Heiligenschein herumlaufen! Wie konnte also Constanze es wagen, im Entferntesten nur daran denken, dass irgendjemand in einem Hauskreis sie verleumden könnte!

Allerdings wurde sie von einigen Mitgliedern des Gröl-Gacker-Kreises bedroht. Beispielsweise sagte Britta zu ihr:

„Wenn du noch einmal etwas gegen diesen Hausbibelkreis sagst, kannst du etwas erleben!"

Also fraß Constanze ihren Kummer in sich hinein und besuchte keinen Hausbibelkreis mehr. Sie trat auch in keine der beiden großen Kirchen ein.

Sie wusste nicht, mit wem sie über alles sprechen konnte – über ihre tiefen Verletzungen, also darüber, dass sie sich verraten und verleumdet fühlte.

Sie fand keinen Seelsorger, denn noch immer war sie neu in Stephanasville. Noch immer hatte sie keine Freunde dort.

Allerdings war es nicht so, dass Constanze keine netten Menschen in Stephanasville traf. Es gab durchaus nette Menschen dort, die sich auch mit Constanze unterhielten. Beispielsweise in der Ortsbücherei, in Volkshochschulkursen und in Nachhilfeinstituten. Ebenfalls in Apotheken und Supermärkten.

Ebenso Brunhilde, die sie im Gröl-Gacker-Kreis gesehen hatte, war sehr umgänglich und offen, wenn Constanze sie alleine irgendwo in der Stadt zufällig traf.

Aber dennoch nagte die Verleumdung, dieser Verrat, diese tiefe seelische Verletzung, die sie erlitten hatte, immer noch an ihr. Es war wie eine bittere Wurzel, die sich immer mehr in ihrer Seele ausbreitete.

Andererseits musste sie stark sein für ihren Sohn. Constanze biss die Zähne zusammen und zog ihren Sohn Peter auf. Der Gröl-Gacker-Kreis, der unrechtmäßig an Informationen über sie gekommen war und darüber gelästert und getratscht hatte, entschuldigte sich nie bei ihr dafür.

Man traf sich weiterhin, man lästerte und spottete über andere Menschen, man verleumdete sie. Man sprach nicht MIT Menschen, sondern ÜBER sie. Und das war und ist kein respektvolles Miteinander.

Niemand kontrollierte diese Gruppe, niemand durfte etwas gegen diese Gruppe sagen.

Bis zu dem Tag, als Constanze folgende Anzeige im Internet las:

„Haben Sie das Gefühl, dass sich Ihr Hausbibelkreis immer mehr in eine Brutstätte für Klatsch und Verleumdungen verwandelt? Haben Sie das Gefühl, dass über Glaubensdinge dort zu wenig geredet wird? Ist Ihr Hausbibelkreis keine geistliche Heimat mehr für Sie? Wurden Sie sogar selbst dort geistlich verletzt? Wurden Sie dort gemobbt oder sogar ignoriert? Dann schreiben Sie an uns – ‚Gerechtigkeit 5.0'. Wir sind dafür da, um Ihnen zu helfen!

Oder wird aus anderen Gründen über Sie getratscht? Auch dann können wir ihnen helfen. Schreiben Sie uns!"

„Danke, Jesus!", flüsterte Constanze. „Danke für diese Anzeige!"

Sie schrieb an die angegebene Adresse.


## Dreizehn

Beinahe hatte Constanze den Brief an „Gerechtigkeit 5.0" vergessen. Sie lebte weiter in ihrem täglichen Frust und versorgte ihren schwerbehinderten Sohn Peter. Sie liebte ihren Sohn, und er liebte sie. Das merkte sie an seinem Lächeln, auch wenn er nie würde reden können, sondern nur lautieren.

Aber ungefähr fünf Monate nach ihrem Brief an „Gerechtigkeit 5.0" erhielt sie ein Schreiben von einem Herrn, namens Tomke Ebert. Er war Anwalt, der auch für „Gerechtigkeit 5.0" arbeitete und wollte Constanze in einem Café in der Kreisstadt, die 11 Kilometer entfernt von Stephanasville war, treffen. Sie musste ihn nur noch anrufen.

Sympathisch klang seine Stimme – und schnell hatten sie einen Treffpunkt und eine Uhrzeit an einem frühen Nachmittag vereinbart.

Constanze konnte es so arrangieren, dass sie ihren Sohn für zwei Stunden in die Obhut ihrer Schwiegereltern gab. Das machte sie immer wieder, um auch mal zum Einkaufen fahren zu können.

Aber heute fuhr sie – an einem Nachmittag kurz nach dem Mittagessen (das sie mit ihren Schwiegereltern eingenommen hatte) mit dem Auto in die Kreisstadt. Ihr Herz klopfte, als sie das Auto in einer Tiefgarage abstellte und anschließend den Treffpunkt – die Lennet-Kirche im Stadtzentrum – suchte.

Die Lennet-Kirche war schön und bedeutend, aber durch den Zweiten Weltkrieg stark versehrt worden und seitdem eine ständige Baustelle.

Constanze erkannte Herrn Ebert sofort. Er war circa 40 Jahre alt und trug einen grauen Anzug. Und er trug einen schwarzen Koffer mit dem Aufkleber „Gerechtigkeit für alle und für alles!" in der Hand. Das Erkennungszeichen, das er während seines Telefongesprächs mit ihr genannt hatte.

„Guten Tag, Sie müssen Herr Ebert sein!"

„Und Sie sind Frau Monday?" Er schüttelte Constanzes Hand.

„Angenehm! Und nun lassen Sie uns ein Café suchen, in dem wir uns ungestört unterhalten können!"

„Ich kenne ein nettes Café in der Nähe vom Rathaus", schlug Constanze vor. „Dort gibt es auch leckeres Eis!"

„Eis will ich gerade nicht", lächelte Herr Ebert. „Eine Tasse Kaffee reicht mir voll und ganz aus."

Es war nicht weit von der Lennet-Kirche zum Rathaus – gerade mal drei Minuten zu Fuß. Constanze schritt neben Herrn Ebert her. Sie wusste nicht, worüber sie sich mit ihm unterhalten sollte. Aber er würde ihr sicherlich noch sagen, was alles wichtig war.

Sie setzten sich und bestellten sich beide jeweils eine Tasse Kaffee.

„Ich arbeite in einer Kanzlei in Lyzannstadt", erklärte Herr Ebert und öffnete seinen Koffer. „Dort vertrete ich nicht nur ‚Gerechtigkeit 5.0', sondern auch andere Mandanten. Vorwiegend im Bereich Scheidungsrecht." Er überreichte Constanze eine Visitenkarte. „Wir – Gerechtigkeit 5.0 – arbeiten in der gesamten Bundesrepublik Deutschland. Sie hatten uns das Ehepaar Funzel und ihre Gruppe, die sich als ‚Hauskreis' bezeichnet, gemeldet?"

„Ja", flüsterte Constanze. Sie fühlte sich auf einmal schlecht, wie eine Verräterin. Aber war nicht auch sie verraten worden?

Mutig beschloss sie, den Weg weiterzugehen, den sie jetzt – mit der Meldung der Personen, die sie seelisch verletzt hatten – eingeschlagen hatte.

„Entschuldigen Sie, Frau Monday, dass wir – oder genauer gesagt ich – uns nicht schon früher bei Ihnen gemeldet haben. Aber unsere Dienste sind sehr gefragt – und wir müssen immer genau recherchieren, ob die Vorwürfe gegenüber Leuten, die uns gemeldet werden, auch gerechtfertigt sind!"

„Ja, ich verstehe!" Constanze fühlte sich immer noch nicht gut.

„In dem Fall, den Sie uns geschildert haben, sind meine Kollegen bei ‚Gerechtigkeit 5.0' und ich übereingekommen, dass Ihre Vorwürfe berechtigt sind – und wir uns um diese Leute kümmern werden!"

Constanze lächelte erleichtert. Ihr fiel ein Stein vom Herzen.

„Wir haben uns diesen Hauskreis selbst angesehen und immer wieder neue Leute dort eingeschleust. Es ist schon so, wie Sie sagen: Eine oberflächliche Gruppe, in der Informationen über andere Menschen missbraucht werden – und Menschen seelisch verletzt, ja sogar traumatisiert, werden. Es handelt sich hier sogar um ‚Kirchensteuerbetrug'. Leute, die Kirchensteuer bezahlt haben, bekommen keinen guten Hauskreis dafür! Entschuldigen kann sich die Gruppe dafür nicht – sie bedrohen sogar Leute, die gegen sie etwas sagen. Solche hochnäsigen und kriminellen Objekte gibt es also in manchen Kirchen – unglaublich! Beziehungen – also Relationships – kann eine solche Gruppe nicht leben."

„In der Bibel – in Matthäus 18, in den Versen 21 und 22 steht, dass wir solchen Leuten vergeben sollen", meinte Constanze. „Petrus stellt Jesus diese Frage. Und Jesus antwortet: Nicht nur einmal oder sieben Mal, sondern siebzig mal sieben Mal sollen wir unserem Bruder oder unserer Schwester vergeben! Ich schaffe es ja nicht mal, dieser Gruppe einmal zu vergeben. Irgendwie klappt das nicht! Und als Brüder und Schwestern im Glauben kann ich sie auch nicht sehen!"

„Ich verstehe Sie gut!" Herr Ebert nahm einen Schluck Kaffee. „Vergeben ist etwas ganz Schwieriges. Auch wenn in vielen Gottesdiensten darüber gepredigt wird. Dabei sind Gottesdienste eine wichtige Institution. Es gibt sie schon seit dem vierten Jahrhundert. Zeitweise mussten Kirchen im Untergrund arbeiten, aber sie und ihre Gottesdienste sind geblieben."

„Ja, was soll ich denn jetzt mit meinem Trauma machen?"

„Es ist richtig, dass Sie sich an uns gewandt haben. Jesus sagt ja zu uns Menschen, dass wir Salz und Licht sein sollen. Aber was soll man mit Leuten machen, die eben kein Salz und Licht sein wollen – so wie dieser ‚Hauskreis', den Sie uns genannt haben?"

Constanze schwieg.

„Wir sind hier selbst in einer schwierigen Situation – aber wir – Gerechtigkeit 5.0 - haben eine Lösung gefunden. Sogar mehrere Lösungen, um diese Leute angemessen zu bestrafen! Wir sind eine Art ‚Robin Hood' – also eine Organisation, die in einer rechtlichen Grauzone unterwegs ist, um Gerechtigkeit in Bereichen zu praktizieren, die vom geltenden Recht nicht explizit genannt – aber durchaus abgedeckt ist!"

Constanze schüttelte den Kopf.

„Ich verstehe das nicht ganz. Was werden Sie machen?"

„Das darf ich Ihnen nicht verraten! Aber Sie werden es bald sehen. Alles, was wir tun, ist legal. Also nehmen Sie sich am dritten Wochenende im Mai frei. Versuchen Sie, Ihren Sohn in Kurzzeitpflege oder zu Verwandten für die Dauer dieses Wochenendes zu geben. Sie werden noch rechtzeitig eine schriftliche Einladung zu einer Konferenz bekommen – von einer Klinik!"

„Einer Klinik?"

„Ja", meinte er schon fast ungeduldig. „Beachten Sie alles, was in diesem Schreiben steht und stellen Sie keine Fragen. Und sagen Sie niemandem etwas darüber, dass Sie mit uns Kontakt aufgenommen haben – und warum!"

„Und wer bezahlt das alles?", wollte Constanze wissen.

„Um die Kosten machen Sie sich keine Sorgen", antwortete Herr Ebert. „Für Sie entstehen keinerlei Kosten. ,Gerechtigkeit 5.0' wird sogar die Kosten Ihrer Zugfahrkarte übernehmen! Natürlich nur dann, wenn Sie eine brauchen."

„Wissen Sie, ich bin schon zu sehr traumatisiert worden", gestand Constanze. „Es gibt Lieder und Geräusche, die ich nicht mehr hören kann, seitdem ich von diesen frechen Leuten verleumdet und verspottet wurde."

„Ja, das kenne ich", meinte Herr Ebert einfühlsam. „Solche Geräusche und Lieder nennt man Trigger. Es sind Auslöser von negativen Gedanken und Stimmungen, die einen Menschen ständig an traumatische Ereignisse erinnern. Nicht nur Geräusche und Lieder können Trigger sein, sondern auch Personen, Gegenstände, Ereignisse..."

„Ich kann das dreckige Lachen von Britta nicht mehr hören. Ich kann dieses blöde Gegacker nicht mehr ertragen!"

„Okay." Herr Ebert schrieb das in ein Notizbuch. „Und was können Sie außerdem nicht mehr hören, seitdem das Verbrechen an Ihnen passiert ist?"

„Die Lieder ,Singt mit uns ein Halleluja' und ,Lobe den Herrn, meine Seele' kann ich auch nicht mehr hören. Und auch nicht singen. Sie wurden mir durch das widerliche Geläster, Getratsche und Gegacker, das dieser Gröl-Gacker-Kreis bei Funzels nach dem Singen praktizierte, völlig vergällt – also verdorben."

„Oh, es muss Sie ja schlimm erwischt haben!", meinte Herr Ebert einfühlsam. „Und Gröl-Gacker-Kreis ist eine amüsante – aber auch passende Bezeichnung für solche Gruppen! Eine gute Nachricht habe ich für Sie: Wir werden uns um diese Gruppe kümmern!"

Diese Worte hallten in Constanzes Gedächtnis nach, als Herr Ebert hastig seine Tasche packte, den Kaffee für sie beide bezahlte, sich höflich verabschiedete und verschwand.

Langsam packte Constanze ihre Sachen zusammen und ging zur Tiefgarage.

## Vierzehn

Tomke Ebert war vor einigen Jahren Opfer von Klatsch und Tratsch geworden. Er, der aussichtsreiche Jurastudent, hatte sich in eine Frau verknallt, die ihn liebte. Die beiden wollten heiraten – aber dann gab es einen Nebenbuhler, der ein Gerücht über Tomke Ebert in die Welt setzte. Das Gerücht, dass Tomke keiner Frau treu bleiben könnte. Dass er ein Schürzenjäger war, jeder Frau hinterhersprang, die ihn interessierte. Dass er Beziehungen eingehen konnte, aber diese nie lange hielten. Dieses Gerücht stimmte natürlich nicht. Aber es verbreitete sich in der Universität, in der Tomke studierte, rasend schnell.

Tomke versuchte, gegen das Gerücht vorzugehen. Aber das Schicksal war gegen ihn. Er verlor seine Freunde – und er verlor seine Freundin. In menschlicher Hinsicht vertraute ihm niemand mehr, den er an der Universität kannte.

Er machte sein Studium zu Ende – mit Auszeichnung. Und er schwor sich, gegen Klatsch und Tratsch – gegen die Diskriminierung anderer Menschen - vorzugehen.

In einem Internet-Forum fand er Gleichgesinnte.

Kein Wunder also, dass er neben der Tätigkeit in diversen Kanzleien zu „Gerechtigkeit 5.0" kam.

Das Beobachten des Treibens dort, wie die Leute bestraft wurden – und wie er die Strafen verhängen durfte, verlieh ihm eine gewisse Befriedigung. Nicht nur in mentaler, sondern auch in körperlicher Hinsicht. Er fühlte sich wie eine Art moderner Robin Hood und lebte das auch aus.

## Fünfzehn

Sie war gespannt, was jetzt kommen würde. Zwei Wochen nach dem Gespräch mit Herrn Ebert erhielt Constanze eine Einladung zu einer Konferenz zum Thema „Allgemeinwissen in Philosophie". Das Einladungsschreiben kam von der Stephanas-Klinik.

Der Stephanas-Klinik? Merkwürdig, die Einladung kam hier aus ihrem Wohnort, aus Stephanasville. Und von der Stephanas-Klinik hatte sie schon gehört. Eine renommierte Hals-Nasen-Ohrenklinik war das mit einigen sehr guten Ärzten. Ärzte, die auch schon internationale Anerkennung gewonnen hatten. Eine Koryphäe auf dem Gebiet der Hals-Nasen-Ohren-Medizin war Doktor Müller. Über ihn wurde immer wieder in der Tageszeitung berichtet. Ab und zu sah man ihm auf einem Foto.

Nur – warum sollte sie an einer Konferenz in einer Klinik teilnehmen? Und was hatte das mit den Leuten eines Hauskreises zu tun, in dem sie verleumdet worden war? Irgendwie gab es zu viele ungeklärte Fragen für Constanze. Nun aber hatte sie schon die Bestrafung von „Funzels und Konsorten" ins Rollen gebracht – und sie war bereit, diesen Weg auch zu Ende zu gehen. Sonst würde sie ihr Trauma, hinter ihrem Rücken verleumdet worden zu sein, nie loswerden.

Irgendetwas würde während dieser Konferenz mit den Funzels und ihren Kameraden passieren – und Constanze wollte unbedingt wissen, was es sein würde.

Ihrem Mann Rainer, der sowieso nie zuhörte und der den Klatsch und Tratsch bei Funzels absolut in Ordnung fand, sagte sie nur:

„Ich habe eine Einladung bekommen. Eine Weiterbildung in Sachen ‚Nachhilfe'! Ich kann mir hier zusätzliche Qualifikationen erwerben, die für die Nachhilfe vielleicht von unschätzbarem Wert sein könnten! Diese Konferenz findet am dritten Mai-Wochenende statt."

Constanze gab seit einigen Wochen Nachhilfe in Deutsch, Englisch, Latein und Französisch. Das nur einige Stunden pro Woche – aber es lenkte sie ab und machte Spaß.

„Worüber geht es in dieser Konferenz?", fragte Rainer, der auch diesmal nur mit halbem Ohr zuhörte, weil er gerade irgendwelche Informationen auf einer Computer-Internetseite las.

„Philosophie!", antwortete Constanze wahrheitsgemäß.

„Philosophie?" Rainer war erstaunt. „Aber das ist doch kein Gebiet, in dem du Nachhilfe gibst. Ich dachte, du seist für Fremdsprachen zuständig!"

„Das stimmt nicht ganz", meinte Constanze. „Im Lateinunterricht übersetzt man viele Texte von Philosophen, beispielsweise von Seneca und Vergil. Oft sind diese Texte schwer verständlich. Wenn man den Einblick in die Texte auch anderer Philosophen hat, versteht man vieles besser – und die Übersetzung wirkt geschliffener."

„Ach so!" Rainer schob seine Brille zurecht. „Und was machen wir mit Peter während dieser Zeit?"

„Peter? Er wird in Kurzzeitpflege sein, da mache dir keine Sorgen!" Peter besuchte den Kindergarten einer größeren Stadt, an den auch eine Schule und ein Internat angegliedert waren. Das Internat war bereit, Peter am Wochenende, an dem Constanze nicht da sein würde, ganztägig zu betreuen. Und das Landratsamt des Kreises würde dafür die Kosten übernehmen. Eine Kostenzusage hatte Constanze schnell einholen können.

„Dann ist ja alles bestens", meinte Rainer und vertiefte sich wieder intensiver in diverse Internet-Nachrichten. „Ich wünsche

dir viel Spaß bei deiner Weiterbildung. Wenn du vorher ein-
kaufst, damit ich an diesem Wochenende nicht verhungere,
wäre es gut!"

„Ja", lachte Constanze. „Joghurt und Reisbrot werden natürlich ausreichend da sein!"

Sie kannte ihren Mann besser, als er sie kannte. Natürlich hatte sie schon herausgefunden, dass Rainer sehr gerne aß. Wenn
der Kühlschrank gut gefüllt war und der Vorratsschrank auch,
war für Rainer alles in Ordnung. So konnte er auch ein Wochenende alleine verbringen.

## Sechzehn

Frühling 2008 – und ein Samstagabend wie jeder andere.
Die Eingangstüre des Einfamilienhauses der Familie
Funzel im Eukalyptusweg 14 in Stephanasville war – wie
an jedem zweiten Samstagabend – nur angelehnt. Angelehnt für
die sechs Besucher, die man an diesem Abend um 20 Uhr
erwartete. Zu einem Treffen, das sich „Hausbibelkreis" nannte.
Und das schon seit über zwölf Jahren.

Die sechs Besucher, die das Ehepaar Funzel erwartete, be-
suchten diese Gruppe schon lange. Man kannte sich, man hatte
sich ins Herz geschlossen.

Nachdem man irgendwo im Eukalyptusweg oder einer der
Nebenstraßen sein Auto abgestellt und abgeschlossen hatte, ti-
gerte man in den Eukalyptusweg 14, stieß die nur angelehnte
Haustüre auf, stieg drei Marmorstufen nach oben und landete
über einen Gang und über ein Esszimmer endlich im gemütlichen Wohnzimmer der Familie Funzel.

An diesem Frühlingsabend trafen noch andere Besucher ein.
Neue Gesichter, eine Dame und ein Herr. Wie selbstverständlich
schritten sie ins Wohnzimmer – ein hochgewachsener, schlan-
ker Mann mit dunkelbraunen Haaren. Er war wohl circa 40 bis
45 Jahre alt, schätzte Senta Funzel, die bereits auf dem schwar-

zen Ledersofa neben ihrem Mann saß und ihrer Freundin Thusnelda ein Glas Mineralwasser einschenkte.

Neben diesem Neuankömmling betrat eine blonde Dame den Raum. Sie trug ein dezentes beiges Kostüm. Senta schätzte, dass sie circa 35 Jahre alt war.

„Sind wir hier richtig im Hausbibelkreis von Frau und Herrn Funzel?", fragte die Dame höflich.

„Ja, bitte nehmen Sie doch Platz", meinte Wolf Funzel, dessen immer dicker werdender Bierbauch aus der schwarzen Hose quoll. Er selbst war fast schwarzhaarig, eigentlich ein attraktiver Mann, nur ein bisschen zu dick.

Von Montag bis Freitag arbeitete er bei einer Bank, und er demonstrierte gerne, dass es ihm gut ging und dass er sich und seiner Familie ein schönes Leben bieten konnte, weil er als Banker mehr als genug verdiente. Zu einem seiner Statussymbole gehörte nicht nur ein weißer Mercedes, der geschützt vor Wind und Wetter in einer Garage neben dem Haus stand, sondern auch sein Bierbauch. Und, weil es ihm und seiner Familie gut ging, spendierte er alle zwei Wochen Getränke für seinen „Hauskreis". Er war stolz darauf, ein Hauskreis-Leiter zu sein.

Constanze mied schon seit Jahren die Bank, in der Wolf arbeitete. Denn sie wollte mit solchen Mitarbeitern wie ihm nichts zu tun haben. Sie versuchte, so wie es ihr möglich war, nie Geld auf ein Konto dieser Bank zu überweisen. Und als Kundin stand sie dieser Bank sowieso nicht zur Verfügung.

Wolf und sein Verhalten und das Verhalten seiner Freunde im „Hausbibelkreis" hatten Constanzes Vertrauen zu dieser Bank total zerstört.

Aber nun zurück zum Frühling 2008 – zu einem Samstagabend in Stephanasville in dem „Hausbibelkreis" bei Ehepaar Funzel.

Die neuen Teilnehmer am Hausbibelkreis setzten sich auf zwei freie Stühle.

Senta und Wolf wunderten sich über den unerwarteten Besuch, denn neue Teilnehmer waren ihnen nicht angekündigt worden. Sie sagten aber keinen Ton darüber. Normalerweise wurden Neuzugänge den Hausbibelkreis-Leitern immer telefonisch angekündigt.

Andererseits hatte diese Gruppe, die sich „Hausbibelkreis" nannte, schon lange keine Neuzugänge mehr verbuchen können, die nach einem Hauskreisabend wieder kamen. Die letzte neue Teilnehmerin war Constanze gewesen, die allerdings die Runde nach ungefähr sechs Monaten wieder verlassen hatte.

Fünf weitere Damen tröpfelten nach und nach munter plaudernd in das Wohnzimmer und setzten sich auf die freien Stühle, die freien Sessel und auf die Couch neben Senta und Wolf. Sie waren sehr mit sich beschäftigt, lachten und gackerten. Mit kurzem Befremden musterten sie die beiden neuen Gesichter, sagen höflich „guten Abend!" – mehr nicht.

„Fangen wir an!" Senta blätterte in einem roten Liederbuch. Sie suchte sich das Lied „Jesus ist der Motor meines Lebens" aus. Thusnelda hatte ihre Gitarre ausgepackt, die sie jetzt stimmte. Sie entlockte ihr zuerst ein paar falsche Töne, aber dann spielte sie zügig das gewünschte Lied, das alle aus voller Kehle mitsingen konnten.

„Ich wünsche mir das Lied Nummer 348 aus dem grünen Liederbuch!" Eine kleine Dame mit pechschwarzen Haaren schaute in die Runde. Auch dieses Lied wurde gesungen.

„Wir haben hier neue Anwesende – oder Gäste?" Senta rang nach Worten und blickte die beiden Besucher an. „Vielleicht wollen Sie sich auch ein Lied wünschen?"

Sie reichte dem Herrn ihr rotes, ihr grünes und ihr violettes Liederbuch.

„Wir werden uns ein Lied wünschen – sicherlich! Aber erst später!" Der Herr nahm die Liederbücher und legte sie vor sich hin auf den Tisch. „Wir sollten uns aber zuerst in dieser Runde vorstellen – da ja Sie nicht bereit sind, sich uns vorzustellen!" Vorwurfsvoll zückte er seine Visitenkarte und reichte sie Senta.

„David Monnerhausen", las sie laut vor. „Pfarrer und Hauskreis-Prüfer!" Erstaunt blickte sie Herrn Monnerhausen an. „Was führt Sie hierher zu uns?"

„Lassen Sie erst einmal mich Fragen stellen!" David blieb ruhig und ließ sich durch Sentas etwas aggressiven Ton nicht aus dem Konzept bringen. „Ich bin David, und meine Bekannte hier ist Eva Gracht, Pfarrerin. So viel zu uns. Sie dürfen uns mit Vornamen anreden, wenn Sie wollen. Man sagte mir, dass Sie sich als ‚Hausbibelkreis' bezeichnen. Sagen Sie mal, stellt sich Ihre Runde neuen Teilnehmern nicht vor? Heißt man neue Teilnehmer nicht willkommen? Meine Kollegin und ich sitzen hier schon seit zehn Minuten, wir hatten uns einen etwas herzlicheren Empfang vorgestellt."

„Ja – ähem..." Senta blickte ihren Mann ratsuchend an. Sie wusste nicht, was sie sagen sollte.

„Ja, wirklich!" Eva schenkte sich ein Glas Mineralwasser ein und nahm einen Schluck. „Sind neue Teilnehmer bei Ihnen etwa nicht willkommen?"

„Doch, doch!" Senta strich sich durch die dunklen, streichholzkurzen Haare und schlug ihre Beine übereinander. „Aber wissen Sie, wir haben so selten Neuzugänge hier."

„Kein Wunder!" David blickte in die Runde, musterte jeden der Anwesenden. Acht Damen und zwei Herren, wenn er Eva und sich selbst mitzählte.

Sie hatten alle Liederbücher vor sich, die Bibeln lagen neben ihnen auf den Plätzen oder noch in den Taschen.

„Wir haben eine Beschwerde über Ihren Hausbibelkreis hier vorliegen – und, wie ich selbst festgestellt habe, scheint die Dame, die sich beklagt hat, recht zu haben. Sie hat mir nicht nur geschrieben, dass Sie hier unter der Bezeichnung ‚Hausbibelkreis' über andere lästern und sie verleumden – was ich hier noch feststellen muss. Sondern sie schrieb mir auch, wie kühl Sie neue Mitglieder in Ihrer Runde empfangen..."

„Ach, sagen Sie nur, Sie haben einen Brief von Constanze bekommen, dieser blöden Kuh!", meldete sich eine Dame mit Brille zu Wort. Sie schüttelte ihre dunkelbraunen Haare. „Ich habe ihr doch gesagt, wenn es ihr hier nicht passt, soll sie einen anderen Hausbibelkreis besuchen! Mein Gott, ich wusste es doch, diese Constanze würde nur Ärger bringen!"

„Nun seien Sie mal nicht so aggressiv, junge Dame! Mit Schimpfwörtern sollte man etwas gemäßigter umgehen – und Sie sollten den Namen des Herrn, Ihres Gottes, nicht unnützlich führen! Warum sagen Sie nicht ‚meine Güte' statt ‚mein Gott'?" Eva zog einige beschriebene Seiten aus ihrer Handtasche.

„Hier sind einige Hauskreisprotokolle, die mir die Ex-Teilnehmerin Ihrer Gruppe - also Constanze - geschickt hat. Ich muss sie Ihnen vorlesen."

„Muss das sein?" Wieder meldete sich die dunkellockige Dame zu Wort. „Das ist doch hohl!"

„Sei still, Britta!" Senta schaute sie streng an und richtete ihren Blick auf Eva.

„Lesen Sie. Es interessiert mich, was Constanze über uns zu sagen hat."

## Siebzehn

Ich hatte, ehrlich gesagt, von solchen Kreisen mehr Frömmigkeit und mehr Respekt vor anderen Menschen erwartet. Das bekam ich hier nicht. Das ist kein Wunder: diese Leute hatten keine Beziehung zu Gott, sonst hätten sie Rainer und mir davon erzählt."

Zitat aus einem Brief von Constanze an „Gerechtigkeit 5.0".

„Was sagen Sie zu diesem Protokoll?" David ließ die Blätter, die er abwechselnd mit seiner Kollegin Eva vorgelesen hatte, sinken. Teile eines langen Briefes von Constanze.

Alle Anwesenden blickten nachdenklich um sich. Senta ergriff als erste das Wort:

„Ich habe immer schon gewusst, dass hinter Constanze eine Schriftstellerin, eine Erzählerin, eine Dichterin steckt. Eine mittelmäßige zwar nur, aber immerhin."

„Sie ist brillant!", bemerkte Eva. „Sie mögen Constanze offensichtlich nicht."

Senta senkte den Blick.

„Das, was Sie vorgelesen haben, ist zum größten Teil erfunden!"

„Nein, es stimmt! Jedes Wort davon ist richtig!"

Alle Anwesenden blicken erstaunt zu Brunhilde. Sie hatte diese Worte gesprochen. Sie, die nur selten etwas sagte. Sie, die nur mit den anderen bisher mitgackern und mitgrölen konnte. „Du Verräterin!" Senta ballte die Fäuste. „Warum hast du uns das nicht schon eher mitgeteilt, dass es dir bei uns nicht gefällt? Du hättest schon lange gehen können! Jeder kann gehen, wenn ihm unser Hausbibelkreis nicht gefällt!"

Brunhilde biss sich auf die Lippen.

„Du weißt genau, warum ich noch hier bin. Wegen Klothilde."

Klothilde schien diese Bemerkung nicht ganz zu verstehen. „Euro!", rief sie mit blitzenden Augen. Und daraufhin: „Viagra!"

„Sei ruhig, Klothilde, bitte!" Brunhilde strich ihrer Cousine über das blonde Haar. „Wir sprechen über etwas Ernstes!"

Klothilde blickte verdutzt in die Runde mit fragenden großen Kulleraugen und schmollte wie ein kleines Kind. Sie hatte nur verstanden, dass sie ruhig sein sollte. Alles andere ging über ihren Horizont. Aber sie schwieg von nun an.

„Die Kirchen haben genug von solchen Kreisen. Von Kreisen, in denen nur getratscht und geklatscht wird und die keine anständigen geistlichen Veranstaltungen bieten!" David seufzte.

„Wir haben total genug von Kreisen, die gegen Artikel 1 des Grundgesetzes verstoßen. Darin ist vom Recht auf Menschenwürde die Rede, aber das ist ja einer Brutstätte für Klatsch, Tratsch und Verleumdung, so wie Sie eine sind, egal! Sie reden nicht MIT anderen Menschen, sondern ÜBER andere Menschen. Das ist absolut respektlos! Sie verhalten sich menschenunwürdig, unchristlich und rassistisch gegenüber Neulingen in Ihrem Kreis. Gegenüber ALLEN Neulingen! Das macht kein richtiger Hausbibelkreis. Aber das ist Ihre Veranstaltung ohnehin nicht, wie ich sehe!"

„Wir sind ein Hausbibelkreis!" Senta blieb hartnäckig. „Und das schon seit zwölf Jahren!" Als sie das sagte, bekam sie wieder ihren üblen Mundgeruch. So übel, dass Eva, die neben ihr saß, ein Stück zur Seite rückte.

„Man merkt, dass irgendwelche merkwürdigen Mächte Sie immer noch fest im Griff haben!", meinte David. „Sie sind kein Hausbibelkreis, und das schon seit Jahren nicht mehr. Sie sind Seelenmörder! Vielleicht hat man Ihren Kreis einst in ehrenhafter Absicht gegründet. In der Absicht, das Wort Gottes zu verbreiten, andere Leute im Glauben zu stärken, für andere zu beten. Aber das ist bei Ihnen nicht der Fall. Die Bezeichnung Hausbibelkreis' muss ich Ihnen aberkennen, Sie haben sie nicht verdient! Und Sie beide – Frau und Herr Funzel – sind Ihres Amtes als Hausbibelkreisleiter bis auf weiteres enthoben!" Senta und Wolf zuckten, entgegneten aber nichts. Zu groß war ihre Verblüffung.

„Sie werden noch von uns hören! Wissen Sie – Arschlöcher werden nicht geboren, Arschlöcher werden gemacht!" David nickte seiner Begleiterin zu, die ihm zustimmend zurücknickte.

„Ich weiß nicht, wer Sie beide zu solchen Arschlöchern gemacht hat – zu denen Sie offensichtlich geworden sind!"

Sprach's und erhob sich. Seine Begleiterin tat es ihm gleich.

Anschließend verließen sie das Wohnzimmer des Ehepaars Funzel so überraschend, wie sie gekommen waren.

## Achtzehn

Um 22 Uhr klingelte es bei Ehepaar Funzel. Sie und ihre Gruppe hatten den überraschenden Besuch der beiden Pfarrer sowie deren abrupten Abschied betreten zur Kenntnis genommen, aber danach mit ihrer Hauskreisversammlung so weiter gemacht wie bisher.

Nur Brunhilde war bereits schon kurz nach 21.30 Uhr gegangen. Sie pflegte ihren Vater und wollte noch bei ihm vorbeischauen.

Geklingelt hatten Eva und David, die beiden Pfarrer von vorhin. Sie wurden begleitet von acht muskulösen Männern. Nachdem ihnen Senta geöffnet hatte, kassierte sie erst einmal zwei Ohrfeigen und einen Kinnhaken und ging zu Boden. Einer der muskulösen Männer stieg über ihren Körper, die anderen folgten ihm. Sie ließen ihre Fäuste spielen, boxten und traten in Wolfs Unterbauch. Heulend fiel er auf den Teppichboden. Die Damen wurden an den Haaren gepackt. Lachend zogen die Männer daran, bis die Damen schrien. Anschließend bekamen sie Kinnhaken und Ohrfeigen – so lange, bis sie schluchzten. Danach griff sich jeder der acht Männer eine der anwesenden Personen, legte ihr Handschellen an und band Mund und Augen zu.

„Mitkommen!", herrschten die Männer und schleiften die Leute zu zwei schwarzen Kleinbussen, die sie in Seitenstraßen geparkt hatten. Jeder wurde in einen der Busse gestoßen, auf einen Sitz platziert, angeschnallt und mit einer Augenbinde versehen. Danach fuhren die Autos davon.

Senta, Wolf und ihre Freunde kamen nicht mehr dazu zu fragen, warum sie überfallen worden waren und wohin sie jetzt abtransportiert wurden.

Und merkwürdigerweise bekam von der Nachbarschaft niemand etwas mit. Es war dunkel geworden, und alles geschah blitzschnell. So schnell, dass manche Leute gar nicht registrieren konnten, dass vor ihren Häusern eine Entführung stattfand.

## Neunzehn

Auftrag ausgeführt – wir haben die Leute der Funzel-Gruppe! Und zwar alle – außer Brunhilde!", meldete David Monnerhausen telefonisch Herrn Ebert. „Es ist allerdings in Ordnung, dass Brunhilde nicht dabei ist. Sie war die Einzige, die nicht über Constanze hergezogen ist. Also sollten wir sie verschonen!"

„Gute Arbeit!", lobte Herr Ebert. „Ja, Brunhilde brauchen wir hier nicht. Sie wird diese Gruppe vergessen – und nie vermissen. Und wo sind die anderen Leute jetzt?"

„Alle in der Stephanas-Klinik. Im Konferenztrakt in Einzelzellen. Unser Krankenhauspersonal hat ihnen Schlafmittel über eine Infusion verabreicht. Morgen werden sie zuerst ärztlich untersucht – und dann sehen wir weiter."

„Eine Gerichtsverhandlung für die Funzels – und die ‚Mitläufer' übergeben wir gleich in die Obhut von Doktor Müller. Er kann seine Operationen bei ihnen durchführen – und dann werden sie diese Region sowieso verlassen!"

„Gut – wenn Sie das so meinen..." David Monnerhausen zögerte.

„Wir haben doch gesagt, dass mit den Mitläufern nicht so streng verfahren wird wie mit den angeblichen Hauskreisleitern! Hatten Sie das vergessen?" Herr Ebert wurde ungeduldig. „Die Mitläufer werden operiert und umgesiedelt. Das ist Strafe genug. Die Hauskreisleiter dagegen bekommen das volle Bestrafungs-Programm! Ich will später die Filmaufnahmen sehen!" Er grinste.

„Für die Filmaufnahmen bin ich nicht zuständig!", meinte David Monnerhausen.

„Ja, das weiß ich. Die Hauptarbeit liegt sowieso bei Doktor Müller. Er ist ein vorzüglicher Operateur! Wenn wir ihn nicht hätten, wäre unser Programm lange nicht so effektiv, wie es ist."

„Meine Aufgabe in diesen Fall ist also erledigt?", fragte David Monnerhausen.

„Nein, ich möchte Sie morgen bei der Gerichtsverhandlung haben. Ich sehe Sie also um elf Uhr. Und Frau Gracht auch!"

„Gut, ich sage Frau Gracht Bescheid! Wir werden morgen um elf Uhr im Gerichtssaal sein!"


## Zwanzig

In einem holzgetäfelten Saal im Konferenztrakt fanden sich die Funzels wieder. Erstaunt blickten sich Senta und Wolf an. Sie hatten nicht gedacht, sich so bald wiederzusehen. Immerhin waren sie in Einzelzellen untergebracht. Einzelzellen mit einer Liege. Genug Platz, um ärztliche Untersuchungen bei ihnen durchzuführen. Ihnen wurden mehrere Ampullen Blut abgenommen, ihr Körper wurde abgetastet, ihre Lungen wurden abgehorcht, Urin wurde untersucht. Röntgenaufnahmen wurden gemacht.

Danach wurden sie von jeweils einer Person des Klinikpersonals geduscht. Senta und Wolf durften nur in Handschellen die Dusche betreten. Da sie Informationen über andere Menschen gestohlen und missbraucht hatten, hielt man sie für besonders gefährlich und wollte sie intensiv beobachten.

Das Essen war in Ordnung. Es kam von einem Catering-Service, der das Essen für die Krankenhauspatienten zubereitete, auch für die Konferenzteilnehmer.

Nun saßen Senta und Wolf Funzel vorne an der Anklagebank in diesem holzgetäfelten Saal. Sie trugen gestreifte Sträflings-Anzüge. Ihre Hände waren mit Handschellen gefesselt.

Hinter ihnen gab es einige Zuschauer. David Monnerhausen und Eva Gracht sowie Leute, die sie nicht kannten.

Senta und Wolf hatten keine Worte für ihre Situation. Ängstlich beobachteten sie, wie ein Herr in schwarzer Robe den Gerichtssaal betrat und auf einem Richterstuhl Platz nahm.

„Guten Morgen, meine Damen und Herren! Mein Name ist Ebert, Rechtsanwalt. Ich leite die heutige Gerichtsverhandlung im Fall Funzel!"

Er runzelte seine Stirne und blätterte in einem Ordner voller Unterlagen. Es schien, als vertiefe er sich konzentriert in die Schriftstücke. Plötzlich schoss sein Kopf nach oben, er sah die Funzels streng an und meinte:

„Senta und Wolf Funzel, Ihnen wird zur Last gelegt, sich ohne Erlaubnis an Informationen über andere Personen vergriffen zu haben und diese Informationen missbraucht zu haben! Was haben Sie dazu zu sagen?"

Senta stand auf.

„Wir sind nicht schuldig im Sinne der Anklage. Wir haben uns nur unterhalten. Das ist doch nicht verboten!"

„Da liegen Sie aber falsch!", korrigierte Herr Ebert. „Im Grundgesetz sind viele Lebenssituationen ganz klar geregelt. Haben Sie das Grundgesetz gelesen, Frau Funzel?"

Senta schüttelte den Kopf.

„Nein, das habe ich nicht", sagte sie dann.

„Und Sie, Herr Funzel?", richtete Herr Ebert seine Frage an Wolf.

„Nein!" Wolf seufzte.

„Das hätten Sie aber tun sollen, bevor Sie andere Menschen zu sich nach Hause einladen und mit ihnen über andere, abwesende Menschen sprechen!" Herrn Eberts Stimme klang tadelnd. „Ich lese Ihnen die ersten beiden Passagen des Artikels 1 des Grundgesetzes vor:

‚Die Würde des Menschen ist unantastbar. Sie zu achten und zu schützen ist Verpflichtung aller staatlichen Gewalt. Das deutsche Volk bekennt sich darum zu unverletzlichen und unveräußerlichen Menschenrechten als Grundlage jeder menschlichen Gemeinschaft, des Friedens und der Gerechtigkeit in der Welt.'"

Er räusperte sich:

„Sie dagegen haben Daten und Informationen über andere Menschen gestohlen aus niedrigen Beweggründen. Nämlich, um diese in einer Gemeinschaft, den Sie missbräuchlich als ‚Hausbibelkreis' bezeichnet haben, durch den Schmutz zu ziehen – also, um die Menschenwürde dieser anderen Menschen zu verletzen und um sich bei Ihren ‚Lästerfreunden' beliebt und wichtig zu machen. Im Volksmund sagt man: Sie haben geklatscht und getratscht! Sie waren von niemandem autorisiert, Informationen über andere, abwesende Personen in ihre Gemeinschaft zu bringen! Haben Sie dazu etwas zu sagen?"

Wolf stand auf und antwortete:

„Die Grundlage unserer Treffen ist die Bibel! Und wir haben entsprechend der Bibel gehandelt – in allem, was wir getan haben!"

„So – die Bibel!" Herr Ebert runzelte seine Stirn. „Dann zeigen Sie mir bitte, wo in der Bibel sinngemäß steht: ‚Lästere über andere Personen hinter ihrem Rücken und ziehe ihre Angelegenheiten durch den Schmutz!' Oder: ‚Das Leben anderer Menschen ist wie ein Supermarkt, in dem sich jeder, der darüber tratschen will, frech bedienen kann!' Wo in der Bibel gibt es solche Textstellen? Zeigen Sie sie mir bitte!"

Er legte Wolf eine Bibel in der Übersetzung nach Martin Luther auf dessen Schoß.

Fieberhaft blätterte Wolf mit seinen Fingern im Neuen Testament. Die Beweglichkeit seiner Finger war durch Handschellen stark beeinträchtigt. Trotzdem versuchte er, den Wunsch Herrn Eberts zu erfüllen, las ein wenig in den Briefen des Paulus an die Römer, an die Galater und an die Kolosser. Aber im Herzen wusste er: In der Bibel stand nichts darüber, dass Klatsch und Tratsch erlaubt und gut war.

Anschließend reichte er die Bibel seiner Frau. Diese schüttelte den Kopf und legte das Buch auf ihren Schoß.

Schließlich sagte Wolf:

„Wir haben von anderen Leuten die Erlaubnis bekommen! Von Rainer beispielsweise!"

„Rainer? Welcher Rainer? Und was für eine Erlaubnis? Erklären Sie das bitte genauer!"

„Rainer Monday, Herr Rechtsanwalt!", meinte Wolf selbstbewusst.

„So, so, Rainer Monday!" Herr Ebert lächelte. „Was hat er Ihnen erlaubt? Dass Sie über seine Frau lästern?"

„Nein", antwortete Senta schüchtern.

„Was sich manche Menschen erlauben im Glauben, dass sie das dürften!", fuhr Herr Ebert fort. „Frau und Herr Funzel, es ist Rainer Mondays Frau Constanze Monday, die sich hilfesuchend an uns gewandt hat! Eben, weil ihr Mann aus niedrigen Beweggründen etwas getan hat, was sie ihm nicht erlaubt hatte!"

„Ich dachte, wir wären Freunde!", murmelte Wolf Funzel.

„Was haben Sie gesagt?", fragte Herr Ebert. „Wiederholen Sie den Satz! Und bitte lauter!"

„Ich dachte, wir wären Freunde!"

„Wer soll Ihr Freund sein?", lachte Herr Ebert. „Entschuldigen Sie, dass ich lache. Aber ich kann mir nicht vorstellen, dass jemand, der über andere Menschen tratscht, fähig ist, ein Freund sein zu können!"

Senta und Wolf schwiegen betreten.

„Antworten Sie bitte auf meine Frage, Herr Funzel! Wer soll Ihr Freund sein?"

Wolf stand auf und sagte mit klarer Stimme:

„Senta und ich kennen Rainer Monday schon lange. Wir sind im selben Ort aufgewachsen, wir haben uns durch Gottesdienstbesuche kennen gelernt. Als er Constanze kennen gelernt hat und sie heiratete, dachten wir, dass wir automatisch auch mit Constanze befreundet seien."

Er setzte sich wieder.

„Offensichtlich sieht Constanze das anders!" Herr Ebert blätterte wieder in seinen Unterlagen. „Sie haben ein Verbrechen begangen, bei dem sie die Leidtragende ist. So sieht sie es. Sie wurde in Ihrer Kleingruppe verleumdet. Das hätte sie bei der Polizei anzeigen müssen. Sie wurde allerdings eingeschüchtert und bedroht. Sie wurde regelrecht diskriminiert. Deswegen hat sie Sie uns gemeldet! Und wir versuchen hier und heute festzustellen, ob es sich um ein Verbrechen handelt und welche Bestrafung wir verhängen und ausführen können. WENN wir hier Strafen verhängen!"

Senta und Wolf sahen sich ängstlich an. Alles, was hier passierte, erschien ihnen wie ein Alptraum und völlig surreal. Sie hatten doch nichts gemacht – oder?

„Wir rufen den ersten Zeugen auf! Herr Monnerhausen, bitte kommen Sie nach vorne!"

Der Pfarrer erhob sich und kam nach vorne.

„Herr Monnerhausen, waren Sie im ‚Hauskreis' der Familie Funzel?", fragte Herr Ebert.

„Ja, das war ich."

„Und – wie war es? Erzählen Sie!"

„Ich brauche nichts zu erzählen. Ich habe einen Film gemacht!", triumphierte der Pfarrer. „Es ist ein Zusammenschnitt aller Veranstaltungen im Kreis unter der Leitung des Ehepaars Funzel, die meine Leute und ich besucht haben. Wenn Sie eine Leinwand haben, zeige ich diesen Film."

„Gut", Herr Ebert nickte. „Ein Film. Ich bin gespannt."

Die Stephanas-Klinik verfügte über die Technik, die 2008 modern war. David Monnerhausen hatte einen sehr unterhaltsamen, aber auch nachdenkenswerten Film gemacht über diverse „Hauskreistreffen" beim Ehepaar Funzel.

Drehen konnte man solche Filme nur, wenn man eine Minikamera unbemerkt im Wohnzimmer der Funzels platzierte – indem man sie zum Beispiel an die Wand des Wohnzimmers klebte.

Anschließend hatte David diese Filme bearbeitet und sie zu einem Film mit ungefähr 30 Minuten Laufzeit zusammengeschnitten. Diesen Film hatte er auf eine Camcorder-Kassette gebannt. Diese Kassette legte er jetzt in ein Gerät, das vor der Leinwand stand.

Interessiert betrachteten alle Anwesenden den Film. Sie beobachteten Eva Gracht und David Monnerhausen, die neu in eine Gruppe mit bereits acht ‚Hauskreis-Teilnehmern' kamen und nicht begrüßt wurden. Anderen neuen Teilnehmern ging es genauso.

Die Filmbeobachter hörten das Gegröle und Gegacker und die laue christliche Botschaft, die vermittelt wurde. Und sie schüttelten ihren Kopf.

„Eine grauenhafte und primitive Veranstaltung!", kommentierte Herr Ebert.

„Ja, es wundert mich, wie Frau Monday es so lange dort aushalten konnte! An ihrer Stelle hätte ich schon viel früher diese Gruppe nicht mehr besucht!" Eva Gracht schüttelte angewidert den Kopf. „Unsere Kirche hat wirklich viel bessere Kleingruppen zu bieten!"

„Es ist also durchaus gerechtfertigt, dass wir einen Schlussstrich unter diese Gruppe ziehen werden!", sprach Herr Ebert.

„Wer eine solche Veranstaltung als Hausbibelkreis bezeichnet, muss geisteskrank oder verwirrt sein! Es handelt sich hier um die Vorspiegelung falscher Tatsachen! Dafür bezahlt niemand Kirchensteuer!" Herr Ebert schüttelte sich vor Grauen und blickte wieder zu Senta und Wolf Funzel. „Haben Sie dazu noch etwas zu sagen?"

„Warum ist Constanze Monday nicht als Zeugin hier?", fragte Senta.

„Eine gute Frage!", kommentierte Herr Ebert. „Wir von Gerechtigkeit 5.0 denken, dass es nicht gut ist, dass Menschen, die seelisch von solchen Gruppen wie der Ihrigen verletzt, verleumdet und diskriminiert wurden, bei solchen Gerichtsverhandlungen anwesend sind. Diese Menschen wurden schon genug traumatisiert. Und außerdem könnte es zu Handgreiflichkeiten kommen. Vergessen Sie nicht: Manche Leute, deren Informationen Sie gestohlen und missbraucht haben, hassen Sie dafür. Constanze mag Sie nicht – und die Gefahr, dass sie ausrastet und Sie hier in diesem Gerichtssaal angreift, ist nicht gering."

Senta nickte.

David Monnerhausen stand auf und schritt im Gerichtssaal hin und her.

„Kennen Sie Apostelgeschichte 5, Frau Funzel?", fragte er Senta.

Sie machte große Augen und antwortete:

„Nein!"

„Und Sie, Herr Funzel?", wandte sich David an Sentas Mann.

„Nein, dieses Kapitel sagt mir nichts!"

Fast schon vorwurfsvoll, dann aber beschwichtigend blickte David Monnerhausen die beiden an.

„Ich mache Ihnen jetzt keinen Vorwurf daraus, denn auch ich als Pfarrer kenne nicht jede Bibelstelle. Dennoch sollte ich Ihnen von Hananias und seiner Frau Saphira erzählen – denn um dieses Ehepaar geht es in der Apostelgeschichte 5."

Er nahm seine Bibel zur Hand und las laut und deutlich und mit viel Hingabe Apostelgeschichte 5 von den Versen 1 bis 11. Es ging um Saphira und Hananias, die einen Acker verkauften. Hananias behielt ein bisschen Geld von dem Erlös zurück. Seine Frau wusste davon.

Den Rest des Geldes legte Hananias den Aposteln zu Füßen.

Die Apostel erkannten, dass Hananias gelogen hatte – und Petrus fragte ihn geradeheraus, warum er das getan hatte. Damit hatte Hananias nicht nur die Menschen, sondern auch Gott belogen.

Hananias fiel daraufhin zu Boden und starb. Einige Männer begruben ihn.

Nach drei Stunden tauchte seine Frau Saphira auf. Sie wusste nicht, dass ihr Mann gestorben war. Petrus wollte von ihr wissen, für welchen Preis sie und ihr Mann den Acker verkauft hatten.

Sie log und nannte den Betrag, den sie und ihr Mann den Aposteln gegeben hatten.

Petrus reagierte empört und bezichtigte sie der Lüge. Auch sie fiel zu Boden und starb. Und ebenso wurde sie von Männern begraben. Sie legten ihren Leichnam neben ihren Mann.

„Was wollen uns diese Verse sagen?", fragte David Monnerhausen und blickte zuerst Senta und dann Wolf an.

Senta und Wolf schauten erschrocken.

„Man soll Gott nicht belügen", sagte Senta schließlich.

„Ja – aber diese Geschichte will uns noch mehr sagen! Herr Funzel, haben Sie eine Idee?"

„Man soll sein ganzes Geld dem Herrn geben!", antwortete Wolf.

„So ganz stimmt das nicht!", korrigierte ihn David Monnerhausen. „Gott ist kein alter Spielverderber, der uns nichts gönnt!"

Er stellte sich breitbeinig vor Wolf auf, der schuldbewusst seinen Kopf senkte.

„Wenn Sie ein Stück Land verkaufen, Frau und Herr Funzel, dürfen Sie Geld davon für sich verwenden. Um zum Beispiel Urlaub zu machen oder sich ein Auto zu kaufen. Aber Sie sollen das Gott auch sagen! Sie sollen Ihm die Wahrheit sagen – Sie sollen Ihn nicht belügen! Saphira und Hananias haben nicht nur Menschen belogen – sie haben auch Gott belogen!"

Er hielt kurz inne.

„Gott ist kein Spielverderber, der Ihnen keinen Spaß gönnt! Sie dürfen also auch in Hausbibelkreisen lachen. Aber nicht über andere – und nicht hinter ihrem Rücken. Und wenn in Ihrer Kleingruppe neue Teilnehmer nicht erwünscht sind, so sollen Sie das sagen! Sonst belügen Sie nicht nur Menschen, sondern auch Gott!"

„Was hätten wir denn tun sollen, damit alles legal in unserem ‚Hauskreis' abläuft und alle zufrieden sind?", fragte Wolf.

„Nun – erst mal eine herzlichere Begrüßung. Neue Leute, die in Ihren Kreis kommen, hätten Sie nicht ignorieren sollen. Und, bevor Sie Informationen über abwesende Leute in Ihrem Kreis verbreiten, hätten Sie diese abwesenden Leute fragen müssen, ob Sie das überhaupt tun dürfen. Alles andere ist rechtswidrig."

„Rechtswidrig?" Wolf runzelte seine Stirn.

„Ja – und es war auch rechtswidrig, Constanze dafür zu bedrohen, weil sie sich gegen Ihr Verhalten – oder Nicht-Verhalten – ihr gegenüber gewehrt hat", sagte Herr Ebert.

„Constanze bedroht? Das haben nicht wir gemacht!", wehrte sich Senta.

„Ich weiß!" Herr Ebert blieb ruhig. „Das war Britta. Wir kümmern uns bereits um sie." Er lächelte. „Und um Sie werden wir uns auch kümmern! Sie haben sich nie bei Constanze und anderen Menschen, die Sie geschädigt haben, entschuldigt. Irgendwann ist der Moment gekommen, in dem alles genug ist. In dem man Konsequenzen ziehen muss!"

Er stand auf, nahm einen Holzhammer und schlug damit auf eine Unterlage, die für solche Schläge gemacht war.

„Im Namen des Gerichts hier bei ‚Gerechtigkeit 5.0' ergeht folgendes Urteil: Senta und Wolf Funzel haben sich folgender Vergehen schuldig gemacht: Diebstahl von Informationen und Missbrauch derselben. Sie haben damit gegen das Grundrecht auf Menschenwürde im Grundgesetz verstoßen. Weiterhin wird Ihnen die Vorspiegelung falscher Tatsachen zur Last gelegt! Sie haben eine Brutstätte für Klatsch, Tratsch und Verleumdung geführt und diese als ‚Hausbibelkreis' bezeichnet. Sie haben sich als Seelenmörder verhalten, indem sie Straftaten gegen

Leben, Würde und Freiheit abwesender Personen begangen haben!

Für diese Vergehen müssen Sie, Frau und Herr Funzel, entsprechend bestraft werden. Sie werden die Kirchensteuer an die Personen, über die Sie Informationen gestohlen und missbraucht haben, zurückzahlen. Sie werden die Kosten übernehmen, die für alle Vorgänge und Behandlungen in der Stephanas-Klinik, die an Ihnen vorgenommen werden, bezahlen! Natürlich nur, wenn diese nicht anderweitig übernommen werden können." Herr Ebert blickte in den Gerichtssaal. „Hat jemand dazu noch etwas zu sagen?"

„Wir hätten uns bei Constanze entschuldigen sollen", flüsterte Senta Wolf zu. Alle Anwesenden hörten, was sie sagte.

„Entschuldigen? Aber warum denn?", fragte Wolf.

„Ja, wofür soll man sich entschuldigen, wenn man Informationen über andere missbraucht?", deklamierte David Monnerhausen, der alles gehört hatte, spöttisch. „Wirklich – Sie beide – Frau und Herr Funzel – sind total dumm! Sie haben ‚den Schuss noch nicht gehört', wie man umgangssprachlich sagt. Die Kirchen haben genug von solchen unchristlichen Leuten wie Ihnen. Solche Leute wie Sie tragen eine Mitschuld, dass die Kirchen immer mehr Mitglieder verlieren. Das machen wir nicht mehr mit!"

Wütend verließ er den Saal. Eva Gracht folgte ihm.

„Die Sitzung ist beendet!" Herr Ebert schlug nochmals mit dem Hammer auf seine Unterlage und sammelte seine Schriftstücke ein.

„Wir sehen uns noch!", sagte er verächtlich zu Senta und Wolf. „Und ich freue mich schon darauf!"

Er verließ den Gerichtssaal zusammen mit den restlichen Zuschauern.

Senta und Wolf wurden von einigen kräftigen Männern in ihre Einzelzellen geführt.

## Einundzwanzig

**W**illkommen in der Stephanas-Klinik! Sie haben uns den ‚Fall Funzel' gemeldet, nicht wahr?"
Die junge, blonde Assistenzärztin schaute Constanze an, die ihr gegenübersaß.

„Bin ich hier richtig?", fragte Constanze. „An eine Klinik hatte ich nicht gedacht, aber Herr Ebert und ein Schreiben haben mich darüber informiert, dass ich zu einer Konferenz in diese Klinik kommen soll!"

Constanze zeigte das Schreiben, das die Assistenzärztin kurz überflog.

„Doch – natürlich sind Sie hier richtig", sagte sie dann. „Unsere Klinik behandelt vorwiegend Patienten mit Hals-Nasen-Ohren-Problemen und Personen, die kieferchirurgische Hilfe brauchen. Deswegen sind auch einige Zahnärzte angegliedert. Aber hier – im Konferenztrakt – kümmern wir uns um Leute, die uns gemeldet wurden. Von Ihnen beispielsweise!"

Constanze schwieg. Dann befand sich also das Ehepaar Funzel und die anderen Teilnehmer des Hauskreises bereits in dieser Klinik?

Die Assistenzärztin – Beatrix Winterlos hieß sie, wie auf ihrem Namensschild zu lesen war – schien Constanzes Frage zu erraten.

„Die Leute, die Sie uns gemeldet haben, sind bereits hier im Hause!" Sie lächelte. „Sonst könnten wir ja diese Konferenz gar nicht abhalten. Aber nun zu Ihnen. Haben Sie Ihre Krankenkassenkarte dabei?"

Constanze zückte ihre Krankenkassenkarte und hielt sie Frau Doktor Beatrix Winterlos entgegen. Diese nahm sie und steckte sie in ein Lesegerät.

„Jetzt nehme ich ein bisschen Blut ab. Bitte machen Sie einen Ihrer Arme frei!"

Constanze stutzte. „Wieso das denn?"

„Das ist eine Vorschrift für Teilnehmer unserer Konferenzen!", antwortete Beatrix. „Sie werden in den folgenden Tagen

Dinge zu sehen bekommen, die Sie vielleicht nur schwer verkraften können. Da muss es uns sofort möglich sein, Ihnen ein Medikament zu verabreichen. Und deswegen untersuchen wir Ihr Blut – und ich lege Ihnen gleichzeitig einen Zugang für eine Infusion!"

Constanze nickte und zog den Ärmel ihres rechten Armes nach oben. Die Ärztin legte einen Gurt um den Oberarm, spannte ihn sanft an und suchte in der Armbeuge nach einer Vene. „Diese hier könnte gut sein!", kommentierte sie. „Bitte machen Sie eine Faust – und öffnen Sie die Faust dann wieder. Und das bitte mehrmals!"

Während Constanze eine ihre Hand zu einer Faust ballte und diese Faust öffnete, drückte die Ärztin leicht in der Armbeuge herum, desinfizierte sie mit einem Spray und stach mit einer Nadel in eine Vene.

„Jetzt die Faust bitte aufmachen. Nicht mehr pumpen!"

Rotes Blut lief zügig in eine Spritze, und Constanze schaute weg.

„Geht es Ihnen gut?" Besorgt schaute die Ärztin Constanze an und trennte die Spritze von der Infusionsnadel. Die biegsame Kanüle blieb in der Vene. Die Ärztin stöpselte sie zu und befestigte sie mit einigen Pflastern.

Danach verschloss sie die Spritze mit einem Stopfen und beschriftete sie.

„Es geht schon", antwortete Constanze. „Aber ich hätte bei der Blutabnahme nicht zusehen sollen. Mir wird oft schlecht dabei."

„Dann legen Sie sich hin. Ich gebe Ihnen ein Kreislaufmittel. Wir machen in zehn Minuten weiter, okay?"

Constanze stand auf. Die Ärztin begleitete sie zu einer Liege und wartete, bis Constanze lag und ruhig atmete. Dann stöpselte sie die Infusionsnadel in Constanzes Arm auf und injizierte ein Medikament. Anschließend verschloss sie den Zugang wieder und legte Constanzes rechten Arm an die Seite.

„Hier haben wir schon einen Grund dafür, dass die Infusionsnadel in Ihrem Arm eine gute Idee ist!", lächelte sie. „Aber jetzt
entspannen Sie sich ein paar Minuten. Das Mittel wirkt schnell!"

Constanze merkte, wie sie sich entspannte und schloss die
Augen. Jetzt könnte sie einschlafen, sich einfach treiben lassen.

Gerade, als sie einschlafen wollte, erschien die Ärztin.

„Wir machen jetzt weiter, okay?"

Sie half Constanze, langsam aufzustehen.

Constanze schlich zu dem Stuhl, auf dem sie vorher gesessen
hatte.

„Hatten Sie schon irgendwelche Operationen? Bitte füllen Sie
dieses Formular hier aus!"

Während Constanze sich Gedanken darüber machte, welche
Operationen sie bereits hinter sich hatte – den Kaiserschnitt
beispielsweise und zwei Mandeloperationen, befühlte Frau
Doktor Winterlos ihren Hals mit geübten Bewegungen.

„Entspannen, bitte!", sagte sie und konzentrierte sich auf das,
was sie ertastete.

„Alles ist gut", kommentierte sie dann. Schließlich:

„Machen Sie bitte den Mund auf!"

Mit einem Holzstäbchen und einer Lampe inspizierte sie Constanzes Mundhöhle.

„Soweit ich feststellen kann, ist alles in Ordnung!", meinte sie
abschließend. „Und jetzt messe ich noch ihren Blutdruck!"

Sie nahm Constanzes linken Arm, legte eine Bandage an und
pumpte ein Blutdruckmessgerät auf. Auch der Blutdruck war in
Ordnung.

„Sie dürfen auf Ihr Zimmer gehen!", bemerkte sie abschlie-
ßend. „Eine Kollegin wird es Ihnen zeigen. Sie essen dann zu
Abend – und um 19.30 Uhr beginnt der erste Teil der Konferenz.
Ich bitte Sie, pünktlich zu sein!"

Constanze nickte, nahm ihr Gepäck und verließ das Zimmer
der Ärztin.

Davor wartete schon eine andere Dame.

„Mein Name ist Olenka Oppliger. Ich zeige Ihnen jetzt, wo Sie
übernachten werden!"

Constanze nickte und folgte Frau Oppliger.

## Zweiundzwanzig

Bevor Constanze ihr luxuriöses Hotelzimmer beziehen durfte, musste sie ihr Mobiltelefon abgeben.
„Sie bekommen es vor Ihrer Abreise wieder!", versicherte ihr Frau Oppliger. „Aber wir wollen hier sichergehen, dass während Ihres Aufenthaltes bei uns nichts nach außen dringt!"

Constanze las die Broschüre durch, die ihr ausgehändigt worden war. Auch ein Vertrag lag dabei, den sie durchlesen und unterschreiben musste. Ein Vertrag zwischen ihr und der Stephanas-Klinik.

Constanze runzelte die Stirn, als sie durchlas, was dort stand. Beispielsweise „Gegenstand des Vertrags ist selbstverständlich, dass alles, was während dieser Konferenz passiert, unter den Konferenzteilnehmern und dem Personal der Klinik bleibt. Jegliche Zuwiderhandlungen werden mit Strafen belegt."

Weiterhin: „Der Konferenzteilnehmer willigt in ärztliche und sonstige Maßnahmen ein, die seiner Gesundheit und dem reibungslosen Ablauf der Konferenz dienen."

Constanze runzelte die Stirn. Was genau sollte sie darunter verstehen? Allerdings merkte sie: Am besten war es, dass sie das machte, was man ihr sagte. Ihr war aufgefallen, dass man hier auf Fragen äußerst kurz angebunden reagierte. So, als ob Fragen lästig seien.

Ihrem Mann hatte sie erzählt, sie sei auf einer Konferenz zum Thema Philosophie. Im Vertrag stand jedoch, dass sie ein Skript zum Thema „Philosophie" erhalten würde, aber keine Veranstaltung zu diesem Thema stattfände.

„Der Zeitplan der Konferenz ist gefüllt mit anderen Inhalten. Die Konferenzteilnehmer finden aber ein ausführliches Philosophie-Skript in ihren Hotelzimmern. Es ist kostenlos und darf mit nach Hause genommen werden", las Constanze. „Das Konferenz-Team der Stephanas-Klinik empfiehlt allen Konferenzteilnehmern, sich ausgiebig mit dem Skript zu befassen, um für eventuelle Rückfragen aus dem Verwandten- und Bekanntenkreis gewappnet zu sein."

Constanze nickte. Sie würde Teile des Skripts auswendig lernen, um Rainer auf eventuelle Philosophiefragen antworten zu können.

Ihr Sohn befand sich in Kurzzeitpflege. Constanze hatte also im Moment alle Zeit der Welt und blickte sich in ihrem Hotelzimmer um.

Das Zimmer war – inklusive Badezimmer ungefähr 25 Quadratmeter groß.

Die Flure und auch unser Zimmer sahen modern aus. Weder das Hotel an sich, noch das Zimmer wirkten abgewohnt.

Man öffnete das Zimmer mit Hilfe einer Chipkarte. Diese steckte man dann, wenn man im Zimmer war, in eine dafür vorgesehene Ritze an der Wand. Auf diese Weise funktionierte der Strom in dem Zimmer.

Dieses Zimmer war hell und freundlich. Die Wände waren weiß und weiß-violett gestrichen. An einer Wand hing ein Bild, das das Heidelberger Schloss zeigte.

Zwei Fenster hatte das Zimmer mit weißen Gardinen und braunen Stores, die bis zum Boden reichten. Es war möglich, die Fenster zu öffnen.

Der Teppich war rot-blau gemustert.

In einer Ecke hing ein langer Spiegel. Darin konnte man sich von oben bis unten betrachten, wenn man es wollte.

Daneben stand ein Kleiderschrank mit zwei Türen. Öffnete man sie, sah man links fünf Fächer, in denen man Wäsche und T-Shirts verstauen konnte. In einem großen langen Fach hingen Kleiderbügel auf einer Stange. Hier konnte man Mäntel oder Anoraks und auch Hosen aufhängen.

Andere Möbelstücke, die man in einem Hotelzimmer erwartet, waren vorhanden. Ein großes Bett. Fast so groß wie ein Doppelbett. Das Leintuch war weiß, ebenso das bequeme Kissen und die Steppdecke.

Auch die Matratze war in Ordnung. Nicht zu hart und nicht zu weich.

Es gab Regale rechts und links neben dem Bett, auf denen man Wecker, Buch, Taschentücher und so weiter platzieren konnte.

Weiterhin bot das Hotelzimmer einen langen Schreibtisch mit einem Stuhl davor. Und genau auf diesem Schreibtisch lag das Philosophie-Skript, das Constanze sofort an sich nahm. Zufrieden blätterte sie es durch.

Im Schreibtisch gab es drei Schubladen. In einer fand Constanze eine Bibel, in einer anderen Schublade weißes Briefpapier. Briefpapier ohne Hotel- oder Klinikaufdruck.

Auf dem Schreibtisch stand ein Flachbildfernseher. Constanze schaltete ihn ein und zappte durch die Programme. ARD gab es, auch das ZDF, einige dritte Programme sowie viele Privatsender.

Auf dem Schreibtisch befanden sich noch ein Wasserkocher sowie eine Tasse sowie Tüten mit gefriergetrocknetem Kaffee mit und ohne Koffein und Teebeuteln. So konnte man sich selbst Getränke zubereiten.

Weiterhin gab es noch eine Stehlampe auf dem Schreibtisch. Die Beleuchtung in dem Hotelzimmer war großartig! Über den Regalen links und rechts neben dem Bett waren zwei „Spots", die sich leicht ein- und ausschalten ließen, angebracht. Dann gab es die erwähnte Stehlampe auf dem Schreibtisch – sowie eine große und helle Deckenbeleuchtung, die mit Hilfe eines Lichtschalters in Gang gesetzt werden konnte.

Der mit buntem Stoff bezogene Sessel in Fensternähe und der dazu passende Tisch, mit rotem, samtähnlichem Stoff bezogen, fiel Constanze auch gleich auf. Er war praktisch als Kleiderablage.

Im Zimmer gab es eine Klimaanlage. Diese musste Constanze während ihres Aufenthaltes nicht verwenden. Erstens war es nicht heiß, als sie im Hotel war, zweitens reichte es meistens aus, die Fenster zu öffnen, wenn sie frische Luft brauchte. Die Luft war in Ordnung – sauber, würde man sagen.

Das Badezimmer war circa 2,5 Quadratmeter groß. Eine Badewanne war vorhanden. Wer duschen wollte, konnte in die Badewanne steigen, aber man durfte natürlich auch baden. Das Bad war vollständig in Weiß gehalten – also weiße Bodenfliesen und weiße Kacheln an den Wänden.

Die Badewanne war gut begehbar. Wer duschen wollte, zog einen Duschvorhang davor, um nicht zu viel Wasser auf den Boden zu spritzen. Constanze musste einige Male duschen, bis sie herausfand, wie sie am besten duschte, ohne Pfützen im Badezimmer zu produzieren.

Man hatte die Möglichkeit, sich kalt oder warm zu duschen oder zu baden – oder lauwarm (indem man mit Hilfe des Wasserhahns das kalte und warme Wasser mischte) – der Wasserstrahl war immer gut und ausreichend.

Leute, die Shampoo und/oder Duschgel benötigten, konnten sich an zwei Flaschen mit solchen Produkten bedienen, die an der Wand über der Wanne hingen. Constanze war dankbar, dass solche Produkte zur Verfügung standen – denn sie hatte ihr Duschgel und ihr Shampoo zu Hause vergessen.

Zum Händewaschen gab es Flüssigseife, die in einer Plastikflasche über dem Waschbecken hing.

Ein hoteleigener Föhn war an der Wand befestigt. Das ist in vielen Hotels so üblich, damit der Föhn nicht geklaut wird. Der Föhn ließ sich bestens bedienen, bemerkte Constanze erfreut.

Ein Spender für Kosmetiktücher hing ebenfalls an einer Wand. Diese Einmaltücher waren hygienisch und praktisch. Nach Gebrauch konnte man sie sofort in einen Treteimer werfen. Ein solcher Treteimer befand sich nämlich im Badezimmer.

Das weiße Waschbecken war gerade noch groß genug, um sich die Haare darin waschen zu können. Über dem Waschbecken befand sich eine Ablage für Kosmetikartikel. Gläser, die man als Zahnbecher verwenden kann, standen zur Verfügung. Constanze verwendete während ihres Aufenthaltes eines davon.

Eine weiße Sitztoilette mit genügend Papier war auch vorhanden. Sogar eine praktische Klobürste gab es.

Das Hotel stellte jedem Gast ein weißes Duschtuch sowie ein weißes Handtuch zur Verfügung. Außerdem befand sich noch ein weißes Frotteetuch in der Nähe der Badewanne, auf das man treten konnte, wenn man sich geduscht hatte und die Dusche verlassen wollte.

Normalerweise warf man die gebrauchten Dusch- und Handtücher auf den Boden, wenn man wollte, dass sie gewechselt wurden. Constanze wollte sich noch überlegen, ob sie jeden Tag neue Handtücher brauchte.

Die Sauberkeit des Hotels fand sie einwandfrei. Jemand machte täglich die Betten und reinigte Bad und Zimmer. Und – wie schon vorher erwähnt – gab es jeden Tag frische Hand- und Duschtücher, wenn man wollte.

Ebenfalls von der Hellhörigkeit war Constanze angenehm überrascht. Sie wurde weder durch andere Hotelgäste, noch durch Lärm von draußen merklich gestört. Das fand sie sehr gut.

Obwohl Stephanasville eine Kleinstadt war, fuhren relativ viele Autos durch den Ort – und die Klinik lag an der Hauptverkehrsstraße. Im angeschlossenen Konferenzbetrieb mit Hotel war davon allerdings nichts zu hören. Kein Verkehrslärm drang ins Zimmer.

Als sich Constanze etwas ausgeruht, im Skript geschmökert und geduscht hatte, ging sie in den Speiseraum zum Abendessen.

## Dreiundzwanzig

Nachdem Constanze ihr Dessert verzehrt hatte, kamen eine Frau und ein Mann auf sie zu.

„Sie sind Constanze Monday?", fragte der Mann sie freundlich. „Mein Name ist David Monnerhausen und das ist meine Kollegin Eva Gracht. Dürfen wir uns zu Ihnen setzen?"

„Ja, ich bin Constanze Monday!" Constanze klang etwas misstrauisch. Sie wusste nicht, was sie von der gesamten Klinikatmosphäre halten sollte. Obwohl das Essen bisher gut gewesen war. Es gab Spargelcremesuppe als Vorspeise, als Hauptspeise Putenschnitzel mit Gemüse und Bratkartoffeln, als Dessert Vanilleeis mit heißen Himbeeren. Constanze hatte alles gierig verschlungen, denn sie hatte seit dem Morgen nichts mehr gegessen.

„Entschuldigung die Störung, aber wir möchten uns kurz mit Ihnen unterhalten!", fuhr David fort. „Es gibt einige Dinge, die Sie wissen sollten."

„Arbeiten Sie für Gerechtigkeit 5.0.?"

„Ja, das tun wir. Aber hauptberuflich sind wir Pfarrer der evangelischen Kirche", antwortete Eva.

„Oh – und ich habe einen evangelischen Hausbibelkreis verpetzt!" Constanze hielt sich die Hand vor den Mund. Irgendwie hatte sie noch ein schlechtes Gewissen, weil sie die Funzels und ihren Hauskreis „Gerechtigkeit 5.0" gemeldet hatte. Immerhin waren diese Leute gute Bekannte ihres Mannes Rainer.

„Sie müssen deswegen kein schlechtes Gewissen haben!", versuchte David, Constanze zu beruhigen. „Wir sind sogar froh, dass Sie uns diese Gruppe gemeldet haben. Wir sind Hauskreisprüfer – und glauben Sie mir: Die evangelische Kirche ist – wie viele andere Kirchen übrigens auch – daran interessiert, dass Veranstaltungen, wie zum Beispiel Hauskreise, ordentlich ablaufen."

„Ich wusste das nicht", meinte Constanze. „Aber es ist gut zu hören, dass es solche Institutionen gibt."

„Ja, dieser Meinung sind wir auch", sagte David. „Wir haben uns den von Ihnen gemeldeten Kreis angesehen und sind zu dem Ergebnis gekommen, dass Sie recht haben. Solche Kreise haben in der Kirche nichts zu suchen. Zumindest in unserer nicht. Kirche soll ein Ort des Willkommens und der Nächstenliebe sein – und kein Ort der Ignoranz, Lästereien und Diskriminierungen."

„Ja, das finde ich auch", stimmte Constanze zu.

„Es gibt einige Dinge, die Sie wissen müssen, bevor die Konferenz beginnt", fuhr David fort. „Die Teilnehmer des Hauskreises sowie das Ehepaar Funzel sind hier im Hause. Das, was hier mit ihnen passiert und passieren wird, ist nicht immer ,Stoff' für schwache Nerven! Sie müssen das, was mit ihnen passiert, so gut es geht, mit ansehen, um zu merken, dass wir von Gerechtigkeit 5.0 unseren Job sehr ernst nehmen!"

Constanze nickte.

„Und was ist mit den anderen Leuten – Britta beispielsweise, die mich bedroht hat?", fragte sie.

„Britta wird Sie nicht mehr bedrohen", beruhigte sie Eva Gracht. „Auch um sie kümmert sich ,Gerechtigkeit 5.0'."

„Diese anderen Leute sind ebenfalls hier im Haus", fügte David Monnerhausen hinzu. „Wenn sie die Klinik verlassen haben, werden Sie sie voraussichtlich nie mehr sehen. Diese Leute bekommen neue Identitäten und Wohnorte."

„Wirklich?" Constanze war erstaunt. „Wie stellen Sie das an?"

„Das lassen Sie nur unsere Sorge sein", antwortete David. „Wir haben unsere Methoden dafür."

„Aber Brunhilde sollten Sie verschonen. Sie ist die Einzige, die nett und ehrlich zu mir war – und mit mir geredet hat", fiel es Constanze ein.

„Brunhilde ist nicht hier", meinte David beruhigend. „Sie hat das letzte Treffen bei den Funzels eine halbe Stunde vor dem Zeitpunkt verlassen, als wir mit den Schlägertypen dort aufkreuzten. Brunhilde weiß von nichts. Sie wird eine bessere Veranstaltung innerhalb der evangelischen Kirche finden. Einen besseren Hauskreis. Wir haben viele davon."

„Das ist gut!" Constanze atmete auf.

„Wir wünschen Ihnen eine gute Konferenz", schloss David die Unterhaltung. „Und wenn Sie Probleme haben, wenn es Dinge gibt, die Sie nicht aushalten können – dann kommen Sie zu Eva oder zu mir. Wir werden versuchen, Ihnen zu helfen!"

„Vielen Dank!" Constanze war erleichtert. „Schade, dass ich Sie beide nicht früher getroffen habe. Dann hätte ich es mir doch noch überlegt, wieder in die evangelische Kirche einzutreten."

„Vielleicht machen Sie das ja doch noch!", lächelte Eva.

„Im Moment eher nicht", räumte Constanze ein. „Solche Leute wie Pfarrer Theophilus Ludwig und die Funzels haben bei mir doch einen sehr negativen Eindruck hinterlassen!"

„Ach!" David machte eine wegwerfende Handbewegung. „Theophilus Ludwig ist eigentlich ein netter und umgänglicher Mensch. Manchmal ist er aber etwas zu steif und zu streng. Er kommt aus dem Schwarzwald – und hat daher wohl seine harte Mentalität bekommen."

„Der Schwarzwald!" Eva lachte. „David, mach den Schwarzwald nicht so schlecht! Es gibt auch umgängliche Leute dort!"

David lachte ebenfalls. Zu Constanze gewandt sagte er: „Dann sehen wir uns also gleich beim ersten Teil der Konferenz?"

„Natürlich!", antwortete Constanze. „Ich bin gespannt."

„Tschüss – bis später!" Eva und David erhoben sich und verließen den Speisesaal.

## Vierundzwanzig

Konferenzraum Nummer 1 war klein. Als Constanze ihn betrat, war sie erstaunt, wie klein er war. Die Sitzreihen waren angeordnet wie in einem Kino – sie liefen steil nach unten. Lediglich 50 Personen fanden darin Platz. Wer welchen Platz belegen sollte, war genau festgelegt. Freie Platzwahl gab es nicht.

Am Ende der Sitzreihen gab es eine große Glasscheibe. Dahinter war es dunkel. Schwarz. Nichts zu sehen.

Constanze setzte sich auf den Platz, auf dem ein Zettel mit ihrem Namen lag und harrte der Dinge, die kommen sollten.

Einige der anderen Zuschauer waren Leute, die sie bereits beim Abendessen gesehen hatte. Und ganz vorne saß Herr Ebert, der Rechtsanwalt. Sie erkannte ihn wieder.

Um Punkt 20 Uhr ging ein Licht an hinter der schwarzen Glasscheibe. Eine Kinoleinwand erschien und die Zuschauer erhaschten erstaunt einen Blick in einen Operationsraum.

Aber wer lag denn da? War das nicht Britta?

Sie lag auf der Seite. Offensichtlich schlief sie. In ihren linken Arm lief eine Infusion.

An ihrem Hals klaffte ein Schnitt, in den ein dünner Schlauch hineinragte. Darin hing ein dünner Metallstab, den ein Arzt, der eine helltürkisfarbene Kluft und einen Mundschutz trug, bediente. Eine Kamera übertrug, was sich in dem Hals abspielte. Das konnte man auf einer Leinwand im Operationssaal in überdimensionaler Größe sehen.

Nicht nur der Arzt, der Britta operierte, sah darauf – sondern auch die Zuschauer im Konferenzsaal Nummer 1.

Sie sahen ein paar Sehnen und Muskeln, an denen etwas mit diesem Draht abgeschliffen wurde. Etwas, wie kleine Geschwüre, die an diesen Sehnen klebten. Sie wurden akribisch abgetragen – kleine blutige Punkte, die dann in den Schlauch gesogen wurden. Waren sie oben, wurden sie in einer Nierenschale gesammelt.

Schließlich wurde der Schlauch aus Brittas Hals gezogen. Die Wunde wurde mit einem Faden verschlossen.

Danach drehte man Britta auf den Rücken. Der Arzt - war das nicht Doktor Müller? – öffnete Brittas Mund und griff hinein. Mit geübten Griffen versenkte er einen Gaumenspreizer darin.

Brittas Mund stand unnatürlich offen. Sie sah aus wie eine Faschingsmaske.

Dann angelte der Arzt mit einer Zange nach Brittas Zunge und zog sie nach oben in die Länge. Er knetete das Organ mit den Händen und spannte es in einen Schraubstock.

Da hing nun Brittas Zunge – straff wie ein aufgespannter Waschlappen.

Auf einmal öffnete Britta ihre Augen. Sie wusste nicht, wo sie war. Erschreckt blickte sie um sich.

Sie hatte Schmerzen am Hals, konnte aber nichts sagen.

Sie brachte keinen Ton heraus. Das Licht der Operationslampen blendete sie.

Vor ihr unterhielten sich zwei Ärzte.

„Die Patientin ist aufgewacht", meinte der eine.

„Soll mich das interessieren?", antwortete der andere Arzt fast schon ärgerlich.

„Nun ja, immerhin ist es Ihre Patientin, Doktor Müller!"

„Okay", referierte der Angesprochene. „Die Patientin ist aufgewacht. Sie ist nicht ohne Grund in dieser Klinik. Ich versuche hier das zu operieren, was mit ihrem Mund offensichtlich schief gelaufen ist. Denn sonst hätte sie nicht über andere Leute gelästert und Informationen über andere Leute illegal weitergegeben."

„Wollen Sie die Patientin nicht örtlich betäuben?"

„Wir schneiden gleich – und das sollte sie sich einprägen! Das soll sie WISSEN. Deswegen ist sie jetzt bei Bewusstsein und kann sich nicht wehren – so wie die Menschen, über die sie getratscht und die sie bedroht hat. Wenn ich verödet habe, wird die Patientin sowieso wieder narkotisiert!", meinte Doktor Müller.

„Oder – wie sehen Sie es, Doktor Michaels? Wir müssen während dieser Operationen keine Panik veranstalten. Patienten, die wach sind, werden auch bald wieder schlafen! In Vollnarkose."

Suchend blickte er um sich. „Aber ich wollte erst mal eine Hauptvene veröden. Ampulle, bitte!"

Doktor Michaels reichte Doktor Müller ein Tablett. Dieser nahm eine Spritze herunter und injizierte vorsichtig Medikament in eine der beiden großen Venen in Brittas Zungenwurzel.

Britta merkte Wärme in ihrer Zunge durch die Injektion. Aber plötzlich schoss ein starker Schmerz in ihre Zunge. Sie versuchte zu schreien, aber es klappte nicht. Panik erfasste sie und sie versuchte, sich aufzubäumen, aber alles tat ihr weh.

Ihre Arme und Beine waren an dem Operationstisch angegurtet.

Meine Güte, das waren ja unglaubliche Schmerzen.

Britta wurde schlecht – und die Anästhesistin versuchte, die Patientin wieder in Vollnarkose zu bringen. Das gelang ihr und Britta versank wieder in einem wohltuenden schwarzen Loch. Ein Loch, in dem sie nichts mehr sah und spürte.

Als Britta erneut narkotisiert war, griff Doktor Müller nach einem Skalpell und schnitt die Unterseite der Zunge neben der verödeten Vene vorsichtig auf.

Constanze beobachtete alles auf der Tribüne. Ihr wurde übel, als Doktor Müller zu schneiden begann.

Sie sackte auf ihrem Stuhl zusammen – kam aber schnell wieder zu sich. Erstens wollte sie bei Bewusstsein bleiben, sie wollte zusehen, wie Britta, die ihr gedroht hatte, bestraft wurde.

Bestraft durch eine Operation, während der ihre Stimmbänder behandelt und ihr irgendetwas in ihre Zunge eingesetzt wurde.

Zweitens stand plötzlich jemand in weißem Kittel neben Constanze, nahm ihren Arm und injizierte ihr ein Medikament.

Erstaunt bemerkte Constanze, dass mehreren Konferenzteilnehmern ein Medikament von einigen Krankenschwestern injiziert wurde. Offensichtlich hatten viele Leute ein Problem damit, zuzusehen, wie die Zungen anderer Menschen operiert wurden.

Constanze riss sich zusammen. Sie hatte diese Gröl-Gacker-Gruppe, die behauptet hatte, ein Hauskreis zu sein, aber keiner war, gemeldet – und sie wollte sehen, welche Strafe diese Leute für die seelische Verletzung, die sie ihr – Constanze - zugefügt hatten, bekamen.

Sie sah Brittas blutige Zunge, aus der Doktor Müller mit einer dünnen Zange etwas herausholte. Die schwarze, verödete Vene. Leicht zog er daran und schnitt sie dann oben und unten ab. Die blutigen Stellen wurden mit einem Tuch getrocknet.

Der Arzt verschloss die Stellen, an denen er die Vene gezogen hatte, mit einem heißen Instrument, einem so genannten „Kauter". Schnell presste er den Kauter auf die Stellen, aus denen Blut floss.

Die abgeschnittene Vene schwamm in einer alkoholischen Lösung in einer Glasflasche. Die Vene sah aus wie ein schwarzer

Wurm. Schnell wurde die Glasflasche von einer Krankenschwester aus dem Operationssaal getragen.

Anschließend nahm Doktor Müller eine Pinzette und ergriff damit einen dünnen goldenen Draht. Vorsichtig schob er diesen in Brittas Zunge, und zwar in den klaffenden Schnitt auf der Zungenunterseite.

„Das ist ein Hilfsmittel, das aus der Patientin einen besseren Menschen machen wird. Es hindert sie am Tratsch!", erklärte er, als er sich an sein Publikum oben im Konferenzsaal Nummer 1 wandte. „Immer wenn diese Person sich veranlasst fühlt, mehr zu reden, als sie sollte, wird sie einen kleinen elektrischen Strom in ihrer Zunge fühlen. Einen kleinen ‚Zungeninfarkt'. Das ist unangenehm – und wird sie daran hindern, unnötige Bemerkungen über andere Menschen zu machen."

Einige Zuschauer klatschten.

Die Operation war zu Ende. Doktor Müller nähte Brittas Zunge zu.

Alle Kursteilnehmer verfolgten gespannt, wie auch Thusnelda, Shakira und Klothilde dieselbe Operation über sich ergehen lassen mussten.

Den Anblick dieser Operationen empfand Constanze nicht als angenehm. Aber sie wusste auch: Diese Operationen waren notwendig. „Gerechtigkeit 5.0" bewegte sich in einer rechtlichen Grauzone. Sicherlich war es nicht richtig, andere Menschen gegen ihren Willen zu operieren. Andererseits schon – wenn man es medizinisch begründen konnte und wenn es zum Wohle der Allgemeinheit war.

Das würde sie später von Herrn Ebert erfahren, denn er hatte alles genauestens geprüft.

Nachdem sie die Operationen an Britta, Klothilde, Shakira und Thusnelda beobachtet hatte, hoffte Constanze, dass dieser „Tratsch-Verhinderungs-Draht" in den Zungen der operierten Frauen erfolgreich sein würde.

Sie selbst hoffte, alle Teilnehmer des „Gröl-Gacker-Kreises" nach diesem Wochenende nie wieder zu sehen.

**V**or zwölf Jahren wurden Sie in unserer Klinik am Hals operiert! Daher stammen diese Narben!" Doktor Müller saß mit einem Mundschutz vor Bridget und tastete sorgfältig ihren Hals ab. „Ich habe Sie damals operiert. Und wie ich sehe, ist die Operation gelungen! Sie hatten Geschwüre an den Stimmbändern. Ich musste die Geschwüre entfernen!"

Bridget wunderte sich, dass der Chefarzt mit ihr sprach. Sein Namensschild „Dr. Y. Müller, Chefarzt" wies ihn als solchen aus. Er war circa 45 Jahre alt, schätzte sie. Mit dunkelbraunen Haaren. Ob er gut aussah oder nicht, konnte sie nicht beurteilen, denn er trug ja eine Maske.

Aber warum wurde sie von einem Chefarzt untersucht? Sie, die nur Mitglied einer ganz normalen Krankenversicherung war. Irgendeine private Zusatzversicherung, die eine Chefarztbehandlung rechtfertigte, hatte sie nicht. Laut aber sagte sie das nicht.

„Warum kann ich mich an diese Operation nicht erinnern?", fragte Bridget stattdessen.

„So ungewöhnlich ist es nicht, dass man manche Erlebnisse vergisst!", bemerkte Doktor Müller. „Auch ich kann mich nicht an alles, was in meinem Leben passiert ist, erinnern!"

„Aber - eine Operation! So etwas vergisst man nicht!"

Doktor Müller zuckte mit den Schultern. „Dazu kann ich jetzt nicht mehr sagen! Grund war, dass Sie eine zu laute, ungezügelte Stimme hatten. Zu disharmonisch. Zumindest lese ich das hier in diesem Arztbericht. Leute, die mit Ihnen zu tun hatten, beschwerten sich über Ihr ‚abnormales und disharmonisches Lachen'. Das mussten wir untersuchen. Wir haben Geschwüre gefunden, die Ihnen unter Vollnarkose entfernt wurden. Und Ihre Zunge musste ich ebenso behandeln. Eine reine Vorsichtsmaßnahme!"

Bridget schwieg. Dass sie vor Jahren merkwürdig und disharmonisch gelacht hatte, war ihr nicht bewusst. Ihr Lachen war eher dezent und tonlos und störte niemanden. Wenn sie aber laut lachen wollte, verursachte das Schmerzen. Deswegen lachte sie nicht laut.

„Zeigen Sie mir Ihre Zunge!"

Bridget streckte ihre Zunge heraus. Der Arzt befühlte sie vorsichtig mit seinen behandschuhten Fingern und ertastete den Draht. Den „Tratsch-Verhinderungs-Draht", den er vor zwölf Jahren in diese Zunge eingesetzt hatte. Der Draht, der helfen sollte, dass Bridget sich normal benahm. Denn wenn jemand zu lange redete – vor allem Unnötiges -, gab es einen kleinen elektrischen Schlag in der Zunge. Wie einen „Zungen-Infarkt". Das war nicht angenehm.

„Tut das weh?", fragte er und drückte sanft auf den Draht.

„Nein!" Bridget schüttelte den Kopf. „Aber es ist irgendwie unangenehm!", fügte sie hinzu, als er die Finger von ihrer Zunge genommen hatte.

„Damit werden Sie weiterhin leben müssen!", kommentierte er ungerührt, streifte seine Handschuhe ab und warf sie in einen weißen Abfalleimer. „Die Operation war medizinisch notwendig!"

Bridget wusste nicht, was sie sagen sollte. Die Tatsache, dass an ihr eine Operation vorgenommen worden war, von der sie nichts mehr wusste – und dass sie offensichtlich eine Vergangenheit hatte, an die sie sich nicht mehr erinnerte, musste sie erst einmal verarbeiten.

Doktor Müller nahm durchaus wahr, was Bridget umtrieb. Aber er ging nicht darauf ein. Die Konferenz musste beginnen – und es gab noch einige Untersuchungen, die durchgeführt werden mussten. Er hatte im Moment etwas Zeit vor der nächsten Operation.

„Ich muss Ihnen Blut abnehmen!", sagte er zu Bridget, nahm sich neue Einmalhandschuhe aus einem Spender in der Nähe und streifte sie über. „Das ist Vorschrift für die Teilnehmer an unseren Konferenzen! Gleichzeitig werde ich Ihnen einen Zugang für eine Infusion legen! Für alle Fälle!"

„Ja, aber Sie sind doch Chefarzt! Und ich habe keine private Krankenversicherung, um mir eine Chefarztbehandlung leisten zu können!", protestierte sie.

„Darüber machen Sie sich keine Sorgen!", beruhigte er sie. „Die Kosten werden übernommen! Sie zahlen keinen einzigen Cent für diese Konferenz!"

Bridget nickte und machte ihren linken Arm frei. Sie fragte nichts mehr, denn darüber, dass sie eine Hals- und Zungen-Operation vergessen hatte, musste sie immer noch nachdenken. Der Arzt band einen Gurt um ihren Oberarm und suchte nach einer Vene.

## Sechsundzwanzig

Yorck Müller hatte keine einfache Kindheit. Seine Mutter zog ihn alleine groß. Sein Vater war ein bekannter Fabrikant, verheiratet mit einem Fotomodell. Die Beziehung galt als glücklich, zumindest nach außen hin.

Dieser Fabrikant aber begann mit Yorcks Mutter ein Verhältnis, nachdem er sie auf einer Maschinenmesse kennen gelernt hatte. Sie hatte ihn sofort begeistert. Und so lebten er und Yorcks Mutter eine Liebesbeziehung, lange unerkannt von seiner Umgebung und dem Umfeld von Yorcks Mutter.

Irgendwann jedoch kam es ans Tageslicht, dass dieser Fabrikant eine Geliebte hatte – und darüber hinaus noch ein außereheliches Kind. Das Gerede – der Klatsch - fing an im Ort – und gipfelte darin, dass Yorck und seine Mutter umziehen mussten. Sie zogen in eine andere Stadt und begannen dort ein neues Leben.

Yorcks Vater unterstützte die kleine Familie – aber seine Mutter litt lange darunter, dass sie und ihr Sohn die Stadt hatten verlassen müssen. Außerdem kam sie nicht darüber hinweg, dass sich ihr Geliebter letztendlich für seine Familie entschieden hatte. Sicherlich bezahlte er gut für ihren Lebensunterhalt – und auch dafür, dass Yorck das Gymnasium besuchen konnte und studierte.

Aber das Gefühl, abgelehnt worden zu sein, nagte an ihr.

Yorck dagegen versuchte, aus der negativen Atmosphäre seiner Mutter wegzukommen. Er machte eine hervorragende Abiturprüfung und entschied sich für ein Medizinstudium. Aus den Erlebnissen seiner Kindheit und Jugend kristallisierte sich der Wunsch heraus, Hals-Nasen-Ohrenarzt zu werden. Denn man befasste sich in diesem Beruf nicht nur mit dem Hals, der Nase und den Ohren eines Menschen, sondern auch mit seiner Zunge.

Der Zunge, mit der ein Mensch viel Gutes, aber auch viel Schlechtes bewirken konnte. Die Zunge, die tratschen konnte.

Zungen faszinierten York – und er versuchte, so viel wie möglich darüber zu lernen. Als Chirurg spezialisierte er sich also nicht nur auf die üblichen Hals-Nasen-Ohren-Operationen, sondern auch auf Operationen an der menschlichen Zunge.

Er entwarf neue Operationstechniken, stellte sich sein spezielles Operationsbesteck für Operationen an der Zunge zusammen, schrieb Aufsätze in medizinischen Zeitschriften und reiste immer wieder zu Vorträgen.

Kein Wunder, dass ihn die Stephanas-Klinik entdeckte und er sehr bald dort zum Chefarzt wurde.

Und irgendwann entdeckte er das Potential von „Gerechtigkeit 5.0" und entschloss sich, auch für diese Organisation zu arbeiten.

## Siebenundzwanzig

Nach der ärztlichen Untersuchung begleitete Melinda Grünwald Bridget in den Trakt mit den Hotelzimmern. „Sie bekommen ein schönes Einzelzimmer!", meinte Frau Grünwald stolz, als Bridget beeindruckt ihre Blicke über die Einrichtung schweifen ließ. Die Möbel waren hellbraun, es gab einen Fernseher im Raum. Neben dem Fernseher führte eine weiße Tür in ein schmuckes Badezimmer.

„Sie können sich etwas frisch machen und ausruhen. Um 18 Uhr hole ich Sie zum Abendessen ab – und um 20 Uhr beginnt die Konferenz!"

Melinda Grünwald verließ das Zimmer und Bridget war alleine. Verärgert bemerkte sie, dass sie ihr Buch mit dem Titel „Lektüre einer Sommernacht" schon fast zu Ende gelesen hatte. Nachschub hatte sie leider nicht dabei.

„Lektüre einer Sommernacht" hatte mehrere Botschaften. Deswegen hatte Bridget dieses Buch zweimal gelesen, um diese Botschaften komplett zu erfassen. Nach dem ersten Lesen war für sie das Buch eine Geschichte um einen Mann in Portugal, namens Abraham, der seinen Onkel verloren hatte und nicht glücklich war in dem Job in einem Baumarkt, den sein Vater gegründet hatte. Mit seiner Frau und seinem Sohn verbrachte Abraham nicht genug Zeit. In seinen Gedanken erfand er Geschichten, der er seinem Sohn erzählte und die bei dem Sohn sehr gut ankommen.

Während der zweiten Lektüre waren die Botschaften des Buches mehr zu Bridget durchgedrungen. Eine Botschaft lautete, dass man seine Talente weiterentwickeln sollte. Man sollte auf sein Herz hören und das tun, was das Herz sagt, und nicht in einem Beruf verharren, in dem man nicht glücklich war. Denn das Leben aller Menschen war nicht unendlich, die Menschen hatten nicht alle Zeit der Welt. Abrahams Onkel Konstantin hatte genau das gelebt und sich auf die wesentlichen Ziele in seinem Leben fokussiert.

Vielleicht sollte sie dieses Buch zum dritten Mal lesen, dachte Bridget.

Ihre Blicke schweiften zu den Büchern, die auf einem Bücherregal standen. Lektüre für die Konferenzteilnehmer.

Es waren neue Bücher, fast noch nicht gelesen. Vorsichtig nahm Bridget das Buch „Herbstspatzen" zur Hand. Das Buch war eine Dystopie, also eine Zukunftsvision. Wollte sie eine Dystopie lesen? Gut hörte sich das Buch an. Es ging um Leila Pentecost, eine Ornithologin. Sie wuchs in der Nähe des Meeres auf. Mal in Bandon in Irland, mal in Wooloomaloo in Australien. Von ihrer Mutter wurde sie verlassen. Das traf sie sehr, und sie war immer wieder auf der Suche nach ihrer Mutter.

Schon während ihrer Kindheit hatte eine Liebe zu Spatzen entwickelt. Sie wollte den Herbstspatzen bis nach Sibirien folgen. Deshalb heuerte sie als Reinigungskraft auf einem Kreuzfahrtschiff an. Auf dem Schiff hatte sie es mit Menschen mit unterschiedlichen Charakteren zu tun. Aber auch sie und ihre Geschichte gaben viele Rätsel auf.

Bridget stellte das Buch wieder ins Regal. Vielleicht würde sie es sich kaufen, wenn sie wieder in Augsburg war. Der Schreibstil, die poetische Sprache, in der es verfasst war, könnte ihr vielleicht gefallen.

Sie nahm ein weiteres Buch zur Hand. „Die Hütte in St. Ingbert", das eine italienische Autorin verfasst hatte. Dieses Buch schien ein Familienroman mit einem interessanten Plot zu sein. Nino, eine der Hauptpersonen in dem Buch, war ein elfjähriger Junge, dessen Vater Ninos Mutter vergiftet hatte und sich selbst dann erhängte. Deswegen kam Nino zu seinen Tanten, die versuchten, ihn zu erziehen. Dabei konnten diese Tanten sich nicht leiden.

Bridget schüttelte den Kopf. Nein, eine solche Geschichte wollte sie gerade nicht lesen. Sie hatte das Gefühl, dass die Wirklichkeit bei dieser Konferenz krasser sein würde. Deswegen wollte sie ein Buch lesen, das sie etwas zerstreuen konnte.

Vielleicht war der Krimi „Lost in Lanzarote" eines maltesischen Schriftstellers die richtige Lektüre? Es ging um einen jungen Mann, der seine Freundin suchte, die seit einigen Monaten auf Lanzarote verschollen war. Er suchte überall, am Strand, in vielen Touristenorten, in Umkleidekabinen, auch im Rotlichtmilieu und in einsamen Wäldern. Interessant klangen hier die Schauplätze, allerdings klang der Krimi sehr actionreich und auch brutal. Bridget stellte das Buch wieder ins Regal. Nein, das wollte sie gerade nicht lesen.

Da fiel ihr ein, dass es vielleicht Sinn machen würde, zu den Konferenzunterlagen zu greifen, die im Zimmer lagen. Fein säuberlich waren sie in einem DIN-A-4-Schnellhefter abgeheftet. Sie durfte diese Unterlagen mit nach Hause nehmen. Aber es konnte nicht schaden, sie anzuschauen. Sie schlug die erste Seite auf und fing an zu lesen.

## Achtundzwanzig

Zum Thema Weltreligionen – Unterschiede und Gemeinsamkeiten zwischen Christentum und Buddhismus. Auszug aus dem Skript der Konferenzen 2020.

Sehr geehrte Damen und Herren, willkommen zu der Konferenz der Stephanas-Klinik, die sich heute mit dem Thema „Weltreligionen" befasst. Ein Wochenende reicht nicht aus, um alle Weltreligionen zu beleuchten. Deswegen vergleichen wir zuerst einmal zwei Weltreligionen miteinander, nämlich das Christentum und den Buddhismus.

Wissen sollten Sie, dass es in jeder Kultur Religionen gibt.

Religionen beginnen auf einer einfachen Stufe, die man als „Animismus" bezeichnet. Das Wort „Animismus" kommt vom lateinischen Wort „anima" – das heißt „Seele". „Animismus bedeutet also, dass alles beseelt ist. Auch alles in der Natur. Pflanzen und Tiere haben eine Seele. Außerdem gibt es magische Kräfte.

Animismus – das erinnert uns doch auch an Märchen. Wenn man im Märchen beispielsweise mit Tieren reden kann.

Bis heute gibt es Menschen, die immer noch an magische Dinge glauben, beispielsweise wenn man versucht, Menschen gesund zu beten.

Die zweite Stufe für das Entstehen einer Religion nennt man „Polytheismus". Dieses Wort kommt aus der griechischen Sprache. Es sagt aus, dass es einzelne – also mehrere – Götter gibt. Diese Götter sind oft für bestimmte Bereiche des Lebens zuständig. Wir kennen diesen Polytheismus beispielsweise aus der Kultur der alten Griechen und Römer.

Die dritte Stufe der Religionsentwicklung heißt „Monotheismus". Beim Monotheismus gibt es nur EINEN Gott.

Ein Beispiel für Monotheismus ist Echnaton, der von 1351 bis 1334 vor Christus lebte. Er war ein Gott bei den alten Ägyptern.

Mose, den wir aus der Bibel (Altes Testament) kennen, brachte den Monotheismus nach Israel. Aus diesen Anstrengungen des Mose resultieren das Christentum und das Judentum.

Was folgt aus diesem Monotheismus? Antwort: man hat eine Religion und will andere Menschen missionieren, also sie dazu zu bringen, dieselbe Religion auszuüben.

Religionen, die missionieren, sind beispielsweise das Christentum und der Islam.

Das andere Extrem ist, dass Religionen sich auflösen. Dieses Extrem finden wir im Kommunismus.

Aber nun wieder zurück zu unserem Thema „Welche Unterschiede gibt es zwischen Christentum und Buddhismus?" Dazu sehen wir uns die Lebenswege von Jesus und Buddha an.

Jesus wurde wahrscheinlich im Jahr vier vor Christus geboren. So schildern es die Evangelien von Matthäus und Lukas.

Ob Jesus in Bethlehem geboren wurde, ist nicht klar bewiesen. Vielleicht wurde er auch in Nazareth geboren.

Die Mutter Jesu hieß Maria, der Vater Joseph. Aber es war wohl der Heilige Geist, den man als Vater Jesu bezeichnen kann.

Wahrscheinlich hat Jesus im Jahr 28 nach Christus seinen Beruf gewechselt. Er war gelernter Zimmermann, suchte sich aber dann seine Jünger und wanderte mit ihnen. Die Dauer der Wanderschaft betrug möglicherweise ein bis drei Jahre.

Während dieser Wanderschaft wurde Jesus getauft von Johannes dem Täufer.

Jesus hielt Predigten, er vollbrachte Wunder, er war in Streitgespräche verwickelt, er hatte ein Abendmahl mit seinen Jüngern.

Jesus wurde von dem Jünger Judas verraten, ihm wurde der Prozess gemacht, er wurde gekreuzigt und starb. Er stand aber auf von den Toten und fuhr auf in den Himmel.

„Jesus, der Gesalbte" ist ein Ehrentitel, den Jesus nach seiner Wiederauferstehung erhielt.

„Jesus Christus" – so wurde Jesus ebenfalls nach seiner Wiederauferstehung genannt. Christus ist ein Hoheitstitel.

Im Gegensatz zu Jesus wurde Siddhartha Gautama, der später „Buddha" genannt wurde, 563 vor Christus im Norden Indiens geboren. Er stammte aus dem Geschlecht der Shakya (Shakyamuni). Das war ein kleines indisches Fürstenhaus.

Die Familie stammte aus der Kaste der Kshatrya. Der Vater von Buddha hieß Suddhodana, die Mutter hieß Maya. Sie starb im Alter von 40 Jahren. Buddha bekam deswegen eine Stiefmutter, namens Pajapati.

Zuerst lebte Buddha im Luxus. Er heiratete auch.

Eines Tages, als er unter einem Pappelfeigenbaum saß, bekam er eine Erleuchtung. Von da an lebte er sehr einfach und bescheiden. Einen solchen Lebensstil bezeichnet man als „Askese".

Er wurde Mönch und begab sich auf Wanderschaft, um zu predigen. Buddha starb im Alter von 80 Jahren.

Buddha wurde 80 Jahre alt, Jesus dagegen wurde im Alter von circa 30 Jahren umgebracht.

Der Titel „Buddha" wurde Buddha später gegeben. Buddha bedeutet „der Erleuchtete".

Lassen Sie mich kurz die Gemeinsamkeiten und Unterschiede von Christentum und Buddhismus erläutern.

Die Buddhisten sagen: Man muss sich loslassen. Das ist der Weg nach innen. Der Buddhist muss sich von der Welt erlösen. Die Welt ist vergänglich und ein Ort des Leidens. Dieses Leiden ist für den Menschen ein zu überwindendes Durchgangsstadium. Der Mensch muss vom Leiden erlöst werden, also ins „Nirwana" kommen. Das Nirwana ist ein Zustand jenseits von Freude und Leid.

Laut dem Buddhismus wird der Mensch durch eigene Kraft erlöst. Die Erlösung wird als Lehre und Leere angesehen. Der Weg zu ihr ist der Weg des Wissens und kann durch Meditation erreicht werden. Ein buddhistischer Mönch strebt eine Distanz zum Leben an. Alles, was sinnlich ist und Freude macht, soll ausgeschaltet werden. So wird eine Distanz zu den Mitmenschen erreicht. Die Christen dagegen sagen: Man muss sich engagieren. Das ist der Weg nach außen. Als Christ strebt man eine Erlösung für die Welt an. Die Erlösung dient dazu. Leiden ertragen zu können. Als Christ ist man durch einen Erlöser erlöst. Jesus ist der Erlöser, man folgt ihm nach. Der Mensch ist zwar schwach und ein Sünder, er hat aber eine Chance auf ewiges Leben – also erlöst zu werden durch die Menschwerdung Gottes in Jesus Christus. Jesus Christus, der aus Liebe zu den Menschen am Kreuz für die Sünden der Menschen starb. Wer Christ ist, lebt sein Leben intensiver. Er geht durch Freude und Leid, hat aber die Hoffnung, nach dem Tod im Paradies bei Jesus zu sein.

Beide Religionen – also Christentum und Buddhismus – können voneinander lernen. Sie können einander respektieren. Das Christentum kann vom Buddhismus lernen, dass man tolerant sein soll, ein langer Atem wichtig ist, es einen Weg der Mitte gibt. Außerdem kann man meditieren. Es ist durchaus möglich, über Bibelverse zu meditieren.

Der Buddhismus kann vom Christentum lernen, dass soziales Engagement wichtig ist. Es führt zu historischem und politischem Denken. Christen versuchen, für alle etwas zu machen, beispielsweise den Armen zu helfen.

Ein Christ handelt aus Mitleid und Barmherzigkeit. Solch eine Einstellung ist für einen Christen wichtig.

Auch ein Buddhist hat Mitleid zu einzelnen Menschen und Gruppierungen.

Das gemeinsame Ziel beider Religionen ist, dass sie Verantwortung für das Leben übernehmen.

Lassen Sie uns noch auf die Art des Gebets in beiden Religionen eingehen. Ein Buddhist spricht, wenn er betet, zu sich selbst.

Ein Christ dagegen spricht zu einer Gottheit – zu Gott, genauer gesagt.

Ein gutes Beispiel für ein christliches Gebet ist das Vaterunser.

Man kann es im Matthäus-Evangelium in der Bibel nachlesen, nämlich im Kapitel 6, in den Versen 9 bis 13. Das Vaterunser steht in der Mitte der Bergpredigt.

## Neunundzwanzig

Grafiken verdeutlichten die mitreißende Lektüre. Ja, interessant geschrieben war dieses Skript, das musste Bridget zugeben. Dennoch konnte sie sich nicht vollständig darauf konzentrieren. Sie schlug den Ordner wieder zu und schaltete den Fernseher ein.

Leider lief dort auch nichts, was sie interessierte.

Sie schaltete den Fernseher mit Hilfe der Fernbedienung wieder aus, legte die Fernbedienung auf den Schreibtisch, öffnete die Tür ihres Hotelzimmers und spähte nach draußen. Sie wusste schon, dass die „Stephanas-Klinik" es nicht gerne sah, wenn sie außerhalb der Konferenz-Zeiten auf Entdeckungstour ging. Aber war es schlimm, wenn sie durch den Gang ging, um sich ein bisschen die Beine zu vertreten?

Immerhin war sie einige Stunden im Zug gesessen.

Leise schritt sie über den dunkelroten Teppichboden. Offensichtlich führte dieser Gang in mehrere Hotelzimmer, in denen auch Konferenzteilnehmer untergebracht worden waren.

Bridget kannte die anderen Teilnehmer nicht – und so wollte sie auch an keiner der anderen Türen klopfen.

Am Ende des Ganges führte ein Weg nach rechts, einer nach links. Offensichtlich befanden sich hier einige Büros. Wenige Menschen liefen herum – offensichtlich Mitarbeiter der Verwaltung der Klinik.

Bridget versuchte sich zu verstecken – aber auf einmal stutzte sie. Die Frau, die eines der Büros verließ und durch den Gang schritt, kannte sie von irgendwoher. Den Gang, die Frisur, die Statur – alles kam ihr bekannt vor.

War das nicht...?

Bridget grübelte. Dann rief sie:

„Constanze! Bist du das?"

Die Angesprochene drehte sich erstaunt um. Mund und Nase waren mit einer Einmal-Operationsmaske bedeckt. Grün-graue Augen blickten Bridget an.

„Ja, ich heiße Constanze! Aber was wollen Sie von mir? Ich kenne Sie nicht!"

„Aber wir kennen uns doch von irgendwoher!" Bridget bettelte beinahe. „Das musst du doch wissen! Erinnerst du dich nicht an mich?"

„Nein", antwortete Constanze. „Ich kenne Sie nicht. Und ich weiß nicht, warum Sie mich duzen! Ich heiße Frau Monday!"

„Constanze Monday – stimmt! Ich kenne Sie, ich habe Sie schon gesehen!" Bridget war verzweifelt. Sie ließ nicht locker.

„Es tut mir wirklich leid!", meinte Constanze bestimmt. „Ich kenne Sie nicht und ich habe Sie noch nie gesehen, Frau..."

„Frau Siewert", half Bridget ihr auf die Sprünge.

„Frau Siewert? Dann sind Sie wohl eine der Konferenzteilnehmerinnen an diesem Wochenende?", fragte Constanze.

„Ja!", antwortete Bridget erfreut.

„Entschuldigen Sie bitte, Frau Siewert, ich arbeite hier – und muss jetzt mit meiner Arbeit weitermachen!", erklärte Constanze resolut. „Und – einige Tipps gebe ich Ihnen: Wenn Sie hier durch die Gänge laufen, dann ziehen Sie sich bitte einen Mund-Nasenschutz an! Zweitens: Die Leitung und die Mitarbeiter der Konferenzen und der Klinik sehen es absolut nicht gerne, wenn Konferenzgäste sich auf den Gängen aufhalten. Sie sollen in ihren Hotelzimmern bleiben, bis sie zum nächsten Programmpunkt geholt werden. In Ihrem Fall ist das das Abendessen! Haben Sie mich verstanden?"

„Ja", antwortete Bridget kleinlaut.

„Ich kann Sie gerne zu Ihrem Hotelzimmer bringen, wenn Sie sich verlaufen haben!", bot Constanze an.

„Nein", winkte Bridget ab. „Ich kenne den Weg!"

„Dann begeben Sie sich schleunigst dorthin und setzen sich, wenn Sie wieder Ihr Zimmer verlassen, eine Maske auf! Sie wollen doch keinen Ärger bekommen?"

„Nein, natürlich nicht!" Bridget drehte sich um und machte sich auf den Weg zu ihrem Hotelzimmer.

„Dennoch kenne ich diese Constanze Monday", murmelte sie. „Wenn ich nur wüsste, woher..."

## Dreißig

Constanze erinnerte sich sehr wohl an Bridget. Warum nur musste sie dieser Person nach so vielen Jahren wieder begegnen? Warum fand die Konferenz, an der Bridget teilnehmen würde, nicht in einer der anderen Kliniken, die auch solche Konferenzen machten, statt?

Constanze ärgerte sich auch, dass Bridget ohne Mund-Nasenschutz herumgelaufen war. Die Corona-Pandemie war in vollem Gange, Mund-Nasenschutz war Pflicht an vielen Orten – und Constanze wollte sich nicht bei solchen Klatschbasen wie Bridget mit Corona anstecken!

Aber woher wusste Constanze, ob Bridget noch tratschte oder nicht? Immerhin war sie vor zwölf Jahren von Doktor Müller operiert worden. Und Constanze hatte seitdem keinen Kontakt mehr zu Bridget – oder Britta – gehabt. Bridget hatte sich vielleicht geändert. Wenn ja, dann war das auch ein Verdienst von „Gerechtigkeit 5.0".

Im Laufe der Jahre war „Gerechtigkeit 5.0" so erfolgreich geworden, dass sie ihre Konferenzen auch in Kliniken in anderen Orten abhielten. Denn die „Stephanas-Klinik" in Stephanasville konnte nicht alle Aufträge ausführen, die sie ausführen sollte.

Viele Ärzte, die in Stephanasville ausgebildet worden waren, setzten ihre Tätigkeit während anderer Konferenzen in anderen

Hals-Nasen-Ohren-Kliniken fort – ganz im Sinne von „Gerechtig-keit 5.0". Diese Organisation hatte alles im Griff – und natürlich die Oberaufsicht über alle Geschehnisse.

Constanze arbeitete seit einigen Jahren in der Stephanas-Kli-nik – und eigentlich hätte sie wissen müssen, dass Bridget an diesem Wochenende in die Stephanas-Klinik kam. Jedoch wuss-te sie nicht, dass sich hinter Bridget eine Person verbarg, die sie unter einem anderen Namen kennen gelernt hatte.

Nämlich Britta.

Constanze erinnerte sich zurück an das Wochenende im Mai 2008, als sie selbst Konferenzteilnehmerin gewesen war und be-obachtet hatte, was mit dem Ehepaar Funzel sowie den weite-ren Teilnehmern des „Hausbibelkreises, der keiner war", pas-sierte.

Beispielsweise an die Zahnbehandlung, die Senta und Wolf über sich ergehen lassen mussten.

## Einunddreißig

Doktor Lüder Hausch war Zahnarzt, muskulös und gut gebaut. Er wurde von seinen Patienten auch „sanfter Riese" genannt. Grund war, dass man seine Injektio-nen kaum spürte und er seine Patienten so behandeln konnte, dass sie von seinen Zahnbehandlungen kaum etwas merkten. Vielen wurde so die Angst vor einer Zahnbehandlung genom-men.

Allerdings war er auch ein kleiner Sadist. Manchmal wollte er sich am Bohrer einfach nur austoben. Sehen, wie weit er gehen konnte. Wann die Patienten, deren Zähne er mit Bohr- und Schleifgeräten bearbeitete, anfingen zu schreien. Diesen Sadis-mus lebte er nicht in seiner eigenen Praxis aus, sondern in den Konferenzen in der Stephanas-Klinik.

Heute war wieder solch ein Tag, an dem er zeigen konnte, wie gut er mit seinen Bohrern umgehen konnte. Wobei er auch hin und wieder seine Grenzen nicht kannte. Also den Punkt, wann es einfach zu viel war. Der Punkt, an dem er aufhören musste, seine Patienten zu quälen.

Daran mussten ihn dann andere erinnern.

Eine intraorale Kamera – also eine Kamera in winzigem Format – filmte alles, was in Wolfs Mund passieren würde. Und all das war auf einer großen Leinwand zu sehen. So konnten die Konferenzteilnehmer oben auf den Rängen im Konferenzsaal 1 verfolgen, was in den Operationssälen passierte.

Doktor Hausch wandte sich an Wolf, der ruhig in Liegeposition auf dem Zahnarztstuhl lag. Seine Arme waren angegurtet, seine Beine auch. Durch eine Vene im rechten Arm rann eine Infusion. Traubenzuckerlösung.

Wolf sagte nichts.

„Ich muss Ihre Zähne untersuchen und gegebenenfalls behandeln. Aufmachen, bitte!", befahl Doktor Hausch.

„Warum müssen Sie das machen?", wollte Wolf wissen. „Ich war erst vor einem halben Jahr beim Zahnarzt!"

Doktor Hausch nickte.

„Ich muss Sie behandeln. Das sagen die Klinikvorschriften. Und jetzt öffnen Sie Ihren Mund!"

Der Arzt nahm einen Zahnarztspiegel und wollte in Wolfs Mund schauen. Dieser biss aber seine Zähne zusammen und öffnete seinen Mund nicht.

„Sie haben keine andere Wahl!", fügte Doktor Hausch hinzu. „Aufmachen, bitte!"

Wolf tat so, als höre er nicht. Innerlich triumphierte er. Sein Mund blieb zu.

„Okay", sagte Doktor Hausch und zuckte mit den Schultern. „Dann muss ich zu anderen Methoden greifen."

Doktor Hausch verließ den Raum. Einige Arzthelferinnen schwirrten herum und räumten Instrumente, die aussahen wie große Haken, auf ein Tablett.

Wolf klemmte immer noch seinen Mund zusammen und harrte der Dinge, die da kommen sollten. Nein, in seinen Mund sollte niemand irgendetwas tun! Was bildete sich dieser Doktor Hausch überhaupt ein? Eine Zahnbehandlung?

Nein, nicht mit ihm, nicht mit Wolf!

Eine Arzthelferin richtete Spiegel, Haken und weitere, gefährlich aussehende Geräte auf einem weiteren silberglänzenden Tablett zusammen und verschwand lächelnd.

Anschließend erschien Doktor Hausch. Er trug einen Mundschutz und ein Visier. Neben ihm stand ein weiterer, ebenso muskulöser Mann. Auch dieser trug einen Mundschutz und ein Visier.

„Darf ich mich noch vorstellen? Mein Name ist Doktor Hausch. Ich bin Zahnarzt. Das hier ist mein Kollege Doktor Weißhaupt. Er wird mir assistieren!"

Der angesprochene Zahnarzt nickte und nahm links neben Wolf Platz. Ein Haken, der wie ein Schuhlöffel aussah, lag griffbereit in einer seiner Hände.

Doktor Hausch schob einen fahrbaren Drehstuhl rechts neben Wolf.

„Und jetzt sehe ich mir Ihre Zähne an!" Doktor Hausch streifte sich Einmalhandschuhe über, die ihm eine Assistentin reichte, und griff nach einem Spiegel.

„Aufmachen, bitte!"

Wolf sperrte immer noch seinen Mund zu.

„Das haben wir gleich!" Doktor Hausch lächelte, massierte mit beiden Händen seitlich Wolfs Hals und drückte mit beiden Daumen plötzlich fest gegen Wolfs Unterkiefer. Das war überraschend und tat weh. Wolf verspürte einen leichten Würgereiz und musste unwillkürlich seinen Mund öffnen.

Schnell griff Doktor Weißhaupt mit seinem Haken in Wolfs Mund und zog die linke Seite damit auseinander. Schmerzhaft auseinander.

Die rechte Seite seines Mundes steckte in den starken Händen von Doktor Hausch. Doktor Hausch zog daran so lange, bis es nicht mehr ging, steckte einen weiteren „Schuhlöffel" hinein und übergab diesen einer Assistentin.

„Auseinanderziehen, bitte!"

Wolfs Mund stand jetzt in einer ungewöhnlichen Position offen. Er musste seinen Mund nach oben aufmachen, um die seitlichen Dehnungen seines Mundes aushalten zu können.

„Gaumenspreizer, bitte!"

Eine Assistentin reichte ihm einen gefährlich aussehenden Apparat, den Doktor Hausch vorsichtig in Wolfs Mund versenkte. Das Ding sah aus wie ein unten offener Blumentopf mit seitlichen Schienen, die sich so um die Zahnreihen schmiegten, dass die Zähne offenlagen und man sie problemlos behandeln konnte. Die Zunge wurde von einem Plastikteil nach unten gedrückt.

Die Breite dieses Gaumenspreizers konnte man verstellen, so wie man sie brauchte. Mit Schrauben konnte man das Ganze dann justieren, so dass Wolfs Mund keine andere Wahl hatte, als offenzustehen, und der Arzt seine Arbeit mit Bohrern, Haken und sonstigen Instrumenten beginnen konnte.

„So ist es gut!", nickte Doktor Hausch, sprühte Wasser in Wolfs Mund und untersuchte die Zähne.

Monoton konstatierte er den Zustand jedes einzelnen Zahnes. „Eins sieben ist überkront", sagte er beispielsweise. Oder „zwei fünf, links unten – Karies."

Wolf konnte nur erahnen, was ihm jetzt „blühen" würde. Am meisten Sorge machte ihm die Aussage „Vier oben hinten müssen wir überkronen!"

„Überkronen?", fragte Doktor Weißhaupt. „Reicht keine neue Plombe?"

„Nein, der Zahn bricht auseinander! Schauen Sie doch!" Mit einem Haken pickte Doktor Hausch an einem Backenzahn rechts hinten in der oberen Zahnreihe herum, so dass einige Teile der Füllung herausflogen. Mit einem Sauger entfernte er diese Teile.

Mit einem Röntgengerät erfasste er den Zahn. Dieses Gerät war so schlau, dass es genau alle Umrisse des Zahns erfasste und ausrechnen konnte, wie eine Krone auszusehen hatte.

„Wir machen eine 3-D-Krone!", befahl Doktor Hausch. „Frau Fabian, die fertigen Sie an! Ich schicke Ihnen mein Röntgenbild per E-Mail!"

Eine der Assistentinnen, die die Szene bisher nur beobachtet hatte, nickte. Sie würde in einem anderen Raum eine E-Mail auf ihrem PC erhalten und konnte mit Hilfe des angefertigten Röntgenbildes eine 3-D-Krone ausdrucken lassen.

Doktor Hausch knipste eine Art Röntgengerät an, in dem man jeden Zahn betrachten konnte. Konzentriert sah sich der Arzt den Zahn an und nannte einige Zahlen, die sich die Assistentin notierte. Dann verschwand sie.

„Wir kümmern uns jetzt um Ihren kariösen Zahn!" Doktor Hausch zog einen Bohrer, der an einem Schlauch befestigt war, aus dem Zahnarzt-Schrank und bestückte ihn mit einer Spitze. Eine Assistentin hängte einen Speichelsauger in Wolfs Unterkiefer.

Doktor Hausch betätigte den Bohrer mit einem Fußpedal. Surrend glitt er in Wolfs Mund.

Wolf versuchte, seine Muskeln rund um seinen gefangenen Kiefer so zu bewegen, um die seitliche Dehnung seines Mundes so wenig unangenehm wie möglich spüren zu müssen. Währenddessen tanzte der Bohrer mit einem dezenten Sirren auf der Fläche seines zweiten Backenzahns links unten, entfernte akribisch obere Schichten alter Füllung, glitt in die seitlichen Fugen, um wirklich alles Kariöse zu entfernen. Das war unangenehm, aber noch nicht schmerzhaft. Eine Assistentin saugte all diese „Trümmerteile" mit einem Sauger ab.

„Das war Phase eins. Jetzt kommt Phase zwei!"

Doktor Hausch stoppte und besprühte den Backenzahn mit Wasser, um ihn mit einem Spiegel zu begutachten.

„Gut!", kommentierte er.

Anschließend bestückte er seinen Bohrer mit einem feineren Bohraufsatz. Einem Bohraufsatz, der etwas länger war als der Vorherige.

Ängstlich beobachtete Wolf den Zahnarzt.

Dieser betätigte sein Pedal und platzierte den Bohrer auf eine Stelle des Zahnes, den er gerade behandelte. Er bohrte ein Loch in die noch vorhandene Füllung und führte den Bohrer gerade nach unten. Gerade diese punktuelle Bohrung konnte besonders schmerzhaft sein. Sirrend traf der Bohrer auf eine Stelle ganz nahe am Zahnnerv.

„Ah!", entfuhr es Wolf, denn das tat weh.

Der Arzt entfernte scheinbar teilnahmslos den Bohrer aus dem soeben gebohrten Loch. Er platzierte anschließend den laufenden Bohrer ganz in der Nähe des gebohrten Loches und drückte ihn nach unten. Wieder entstand ein kleines Loch und wurde durch langsamen, aber kontinuierlichen Druck nach unten, rechts und links vertieft. So lange, bis der Nerv sanft berührt wurde.

Auch das tat weh. Unsagbar weh. Ein stechender Schmerz schoss durch Wolfs Unterkiefer.

„Aaaah!", schrie er. „Aaaaah!"

Er wollte seinen Mund in einem aufkommenden Reflex schließen, aber der Gaumenspreizer hielt ihn unerbittlich offen.

Doktor Hausch setzte an einer neuen Stelle am Zahn an und schob seine Bohrspitze hinein. Ein millimetergroßes Loch entstand. Heulend bohrte sich die Spitze durch alte Füllung nach unten bis zu ihrem schmerzhaften Ziel. Der Zahnnerv reagierte gestresst und verursachte höllische Schmerzen.

„Aaah! Aaah!"

Wolf wollte „Aufhören!" schreien. Aber es war ihm nicht möglich.

Unerbittlich fuhr Doktor Hausch fort. Er bohrte ein viertes Loch, ein fünftes Loch und ein sechstes Loch. Alle Löcher waren tief. Die Zahnfüllung splitterte an manchen Stellen und krachte. Das erzeugte ein lautes, unangenehmes Geräusch in Wolfs Ohren.

Aber das war nicht das Schlimmste. Die Löcher im Zahn endeten direkt am Zahnnerv oder in unmittelbarer Nähe. Das tat punktuell höllisch weh.

Wolf hörte nicht mehr auf zu schreien. Er schrie, schrie, schrie.

„Phase drei", kommentierte der Arzt und installierte eine neue Bohrspitze auf seinem Bohrer.

Eine, die noch feiner war. Im Einsatz leistete sie wirklich ganze, schmerzvolle Arbeit. Wenn man Leute quälen wollte, konnte man das mit dieser Bohrspitze ohne örtliche Betäubung vorzüglich machen.

Damit bohrte der Zahnarzt durch die restliche alte Füllung, beseitigte Füllung in den Fugen und kurz vor den Wurzelkanälen. Die alte Füllung wurde abgesaugt. Das war wenig schmerzhaft, und Wolf glaubte, dass das Schlimmste vorbei sei. Sein Schreien hörte auf.

Der Zahnarzt besah sich den ausgehöhlten Zahn. In seiner Mitte lag der Nerv. Rot und gestresst von der soeben erlittenen Prozedur, wobei man dem Nerv den Stress nicht ansah.

Doktor Hausch betätigte wieder den Bohrer und bohrte in der Region in der Nähe des Nervs. Hier waren noch feinste Reste alter Füllung, die unbedingt entfernt werden mussten. Gewollt zufällig streifte er beim Bohren immer wieder den Nerv, neckte ihn, schob ihn mit der Bohrspitze sanft hierhin und dorthin – und erntete lautes Geschrei seines Patienten.

„Ah, ah, aaaah!"

Dieser hielt es vor Schmerzen kaum mehr aus. Er versuchte sich, auf dem Stuhl zu winden, aber seine Arme waren festgegurtet. Schließlich kam die letzte Bohrspitze zum Einsatz. Ihre Wirkung erinnerte an einen Presslufthammer. Sie schlitterte am Rand des Zahns umher und touchierte den Nerv nicht mehr. Gemessen an den soeben erlittenen Qualen war ihr Einsatz für Wolf erträglich.

„Medikament bitte!" Doktor Hausch entfernte die Bohrspitze von seinem Gerät und steckte es zurück in den Zahngeräteschrank. Anschließend besprühte er den Zahn mit lauwarmem Wasser.

Das tat weh.

„Ah!", schrie Wolf.

Mit einem Haken und schnellen Bewegungen verstrich Doktor Hausch eine Paste, die ihm gereicht worden war, am Nerv von Wolfs gequältem Zahn und daneben.

„Das ist ein Medikament, das den Nerv beruhigen soll!", erklärte er seinem Patienten, der auf einmal ruhig geworden war. „Füllung bitte – die weiße!" Sein Kollege stutzte ein bisschen, sagte aber nichts.

Doktor Hausch hatte die Unsicherheit seines Kollegen bemerkt und meinte, eine Erklärung abgeben zu müssen:

„Diese Füllung wird komplett von der Krankenkasse übernommen. Also können wir ruhig die weiße Füllung nehmen! Sie ist stabiler als Amalgam."

Eine Assistentin reichte ihm weiße Füllung, die in einer Art Spritze untergebracht war. Langsam drückte der Arzt eine Portion davon in den aufgebohrten Backenzahn.

Dann bemerkte er die Tränen in den Augen seines Patienten. Wolf schluchzte.

Doktor Hausch entfernte vorsichtig den Gaumenspreizer. Wolf atmete auf.

Ungerührt verließen Doktor Hausch und sein Team den Operationssaal, um eine Pause zu machen und Kaffee trinken zu gehen. Innerlich jubelten sie. Ihre Zahnarztfolter an einer Person, die geklatscht und getratscht und andere Personen verraten hatte, war erfolgreich gewesen.

Und das war noch nicht das Ende.

Das wusste Wolf jedoch nicht, der schluchzend versuchte, mit seiner Zunge seinen geschundenen Mund zu inspizieren.

Die Zunge – ein Körperteil, das noch einer harten Prüfung unterzogen werden sollte.

Nach zwanzig Minuten Pause erschienen Doktor Hausch und Doktor Weißhaupt wieder.

„Wir machen jetzt die Vorbereitung für die Krone!", kommentierte Doktor Hausch und griff nach einem Zahnarztspiegel. „Ich werde den Zahn rechts oben hinten abschleifen, von dem ich vorhin gesprochen habe! Machen Sie freiwillig den Mund auf – oder brauchen wir wieder zwei Haken?"

Wolf schluchzte immer noch.

„Nein, bitte! Machen Sie nichts mehr!"

„Wir sind noch nicht fertig!", kommentierte Doktor Hausch und griff zu den beiden Haken. „Ich werde Ihren Zahn rechts oben abschleifen. Der Zahn ist kaputt! Sie haben keine andere Wahl!"

Schnell zog er Wolfs Mund zu beiden Seiten auseinander. Das Operationsteam hielt die Haken fest, so dass Wolfs Mund wieder in einer unnatürlichen Stellung offenstand.

Anschließend kam wieder der Gaumenspreizer zum Einsatz. Doktor Hausch versenkte ihn in Wolfs Mund – in der Position, in der er ihn brauchte. Dann schraubte er das Teil fest.

Er besprühte Wolf Backenzahn rechts oben hinten, der fast auseinanderbrach, mit Wasser. Dann zog er seinen Bohrer aus seinem Zahnarztschrank, bestückte ihn mit der passenden Bohrspitze und begann, die Füllung zu entfernen.

„Aahh!", schrie Wolf. „Aahh!"

Plötzlich klingelte Doktor Hauschs Mobiltelefon.

„Gehen Sie mal ran", sagte er ärgerlich zu Doktor Weißhaupt. „Wer ruft denn jetzt an, wenn ich mitten in einer Zahnbehandlung bin?"

Doktor Weißhaupt nickte, ergriff das Mobiltelefon, das seitlich auf einem Instrumentenschrank lag und meldete sich. Er wechselte ein paar Worte, die man nur schlecht verstehen konnte, da Doktor Hausch fortfuhr, Wolfs Backenzahn zu malträtieren. Er fuhr mit einem Bohrer in die Fugen des Zahnes und begann dann, die Außenwände des Zahns abzuschleifen.

Wolf hätte nie gedacht, dass Abschleifen so schlimm sein konnte. Abschleifen war weitaus schlimmer, als eine neue Füllung in einen Zahn zu bekommen.

Abschleifen war schlimmer als die vorherige Prozedur.

„Ahh!", schrie Wolf. „Ahh!"

„Hören Sie auf, Doktor Hausch! Herr Ebert will Sie sprechen!" Hektisch fuchtelte Doktor Weißhaupt mit dem Mobiltelefon in der Luft herum.

Umgehend stoppte Doktor Hausch den Bohrer, versenkte ihn in seine Ablage und nahm das Telefon zur Hand.

„Ja?", fragte er. „Was gibt es?"

„Herr Doktor Hausch", begann Herr Ebert das Gespräch. „Es war gut und außerordentlich unterhaltsam, wie Sie den kariösen Zahn von Herrn Funzel behandelt haben. Aber jetzt reicht es!"

„Wieso?" Doktor Hausch verstand nicht, was auf einmal los war.

„Geben Sie dem Patienten eine örtliche Betäubung. Aber umgehend!"

„Warum das auf einmal? Ich dachte, wir sollten diesem Patienten einen Schrecken einjagen. Als Teil unserer Bestrafungen! Er hat es doch verdient!", entgegnete Doktor Hausch.

„Ja, das hat er", lenkte Herr Ebert ein. „Aber jetzt ist es genug! Sie haben ihn für heute genug gequält! Sie setzen die Behandlung erst fort, wenn der Patient eine örtliche Betäubung bekommen hat! Das ist nicht nur eine Bitte, das ist ein Befehl!"

„Okay, ich gebe ihm eine Spritze!"

„Genau – das machen Sie! Und denken Sie daran, dass der Patient morgen operiert wird. Deswegen sollten Sie Ihre heutige Behandlung schonender fortsetzen!" Herr Ebert lächelte. „Die morgige Operation wird hart für den Patienten werden…"

„Ja, ich weiß!" Doktor Hausch schluckte und legte auf.

„Ampulle bitte!", befahl er. Eine Assistentin reichte ihm eine Spritze.

„Das piekt jetzt etwas", meinte er entschuldigend zu Wolf und stach dann mehrfach in die Umgebung des Backenzahns ein. So verteilte er das Serum, das Wolf Schmerzfreiheit beim Abschleifen des Zahnes bescheren würde.

Wolf merkte kaum etwas. Die Einstiche taten nicht weh. Gegenüber der vorherigen Zahnfolter waren die Einstiche angenehm.

„Wir warten jetzt ein paar Minuten, bis das Betäubungsmittel wirkt!", fuhr Doktor Hausch fort und platzierte eine Watterolle zwischen dem Kiefer- und dem Mundbereich in der Nähe des Backenzahns. „Halten Sie bitte Ihre Zunge ruhig und berühren Sie nicht den Zahn, den ich gerade behandle. Nicht dass noch etwas abbricht!"

Wolf nickte und beobachtete die Ärzte, die den Raum verließen. Er war allein mit einigen Assistentinnen, die sich leise unterhielten.

Nach ungefähr zehn Minuten fuhr Doktor Hausch fort, den Zahn zu behandeln. Er verwendete verschiedene Bohrer, um den Backenzahn abzuschleifen. Aber Wolf merkte nicht mehr viel davon. Er hatte keine Schmerzen mehr. Und das war gut. Selbst das Bohrgeräusch konnte man mit einem örtlich betäubten Zahn besser aushalten. Der Bohrer sirrte unaufhörlich, bis der Zahnstumpf so passend war, dass er überkront werden konnte.

Doktor Hausch sprühte lauwarmes Wasser auf die Wunde und inspizierte sie vorsichtig mit einem Haken.

Das war unangenehm, tat aber nicht weh.

„Bald geschafft!", meinte Doktor Hausch beruhigend zu seinem Patienten.

Der Zahnarzt nahm die Krone, die Frau Fabian gemacht hatte, und setzte sie vorsichtig auf den Zahnstumpf. Eine Krone, die vorzüglich und fest saß.

Mit der Zeit würde die Wirkung der Betäubung aufhören.

## Zweiunddreißig

Zahnuntersuchung! Machen Sie bitte Ihren Mund auf!" Doktor Hausch stand vor Senta und setzte sich auf einen Drehstuhl. Er griff nach einem Zahnarztspiegel.

„Es ist komisch, ausgerechnet heute kann ich meinen Mund kaum aufmachen!", entschuldigte sich Senta. „Ich weiß nicht, was da los ist!"

„Dann machen Sie Ihren Mund so weit auf, wie Sie es können! Ich habe einen Verdacht!" Vorsichtig fuhr Doktor Hausch mit dem Zahnarztspiegel in Sentas Mund und inspizierte die hinteren Backenzähne.

„Glückwunsch! Ihr Weisheitszahn rechts oben hat sich gemeldet. Er schiebt sich nach draußen und macht Probleme. Deswegen können Sie Ihren Mund kaum öffnen!"

„Und was macht man da?", fragte Senta.

„Den Weisheitszahn muss ich ziehen!", erklärte der Arzt. „Ampulle bitte! Danach geht es Ihnen automatisch besser!"

Er nahm die Spritze, die ihm eine Assistentin reichte und injizierte Betäubungsmittel rund um die Region des betroffenen Weisheitszahns. Senta spürte kaum etwas.

„Jetzt warten wir zehn Minuten, dann ziehe ich den Zahn!"

Senta nickte, und Doktor Hausch verließ den Operationssaal, um eine Tasse Kaffee zu trinken.

Herr Ebert beobachtete alles von oben vom Konferenzsaal aus und runzelte die Stirn.

Nach zehn Minuten erschien Doktor Hausch, nahm eine Zange, packte vorsichtig den Weisheitszahn und drehte ihn so lange heraus, bis er ihn samt Wurzel in der Hand hatte. Sentas Zahnlücke blutete. Aber diese Blutung würde aufhören.

„Ich muss noch Ihre weiteren Zähne kontrollieren. Geht das?"

Senta nickte und machte ihren Mund auf.

Monoton konstatierte Doktor Hausch den Status jedes Zahns. Eine Assistentin notierte alles auf einen Laptop.

„Zwei Löcher habe ich noch gefunden! Die richten wir heute Nachmittag! Nach dem Zahnziehen haben Sie sich eine Pause verdient!"

Doktor Hausch nickte Senta zu, stand auf und verließ den Operationssaal.

Herr Ebert verließ den Konferenzsaal und rannte nach unten.

## Dreiunddreißig

Draußen auf dem Gang wurde Doktor Hausch von Herrn Ebert aufgehalten.

„Die richten wir heute Nachmittag! Sie haben sich eine Pause verdient!", äffte Herr Ebert Doktor Hauschs Worte an Senta nach. „Eine Pause? Was soll denn das werden?"

„Aus medizinischen Gesichtspunkten kann ich im Moment bei Frau Funzel keine weitere Zahnbehandlung empfehlen!", antwortete Doktor Hausch. „Sie vergessen, Herr Ebert, dass Frau Funzel vorhin ihren Mund nicht richtig aufmachen konnte. Das kann passieren, wenn ein Weisheitszahn mit Macht nach außen drängt. Der Zahn musste gezogen werden – und die Situation im Kiefer muss sich erst einmal beruhigen!"

„Muss sich erst einmal beruhigen?", schimpfte Herr Ebert. „Vergessen Sie nicht, dass wir nicht viel Zeit haben! Morgen ist Herr Doktor Müller dran – und er möchte für seine Maßnahme keinen verkrampften Kiefer vorfinden! Die Konferenz muss, wie geplant, über die Bühne gehen!"

„Keine Sorge, Herr Ebert, die Zahnbehandlung werde ich gegen 15 Uhr fortsetzen. Es sind ja nur zwei kleine Löcher…"

„Zwei kleine Löcher?" Herrn Eberts Blick war drohend. „Wir haben hier keine kleinen Löcher. Wir haben große Löcher! Sie werden beide Zähne, die von Karies betroffen sind, komplett ausbohren! Ich möchte hier Qualen sehen, Herr Doktor. Qualen, verstehen Sie?"

„Qualen." Doktor Hausch schluckte.

„Ja, Qualen", fuhr Herr Ebert fort. „Das punktuelle Bohren in der Nähe eines Nervs von Herrn Funzel hat mir sehr gut gefallen!" Er lächelte boshaft. „Es hat mir gefallen, wie der Patient geschrien hat. Das war ganz großes Kino! Genau das möchte ich bei Frau Funzel auch sehen. Zahnfolter, verstehen Sie?"

„Zahnfolter", Doktor Hausch schluckte wieder. „Ich verstehe."

„Sie können ja, bevor Sie den zweiten Zahn behandeln, eine Schmerzinjektion geben", lenkte Herr Ebert ein. „Aber der erste Zahn muss wirklich wehtun. Hier dürfen wir keine Gnade zeigen. Hier können Sie sich am Bohrer voll austoben, verstehen Sie?"

„Ja." Doktor Hausch nickte.

Er überlegte sich, welchen der beiden kariösen Zähne er zuerst behandeln würde, während Herr Ebert in sein Büro ging.

## Vierunddreißig

E r saß oben im Konferenzsaal Nummer 1 auf dem für ihn reservierten Platz. Dort konnte er im Operationssaal Nummer 1 alles überblicken und sich an den Vorgängen dort weiden.

Er blickte auf die Uhr. Kurz vor 15 Uhr.

Einige Einmaltaschentücher hatte er in der Hand. Ruhig steckte er sie in eine seiner Hosentaschen.

Senta lag unten im Zahnarztstuhl. Ihre Arme lagen gefesselt auf den Armlehnen. Auch ihre Füße waren festgegurtet. Sollte sie zappeln, so war das nur bedingt möglich.

Die Kamera war gut befestigt und bot einen Blick auf Sentas Gesicht. Sie hatte die Augen geschlossen. Vielleicht schlief sie. Auf einer Leinwand konnte er sehen, was die intraorale Kamera gerade aufnahm. Sentas Gesicht in Großaufnahme.

Sie atmete ruhig.

Doktor Hausch erschien.

„15 Uhr", sagte er. „Ich setze die Zahnbehandlung bei Ihnen fort. Zwei Löcher habe ich gefunden."

Sie nickte.

Der Arzt hielt den Gaumenspreizer in der Hand und wollte ihn in Sentas Mund versenken.

Sie aber schüttelte den Kopf und machte eine abwehrende Handbewegung.

„Das da brauche ich nicht. Ich werde meinen Mund offen halten!"

Der Arzt zuckte mit den Schultern. „Okay, probieren wir es aus", meinte er dann. „Aber sollte es irgendwelche Probleme geben, muss ich Ihnen den Gaumenspreizer einsetzen!"

Eine Assistentin setzte sich mit einem Sauger auf die andere Seite neben Senta. Sie platzierte einen Speichelsauger in Sentas Mund. Das Gerät röhrte kurz, als es eingeschaltet wurde.

Doktor Hausch blickte nach oben.

Herr Ebert saß in den Rängen und zeigte ihm das „Daumen-Hoch-Zeichen".

Doktor Hausch zog den Bohrer aus dem Zahnarztschrank und bestückte ihn mit einer Bohrspitze.

„Aufmachen, bitte!", sagte er zu Senta. Sie öffnete den Mund und spürte, wie der Bohrer auf der Oberfläche ihres hintersten Backenzahns links unten tanzte.

Sentas geöffneter Mund erschien in Großaufnahme auf dem Bildschirm. Der Backenzahn, der behandelt wurde, wirkte riesig.

Sirrend glitt der Bohrer über die Oberfläche und löste nach und nach Teile der oberen Füllung.

Sentas Augen blieben geschlossen. Sie wirkte angestrengt.

Doktor Hausch holte eine feine, lange Bohrspitze aus seinem Zahnarztschrank und setzte sie auf den Bohrer.

Oben im Konferenzraum begann Herr Ebert aufgeregt zu schnaufen. Nicht zu laut, damit die anderen Teilnehmer das nicht mitbekamen. Zum Glück waren die Plätze neben ihm frei.

Herr Ebert hatte das schon immer so gewünscht.

Seine rechte Hand öffnete seinen Hosenknopf, seine linke Hand wanderte in seine Unterhose zu seinen Genitalien.

Er suchte seinen Penis.

Doktor Hausch nahm den Bohrer und bohrte damit tief nach unten in Sentas Zahn.

Sie zuckte kurz, blieb aber ruhig.

Doktor Hausch bewegte den Bohrer leicht hin und her. Er befand sich in der Nähe des Nervs.

Senta blieb ruhig. Ihre Augen waren zusammengekniffen.

Oben wurde Herrn Eberts Penis steif. Er schnaufte.

Doktor Hausch runzelte die Stirn, zog seinen Bohrer aus dem Loch und stieß an eine andere Stelle des Zahns. Sirrend glitt die Bohrspitze nach unten. Da musste doch der Nerv sein!

Senta atmete kurz, kniff weiterhin die Augen zusammen. Kein Laut drang aus ihr.

Doktor Hausch bewegte den Bohrer hin und her, nach oben, nach unten, nach rechts und nach links.

Senta blieb ruhig. Sie schluckte.

Die Assistentin saugte abbrechende Füllung in ihren Sauger. Es klapperte.

Herr Ebert rieb oben an seinem Penis. Keuchend zog er zwei Tücher aus seiner Jackentasche und versenkte sie in seiner Hose. Er umfasste damit seinen Penis. Die Spitze war sehr empfindlich.

Er wollte die Ejakulation noch zurückhalten. Jetzt war noch nicht der richtige Moment dafür. Er unterdrückte ein Stöhnen, denn es war schwer, das zurückzuhalten, was aus ihm herausbrechen wollte.

Unten im Operationssaal zog Doktor Hausch den Bohrer kurz aus dem Mund seiner Patientin. Besorgt blickte er in ihr Gesicht. Komisch, dass sie nicht schrie. Seine Bohrerei musste doch ekelhaft weh tun!

Senta nutzte den Moment, um ihren Mund kurz zu schließen. Sie öffnete ihre Augen und sah einen Arzt mit einem Bohrer in der Hand.

„Aufmachen!", rief der Arzt.

Sie öffnete ihren Mund und schloss die Augen.

Erneut setzte der Arzt an. Er suchte sich einen dritten Punkt auf dem gepeinigten Zahn und stieß seine Bohrspitze hinein. Sirrend bahnte sie sich ihren Weg nach unten, gefährlich nahe am Nerv.

So manch anderer Patient hätte geschrien, denn die Schmerzen mussten höllisch sein. Aber nicht Senta. Sie kniff weiterhin ihre Augen zusammen und ließ alles über sich ergehen.

Doktor Hausch schüttelte unmerklich den Kopf und hörte auf mit dem punktuellen Bohren. Dafür bestückte er seinen Bohrer mit einer neuen Bohrspitze, gab Senta die Anweisung „Aufmachen, bitte!" und begann, den Zahn auszubohren. Er fing in der Mitte an und bohrte von da an nach außen.

Der Nerv kam zum Vorschein, rot und etwas gestresst, aber durchaus noch funktionsfähig.

Doktor Hausch bohrte um den Nerv herum. Es blieb nicht aus, dass er ihn mit dem Bohrer berührte. Er erntete aber keinen Laut von Senta.

Irgendwann war der Zahn ausgebohrt. Ein großes Loch starrte dem Arzt und der Assistentin entgegen und allen Leuten, die oben im Konferenzsaal saßen.

Doktor Hausch verteilte Medikament auf dem Nerv und begann so nach und nach den Zahn mit einem beigefarbenen Präparat zu füllen.

Nachdenklich betrachtete er anschließend sein Werk.

„Eine wirklich große Füllung", murmelte er. „Ob der Zahn das auf die Dauer aushält?"

Senta hatte die Augen geöffnet. In ihnen schimmerten Tränen.

„Ich werde einen Stift im Zahn anbringen, damit er stabiler ist", meinte der Arzt zu Senta. „Das ist sicherer."

Er kramte nochmals eine lange Bohrspitze heraus und platzierte sie in seinem Bohrer. „Nochmals aufmachen, bitte!"

Senta öffnete erstaunt den Mund.

Der Arzt nahm einen Spiegel und zog Sentas Mund etwas auseinander. Anschließend platzierte er seinen surrenden Bohrer seitlich an den Zahn und bohrte langsam waagerecht durch die Zahnwand.

Senta zuckte und schrie.

„Ruhig bleiben!", rief der Arzt.

Er bohrte weiter, bis er den Teil der Füllung traf, der schon hart zu werden begann. Dann zog er den Bohrer aus dem soeben gebohrten dünnen Gang und schaltete ihn aus.

Senta heulte.

„Bitte nicht weitermachen!", flehte sie.

Der Arzt runzelte seine Stirne.

„Ich bin aber noch nicht fertig!", meinte er. „Ich muss einen Stift einsetzen, sonst bricht die Zahnwand irgendwann auseinander. Das wollen Sie doch nicht, oder?"

Senta schluchzte:

„Ich halte das nicht mehr aus!"

„Wir sind gleich fertig!", versuchte der Arzt, sie zu beruhigen.

Seine Assistentin reichte ihm eine Pinzette mit einem dünnen, grauen Titanstift, der wie eine Schraube aussah.

Senta schrie, als sie den Stift sah.

„Halten Sie bitte den Kopf der Patientin fest!", wies der Arzt eine der Assistentinnen an.

Eine Assistentin ging hinter den Zahnarztstuhl, packte Sentas Kopf und hielt ihn seitlich fest.

Senta schrie und versuchte, sich aufzubäumen.

Vorsichtig setzte der Arzt die Schraube auf seinen Bohrer, nahm einen Spiegel und zog Sentas Mund auseinander. Er schaltete den Bohrer ein, suchte den „Gang" den er soeben gebohrt hatte und schraubte langsam den Stift mit Gewinde in den dünnen Gang im Zahnäußeren. Es knirschte leicht, klappte aber gut.

Senta schrie.

„Wir sind fast fertig!", versuchte der Arzt, Senta zu beruhigen. Den Beginn des Lochs mit dem Stift darin verschloss er mit einer weißen Paste, die bald hart werden würde.

„Es war doch gar nicht so schlimm", sagte er zu Senta, die leise schluchzte.

Oben im Konferenzsaal fing Herr Ebert seine Spermien in mehreren Taschentüchern auf und keuchte. Er versteckte die Tücher in einer Plastiktasche in seiner Anzugjacke, versenkte seinen schlaffen Penis wieder in seiner Unterhose und verließ lautlos den Konferenzsaal.

Doktor Hausch bemerkte das und wusste, was er jetzt zu tun hatte. Auf jeden Fall würde er den nächsten Zahn, den er bei Frau Funzel behandelte, nicht vollständig ausbohren, sondern nur den Bereich des Zahns behandeln, der nötig war, um den Karies zu entfernen. Das war zahnschonender und zahnerhaltender. Er wollte hier zahnärztliche Interessen vertreten – und nicht die Interessen eines (wichsenden) Rechtsanwalts, der sich oben im Konferenzsaal während mancher Eingriffe im Operationssaal „einen runterholte" und sich an den Qualen anderer ergötzte!

Denn das Herr Ebert das machte, wusste Doktor Hausch nur zu gut, seitdem er den Anwalt vor Monaten beim Ejakulieren überrascht hatte.

„Ich muss noch einen kariösen Zahn behandeln", erklärte Doktor Hausch also Senta. „Diesmal aber gebe ich Ihnen eine Spritze!"

Senta schniefte und öffnete ihren Mund. Doktor Hausch betäubte die Region in der Nähe der vorderen Backenzähne links oben.

## Fünfunddreißig

Wolf wunderte sich, dass die Nacht so ruhig gewesen war. Vielleicht weil man ihm über die Infusion ein Beruhigungsmittel verabreicht hatte.

Die Traubenzuckerlösung, die unaufhörlich in seine Vene tropfte, ließ ihn ein Sättigungsgefühl verspüren. Außerdem hatte er keinen Durst.

Sein Kiefer schmerzte doch etwas von der gestrigen Zahnbehandlung. Aber den Schmerz konnte man aushalten.

Doktor Müller erschien. Er war in einen weißen Arztkittel gekleidet und offensichtlich gut gelaunt. Neben ihm ging ein zweiter Arzt. Ein Assistenzarzt, Doktor Michaels.

Die große Uhr im Operationssaal zeigte neun Uhr am Morgen.

„Guten Morgen, Herr Funzel", begrüßte Doktor Müller den im Zahnarztstuhl liegenden Wolf „Mein Name ist Doktor Müller, und das ist Doktor Michaels. Wir wollen uns gerne Ihren Mund ansehen!"

„Meinen Mund?", fragte Wolf. „Ich hatte doch gestern schon eine Zahnbehandlung!"

„Ja, das wissen wir!", sagte Doktor Müller. „Aber im Mund gibt es noch andere wichtige Organe, die Beschwerden verursachen können."

„Ich habe keine Beschwerden", entgegnete Wolf. „Selbst mein Kiefer tat mir vor der Zahnbehandlung gestern nicht weh! Heute aber schon!"

Doktor Müller nickte:

„Beschwerden sagen nichts aus, ob eine Behandlung notwendig ist oder nicht."

Er setzte sich auf einen Drehstuhl rechts neben Wolf, auf einem linken Drehstuhl nahm Doktor Michaels Platz.

„Jetzt öffnen Sie einfach Ihren Mund, und wir sagen Ihnen, was notwendig ist und was nicht!" Doktor Müller nahm einen Zahnarztspiegel zur Hand.

Wolf öffnete seinen Mund. Widerstand war sowieso zwecklos. Würde er den Mund nicht öffnen, würde diesen Ärzten irgendetwas Gewaltsames einfallen, um in Wolfs Mund blicken zu können.

Doktor Müller prüfte die Zähne und reinigte mit einem Wasserstrahl Zähne und Mundraum. Dann nahm er eine Zange, deren Enden mit weichem Plastik gepolstert waren, und griff nach der Zunge.

„Lockerlassen, bitte!", befahl er, als er merkte, dass Wolf die Zunge anspannte.

Er sprühte die Zunge ab und stellte die Operationslampe über dem Zahnarztstuhl so, dass die Einzelheiten der Zunge besser zu sehen waren.

„Normales Erscheinungsbild", konstatierte er. „Schauen Sie, Doktor Michaels, die Venen sind Prachtstücke!"

Doktor Michaels betrachtete die beiden Venen in Wolfs Zungenwurzel. Dunkelblau schimmerten sie durch das glänzende Fleisch.

„Veröden? Oder, was meinen Sie?", fragte der Assistenzarzt.

„Ja, wir veröden zuerst. Diese Venen sind sehr gut durchblutet. Es ist ein Risiko, die Operation durchzuführen, ohne dass wir die wichtigsten Blutgefäße sklerosiert haben!"

Doktor Müller versenkte einen Gaumenspreizer in Wolfs Mund und schraubte diesen fest.

Die Zunge lag wie ein Vögelchen in der Falle. Wolf bewegte sie hin und her, stieß aber nur an das feste Silikonplastikgemisch des Gaumenspreizers. Er seufzte.

Doktor Müller griff nach der Zunge mit seinen behandschuhten Händen und drückte mit einem Daumen auf der Unterseite so nach hinten, dass er gut die Zungenwurzel sehen konnte. Das war unangenehm für Wolf und er gab einen Laut von sich.

Doktor Müller besprühte die Zunge mit lauwarmem Wasser und inspizierte die Zungenwurzel. Anschließend reichte ihm Doktor Michaels eine dünne Spritze mit einer sehr langen Nadel.

Doktor Müller nahm die Spritze und bohrte die Nadel in eine der beiden Venen. Mit der anderen Hand drückte er immer noch die Zunge nach hinten.

Das Serum floss in die Vene.

Das war unangenehm für Wolf. Er gab einen Laut von sich, der aber von den beiden Ärzten unbeachtet blieb. Sie waren immer noch beschäftigt mit seiner Zunge.

Die Sklerosierung, eigentlich bei Krampfadern durchgeführt, hatte Doktor Müller auf die Idee gebracht, sie auch bei Zungen anzuwenden. Im Laufe der Jahre hatte er sich eine spezielle Technik ausgedacht, um die wichtigsten Blutgefäße in der Zungenwurzel vor seinen Operationen zu sklerosieren – also zu veröden. Die Blutgefäße wurden so im Vorfeld verklebt und die Patienten verloren nicht zu viel Blut während der Operation.

„Ich veröde gerade zwei Ihrer Zungenvenen", sagte Doktor Müller zu Wolf. „Das wird unangenehm, muss aber sein!"

Er nahm die zweite Spritze und bohrte sie in die zweite Vene. Dann drückte er den Kolben langsam nach unten.

Wolf gab einen Laut des Unbehagens von sich. Sagen konnte er nichts. Er konnte nicht einmal nicken.

Zufrieden zog der Arzt die Spritze heraus und legte sie auf ein Tablett mit gebrauchten Instrumenten.

Wolf stöhnte. Es brannte. Und zwar höllisch.

„Jetzt warten wir zehn Minuten, dann sehen wir weiter!", sagte Doktor Müller. „Den Gaumenspreizer werde ich in Ihrem Mund lassen. Er verhindert, dass Sie sich auf die Zunge beißen!"

Wolf hatte bei beiden Injektionen zuerst nur ein Pieken und ein Ziehen bemerkt, als das Medikament injiziert wurde. Danach einen brennenden Schmerz, der plötzlich in seine Zunge schoss.

„Ahhh!", schrie er. „Aaah!"

Er bewegte seine Zunge – aber egal, was er machte: Der Schmerz hörte nicht auf. Er wurde unruhig, als er merkte, dass sich irgendetwas in seiner Zunge zusammenzog.

Aber – was sollte er machen?

Er war hier auf Gedeih und Verderb den Machenschaften von „Gerechtigkeit 5.0" ausgeliefert. Befreien konnte er sich nicht, sagen konnte er auch nichts, denn sein Mund und seine Zunge waren durch den Gaumenspreizer blockiert.

Er rollte seine Zunge zusammen und auseinander. Und immer noch schmerzte sie, als ob ein heißes Eisen darin wäre.

„Ahh!", stöhnte er weiter. „Ahh!"

Aber die Ärzte konnten ihn nicht hören. Sie hatten den Operationssaal verlassen und tranken irgendwo eine Tasse Kaffee.

Wolf merkte, dass er Wasser lassen musste, und ließ seinem Drang freien Lauf. Sein Urin wurde in einem Katheder gesammelt.

Er fühlte sich hilflos.

## Sechsunddreißig

Nach ungefähr zehn Minuten erschienen die beiden Ärzte wieder und nahmen links und rechts neben Wolf Platz.

Doktor Müller nahm eine Zange und packte Wolfs Zunge damit. Er sprühte sie mit Wasser ab und zog sie in die Höhe. Prüfend betrachtete er die beiden Venen an der Zungenwurzel. Diese waren fast schwarz geworden.

„Sehen Sie, Herr Kollege, die Therapie war erfolgreich!", triumphierte er.

Wolf stöhnte.

„Sie wollen die Venen nicht noch mit einem Skalpell prüfen?", fragte Doktor Michaels.

„Doch, das werden wir machen, wenn wir betäubt haben!", antwortete Doktor Müller. „Fangen wir an!"

Zu Wolf gewandt, fragte er:

„Sie hatten noch nie ein Zungenpiercing, Herr Funzel?"

Wolf schüttelte den Kopf.

„Dann ist heute der Tag gekommen, an dem Sie eines haben werden!" Bedauernd zuckte Doktor Müller mit den Schultern.

„Leider werden Sie es nicht lange genießen können!"

Der Arzt entfernte den Gaumenspreizer und angelte nach Wolfs Zunge mit seiner Zange. Er besprühte sie erneut mit einem Wasserstrahl. Anschließend knetete er die Zunge mit seinen behandschuhten Händen oben und unten und lockerte das Gewebe. Wolf stöhnte immer noch. Die beiden verödeten Venen schmerzten wie verrückt.

Doktor Müller tat so, als ob er Wolfs Stöhnen nicht hörte. Er nahm ein Spray und sprühte es vorsichtig in Wolfs Mund.

„Damit alles steril ist", erklärte er, griff nach einer Betäubungsspritze und führte die lange Nadel schnell von der Zungenspitze bis nach hinten in den Gaumen.

„Locker lassen", befahl er, zog die Nadel in der Zunge langsam nach oben und verteilte durch Hin- und Herbewegen der Nadel das Serum der Spritze in der ganzen Zunge. Das zog ein bisschen, tat aber nicht weh.

Der Arzt nahm eine zweite Spritze zur Hand, zog Wolfs Zunge mit der Zange nach oben und stach mehrfach tief in die Zungenunterseite und in die Zungenwurzel. Das war etwas unangenehmer und Wolf stöhnte.

„Es ist gleich vorbei", meinte der Arzt und griff nach einer dritten Spritze. Wolf fühlte zahlreiche leichte Einstiche in seinem Hals und oberhalb der Zunge. Alles in seinem Mund. Das war ebenfalls unangenehm und brannte.

„Ausspülen bitte!", gab der Arzt eine Anweisung an eine Krankenschwester, die im Hintergrund bereitstand und wartend das ganze Treiben im und um den Zahnarztstuhl herum beobachtet hatte. Doktor Müller stand auf, und sie nahm auf seinem Stuhl Platz.

Sie holte einen Wasserprüher, den Zahnärzte verwenden, aus dem Zahnarztschrank und sprühte Wasser in Wolfs Hals. Wolf schluckte das Wasser herunter, denn er hatte keine andere Wahl. Das Wasser schmeckte etwas bitter nach dem Serum – aber das musste wohl so sein.

„Jetzt warten wir, bis die Betäubung wirkt und machen dann weiter!" Doktor Müller erhob sich und verließ mit Doktor Michaels den Operationsraum. Beide unterhielten sich über Filme.

## Siebenunddreißig

Eine Dame erschien. „Ich bin Frau Steinmann, eine Krankengymnastin!" Wolf nuschelte, denn seine Zunge wurde langsam schwer: „Eine Krankengymnastin?"

„Ich werde Sie ein bisschen massieren, damit die Betäubung gleichmäßig in Ihrer Zunge und in Ihrem Gaumen verteilt wird. Das ist wichtig für die Operation!"

„Was für eine Operation?", nuschelte Wolf erneut. „Warum will mir niemand etwas sagen?"

Frau Steinmann überhörte geflissentlich die Frage und angelte nach Wolfs Zunge.

Sie besprühte sie mit lauwarmem Wasser, damit sie etwas geschmeidig, aber nicht glitschig wurde. Mit ihren behandschuhten Händen knetete sie das Gewebe gleichmäßig von der Zungenspitze über den Zungenrücken und wieder zurück. Sie fasste den Zungenrücken und knetete auch hier. Sie übte Druck auf die Zunge aus, knetete sanft die Zungenwurzel. Sie zog die Zunge auseinander in alle Richtungen.

Wolf merkte, wie die Zunge langsam pelzig wurde. Seine geschundenen Venen piekten nur noch leicht.

Anschließend verließen die Hände der Krankengymnastin Wolfs Mund und massierten seinen Hals. Sie walkten über die Haut unterhalb seines Kiefers, sie drückten gleichmäßig gegen die Muskeln und die Haut am Hals.

„Lockerlassen, bitte!"

Sie knetete die Zunge in alle Richtungen und wanderte mit ihren Fingern in seinen Gaumen in Richtung Speiseröhre.

Wolf würgte.

Sie ließ nicht locker und presste ihre Finger gegen seinen Gaumen.

„Lockerlassen!"

Wolf hustete.

„Der Bereich in Ihrem Gaumen gefällt mir noch nicht!", stellte sie fest und verließ den Operationssaal.

Wolf wartete. Sein Mund war trocken und er hustete erneut. Seine Zunge fühlte sich pelzig an und lag schwer in seinem Mund. Im Rest seines Mundes breitete sich ein seltsames Gefühl aus. Ein Gefühl, das er nicht beschreiben konnte.

Seine Gedanken wurden unterbrochen von Doktor Müller, der in den Operationssaal hetzte. Bekleidet war er immer noch mit seinem weißen Arztkittel. Er setzte sich auf den Drehstuhl und sprühte einen Wasserstrahl in Wolfs Mund.

Wolf schluckte begierig. Ein bisschen Wasser tat so gut in einer ungewissen Situation, in der er nicht wusste, was im nächsten Moment passieren würde. Würde er aus dieser Folter, dieser Ungewissheit wieder herauskommen?

Diese Gedanken waren sehr präsent und ließen ihn nicht mehr los.

Während dieser Gedankengänge inspizierte Doktor Müller mit behandschuhten Fingern und einem Zahnarztspiegel Wolfs Mund.

Wolf würgte.

„Es hilft nichts. Ich muss nochmals spritzen", bemerkte der Arzt. Er ergriff eine Spritze, die ihm eine Assistentin reichte. Die Spritze war wesentlich kleiner als die ersten drei Spritzen, deren Inhalt Wolf vorhin bekommen hatte.

„Mund auf - das pikst jetzt kurz. Ist aber gleich vorbei!"
Der Arzt rammte die Spritze in Wolfs Gaumen und drückte
den Kolben langsam nach unten. Das Serum brannte.
Wolf schrie.
Dann war es vorbei.

## Achtunddreißig

Ruhig ritzte Doktor Müller die erste Vene an und drückte
mit beiden Daumen sanft das Blutgefäß. Nur wenig
schwarzes Blut drang nach außen. Zufrieden nickte der
Arzt und ritzte die zweite Vene an.

Hier strömte zwar etwas mehr Blut nach außen, aber Doktor
Müller entschied für sich selbst, dass auch hier die Verödung erfolgreich gewesen war und er kein neues Sklerosierungsmedikament spritzen musste.

Er warf das gebrauchte Skalpell in eine Nierenschale.

Eine Schwester schob einen chromblitzenden Wagen neben
den Arzt. Auf dem Wagen lagen einige Instrumente, die Wolf
nicht gut erkennen konnte.

Beide Ärzte, rechts und links neben Wolf, steckten in einer Art
hellblauem Raumfahrtanzug. Über ihren Gesichtern hing ein
Visier aus durchsichtigem Plastik. Sie trugen beide einen medizinischen Mundschutz.

„Zeit für das Zungenpiercing! Schauen Sie gut zu!" Doktor
Müller lächelte – wie so oft an diesem Morgen.

Wolf wurde fast schlecht, als er sah, wie der Arzt die Zunge
mit einer Zange packte und eine silberne Nadel, die etwas dicker
war als eine Sticknadel, von unten nach oben durch Wolfs Zungenspitze stach.

Wolfs Zunge sah aus, als sei sie aufgespießt.

„Tattoostudios arbeiten so!", merkte Doktor Michaels an, als
er Wolfs verdatterten Blick sah.

Er reichte seinem Chef einen goldfarbenen Ring, den dieser
öffnete und durch das entstandene Loch fädelte.

Wolf erinnerte das an einen Nasenring eines Stiers. Aber er konnte ja nichts sagen.

Dort, wo der Ring in der Zunge steckte, blutete es kaum. Wolf wunderte das.

„Dieser Ring wird unsere Operation sehr erleichtern", erklärte Doktor Müller. „Wir legen jetzt eine Operationsdecke über Sie, denn Sie müssen nicht alles sehen!"

Wolf sagte nichts, denn er hatte schon gemerkt, dass ihm keiner der Ärzte, keine der Schwestern und keine der Therapeuten auf seine Fragen antwortete. Außerdem hatte Wolf bemerkt, dass er nicht mehr deutlich sprechen konnte. Seine Zunge spürte er fast nicht mehr, und ein Teil seines Mundes fühlte sich ebenfalls pelzig an.

Doktor Michaels bedeckte Wolf mit einer olivgrünen Decke aus leichtem Kunststoff. In dieser Decke war ein Loch, das vorsichtig über Wolfs Mund gelegt wurde.

Von der Decke kam leise surrend ein Haken nach unten, der über Wolfs Mund schwebte.

Doktor Müller inspizierte das Instrumententablett. Links neben Wolf saß Doktor Michaels, der einen warmen elektrischen Stab in seinen Händen hielt, einen so genannten Kauter. Ein Kauter war dazu da, eine Wunde so zu verschließen, dass sie nicht zu sehr blutete.

„Gut, wir operieren jetzt!" Doktor Müller packte mit einer Zange Wolfs Zunge und hängte den Ring in der Zungenspitze in den Haken. Dieser Haken zog die Zunge unwillkürlich nach oben.

„Schere, bitte. Die kleine müsste reichen!", hörte Wolf gedämpft unter der Operationsdecke.

Doktor Müller griff nach der Schere, die ihm Doktor Michaels reichte. Er begann, damit die Sehnen unterhalb von Wolfs Zunge durchzuschneiden. Die Sehnen, die an der Zungenwurzel, also der Unterseite von Wolfs Zunge, diese im Mund hielten. Nun wurde dieser Zugang zum Mund getrennt.

„Haben Sie gestern den Film ‚Raumschiff Canale' gesehen, der im Fernsehen kam, Doktor Michaels?", fragte Doktor Müller seinen Kollegen.

Blut sicherte aus den Schnittstellen.

„Kauter!", befahl Doktor Müller, und Doktor Michaels drückte die Spitze des Kauterstabs an die Schnittstellen im Unterkiefer und an der Unterseite der Zunge. Die Wunden rauchten.

„Ja, ich habe ‚Raumschiff Canale' gesehen. Aber besonders gut fand ich den Film nicht", meinte Doktor Michaels. „Als der Film begann, wunderte ich mich, gleich eine Actionszene zu sehen. Der Film baut sich nicht erst auf mit einer Story, die langsam spannend wird – nein, schon die ersten Minuten bieten Action pur. Der Hauptcharakter Charles Bunt und seine Freundin Fabienne sitzen in einem Auto, sie fahren durch die tadschikische Hauptstadt Duschanbe, durch einen Markt. Stände stürzen um, Obst und Gemüse fliegen durch die Gegend, Leute rennen weg. Als Bunt dann auf dem Zug steht und versucht, Patrick zu fangen, der die Festplatte hat, geht währenddessen ziemlich viel kaputt. Autos rollen von den Waggons, irgendwelche Fässer fliegen runter und so weiter. Vor allem wird gleich sehr viel geschossen in dem Film. Diese ‚Ballerei' ging mir schon bald auf die Nerven."

„So, diese Ballerei ging Ihnen auf die Nerven", schmunzelte Doktor Müller, legte die blutige Schere auf das Tablett und ergriff ein Skalpell. „Ich bewundere immer den technischen Fortschritt in diesen Bunt-Filmen. Diese Ballerei ist doch eher spaßig. Als Zuschauer weiß man doch, dass solche Ereignisse nicht wirklich passieren können." Das Skalpell glitt durch die stärkeren Sehnen unterhalb von Wolfs Zunge und trennte die Zunge noch mehr vom Unterkiefer. Manche Bereiche ließen sich leicht wie weiche Butter schneiden, andere benötigten mehr Kraftaufwand. Hier musste Doktor Müller die Sehnen durchsägen.

Immer wieder spritzte Blut aus der Wunde, die größer wurde, je mehr das Skalpell sein zerstörerisches Werk fortsetzte.

Blut spritzte auf die Operationsdecke.

„Ein Tuch, bitte!"

Doktor Müller griff nach dem Tuch, das ihm Doktor Michaels reichte und tupfte damit in die Wunde. Das Tuch wurde rot.

„Kauter!"

Doktor Michaels versuchte, den Blutfluss mit Hilfe des Kauters zu stillen.

„Wir sollten nähen oder klammern", meinte er, „Die Wunde ist einfach zu groß." Er nahm einen Sauger und versuchte, so viel wie möglich von dem Blut einzusaugen. Wolfs Würgereiz war durch die Betäubung völlig außer Kraft gesetzt. Aber er sollte das Blut auch nicht schlucken. Doktor Michaels versuchte, alles wegzusaugen, was möglich war, und bewegte den Sauger in Richtung von Wolfs Speiseröhre.

Was Wolf merkte, war nur mehrfach ein Ziehen, als an seiner Zunge geschnitten wurde und als Doktor Müller die Wunde an seinem Unterkiefer mit drei Stichen nähte.

Der Schnitt an seiner Zunge wurde geklammert. Im Labor würde man die Klammern sowieso lösen müssen, also, warum sollte man nähen?

„Stimmt schon", meinte Doktor Müller lächelnd. „in dem Bunt-Film ist die Agentin, die Bunt immer die Befehle gibt, älter geworden." Er jagte mit einem Gerät, das aussah wie ein Heftgerät, das man in Büros verwendete, eine Klammer durch Wolfs Zungenwurzel. Es blutete kaum, denn die beiden verödeten Hauptvenen funktionierten nicht mehr. „Die Figur dieser Agentin wurde bisher von Anne Pieps verkörpert – und Charles Bunt muss immer ein jüngerer Charakter sein und Vitalität ausstrahlen." Er jagte die zweite Klammer durch Wolfs Zungenwurzel. Das klickte kurz „Kein junger „Hüpfer", der auf einem Skateboard durch den Film fährt – sondern jemand mit schon mehr Lebenserfahrung, der höflich ist und mit einer Pistole umgehen kann. Ich finde, dass Dietmar Cherbourg da eine gute Besetzung ist!"

Doktor Michaels ergriff eine Pinzette, integrierte ein Watteröllchen darin und tupfte vorsichtig mit einem Tupfer rund um die Klammern.

„Aber ich finde, dass gerade bei den Schießereien in den Bunt-Filmen viel unlogisch ist", bemerkte er. „Wie kann es sein, dass ein Schütze so viel mehr Patronen hat als der andere, dessen Patronen auf einmal schnell zu Ende gehen? Und vor allem – wie kann jemand einen Schuss und einen tiefen Fall in einen Fluss überleben, so wie Bunt es schon tat? Das ist unrealistisch. Andererseits kann die Hauptfigur in einem Film nicht gleich zu Anfang sterben."

„Sie sagen es, Herr Kollege!", meinte Doktor Müller. „Bunt-Filme sind eben nicht jedermanns Sache!"

Zufrieden betrachtete er Wolfs gepeinigte Zunge, die blutete und fast zur Hälfte gelöst war.

„Den Haken etwas nach oben ziehen lassen!", sagte er zu Doktor Michaels.

Dieser nickte, betätigte einen Knopf neben dem Zahnarztstuhl.

Surrend glitt der Haken, an dem ein Ende von Wolfs blutiger Zunge hing, ein Stück nach oben. So lange, bis sie straff war. Einige starke Muskeln hielten die Zunge noch im Mund.

Prüfend inspizierte Doktor Müller den Mund, der vor ihm lag, und ließ sich ein Skalpell geben. Damit schnitt er noch tiefer in die Zungenwurzel und löste noch mehr Muskeln aus der Zunge heraus.

„Sauger!", befahl er.

Doktor Michaels versuchte, so viel Blut wie möglich zu entfernen. Anschließend kauterisierte er die Wunde vorsichtig.

„Den Haken noch etwas weiter nach oben, bitte!"

Doktor Michaels nickte und drückte den Knopf.

Die Zunge hing gestreckt wie ein dunkelroter Fleischmuskel aus Wolfs Mund.

„Das 50er-Scherblatt, bitte!"

Doktor Müller zog einen Bohrer aus dem Zahnarztgeräteschrank und fixierte einen langen, silberglänzenden Stab mit einem Scherblatt auf die Spitze. Das Scherblatt hatte ungefähr den Durchmesser wie eine Zwei-Euro-Münze.

Eine Säge war entstanden.

Doktor Müller ließ sich von einer Assistentin festere Einmalhandschuhe aus stabilem Latexmaterial überstreifen und schaltete die Säge ein. Das Scherblatt drehte sich leise sirrend auf der ersten Geschwindigkeitsstufe und blitzte im Licht der Operationslampen. Der Arzt bewegte sie auf die Unterseite von Wolfs Zunge zu und schnitt mitten hinein.

Blut trat aus.

Der Arzt fräste in das Fleisch, durchschnitt Sehnen, Muskeln und Blutgefäße. Er bewegte die Säge von links nach rechts und wieder zurück.

Dann schaltete er die Säge aus und inspizierte die klaffende Wunde. Er griff nach einem Tuch und entfernte so viel Blut wie möglich. Anschließend tupfte er mit einer Pinzette mit einem großen, festen Teil aus Watte in die Wunde.

Die blutigen Sachen wurden auf ein Instrumententablett mit gebrauchtem Operationszubehör gelegt.

Doktor Michaels kauterisierte die Stellen und drückte auf einen Knopf, der die Zunge an der Kette etwas weiter nach oben zog. Nun war sie wieder straff und konnte besser begutachtet werden.

Doktor Müller reinigte das Scherblatt unter fließendem Wasser, besprühte die Wunde mit desinfizierendem Spray und griff wieder nach der Säge.

Er schaltete sie auf die zweite, schnellere Geschwindigkeitsstufe und drückte sie in das Zungengewebe. Immer tiefer fräste die Säge schmatzend in das Gewebe und zerstörte das, was einmal Wolfs Zunge gehalten hatte.

„Saugen!", befahl er.

Doktor Michaels betätigte den Sauger, in dem gluckernd dunkles Blut verschwand.

Wolf gab einen brummigen Laut von sich. Er spürte keinen Schmerz, aber das Drücken und Ziehen an seiner Zunge sowie das sirrende Geräusch ließen ihn das Schlimmste befürchten.

„Geht es noch, Herr Funzel?", fragte Doktor Müller. „Ein wenig müssen Sie schon noch Geduld haben!"

„Aaah!", rief Wolf.

„Wollen Sie nachspritzen?", fragte Doktor Michaels.

Doktor Müller überlegte.

„Mitten in der Operation macht das wenig Sinn", meinte er schließlich. „Aber geben Sie ein Beruhigungsmittel über Infusion. Wir müssen schnell weitermachen!"

Eine Assistentin nahm eine Spritze, stach in den Infusionsschlauch, der neben Wolf baumelte, und injizierte ein Medikament.

„Herr Funzel, wir haben Ihnen jetzt ein stärkeres Beruhigungsmittel gegeben, das sofort wirken sollte!", rief Doktor Müller laut zu der Person unter dem Operationstuch. „Ich bin bald fertig mit der Operation. Dann nähen wir noch Ihre Wunde – und dann lassen wir Sie für heute in Ruhe!"

Wolf nickte und brummte ein „Aaah!", was so viel wie „Ja!" bedeute sollte.

Doktor Müller fuhr mit seiner Operation fort. Er betrachtete die Wunde, die sich immer wieder mit rotem Blut füllte. Anschließend verlangte er nach einem sterilen Tuch, mit dem er in Wolfs Mund herumtupfte.

„Kauter!"

Er nahm mit seinen blutigen Handschuhen den Kauter und versuchte, damit den Blutfluss zu stillen. Das gelang ihm weitgehend. Die Wunde rauchte und blutete nicht mehr so stark.

„Ich mache weiter!", sagte Doktor Müller, schaltete die Säge in eine schnellere Geschwindigkeit und führte sie tiefer in die Zunge. Weitere Blutgefäße und Muskeln wurden gekappt.

Mehr als zwei Drittel der Zunge waren bereits aus der Verankerung in Wolfs Mund gelöst.

Doktor Müller entfernte das blutige Scherblatt mit einer Zange und warf es auf das Tablett mit gebrauchten Operationsgegenständen. Anschließend griff er nach einen neuen, größeren Scherblatt und befestigte es an der Spitze seiner Säge. Er schaltete das Gerät ein – auf Stufe zwei.

Sirrend glitt es in die Wunde. Druckvoll bewegte der Arzt die Säge nach rechts und nach links und wieder nach rechts und nach links. Er drang so weiter vor in das Innere der Zunge und löste sie mehr und mehr aus Wolfs Mund.

Wieder gab es eine kurze Pause, in der sterile Tücher und Kauter zum Stillen des Blutflusses zum Einsatz kamen.

Doktor Müller betrachtete anschließend die klaffende Wunde und stocherte mit einem Haken darin herum. Prüfend befühlte er das geschundene Fleisch und überlegte laut:

„Nochmals fräsen – dann bin ich fast fertig!"

Er reinigte das Scherblatt kurz unter einem Wasserstrahl, desinfizierte es und schaltete die Säge auf Stufe zwei ein. Dann führte er sie in das verwundete dunkelrote Fleisch und fräste vorsichtig weiter.

„Jetzt schneide ich vorne!", sagte er nach wenigen Minuten.

Doktor Michaels nickte, holte aus einer Schublade einen stabile graue Schaumstoffunterlage heraus und schob sie in Wolfs Mund unterhalb der Zunge.

Er betätigte den Knopf, der die Kette mit dem Haken, an dem Wolfs Zunge hing, langsam nach unten bewegte.

Die blutende, gepeinigte Zunge lag auf der Unterlage.

Doktor Müller nahm einen Zahnarztspiegel und begutachtete Wolfs blutenden Mund.

„Drücken Sie die Zunge nach unten bitte!"

Doktor Michaels nickte, nahm einen langen, flachen silbernen Stab und drückte damit Wolfs Zunge nach unten. Etwas Blut sickerte aus den Seiten heraus und wurde von der Schaumstoffunterlage geschluckt.

Zufrieden nahm Doktor Müller ein Skalpell und bewegte es auf Wolfs Gaumen zu.

Dort, wo die Zähne aufhörten, schnitt er mit dem Skalpell von oben in die Zunge. Das Instrument bohrte sich in das Gewebe, das härter war als das unten an der Zunge.

Doktor Müller schnitt vorsichtig von links nach rechts, dann etwas tiefer in die andere Richtung. Blut sickerte durch den Schnitt in die Mundhöhle.

An einigen Stellen hatte sich die Zunge schon vollständig aus dem Mund gelöst, an anderen nicht.

Wolf stöhnte wieder. Er mochte das nicht, was in seinem Mund passierte.

Er mochte seine Situation überhaupt nicht.

Er fühlte etwas wie ein Messer in seinem Mund, das sich hin- und herbewegte.

Etwas, das warm war und seinen Mund kaputtmachte.

„The Final Countdown", lächelte Doktor Müller. „Wir sind gleich fertig!"

Blut sickerte immer wieder in Wolfs Mund und versperrte Doktor Müller viel Sicht auf das Operationsfeld.

„Wir sind fast fertig, Herr Funzel!", rief er. „Noch ein paar Schnitte, dann haben wir es geschafft!"

Wolf stöhnte unter der blutigen Operationsdecke.

Doktor Michaels entfernte das Blut mit dem Sauger, und Doktor Müller tupfte mit einem neuen sterilen Tuch in Wolfs blutigem Rachen herum.

„Kauter!", befahl er und versuchte, mit diesem Gerät das Blut zu stillen.

Das gelang ihm und er betrachtete mit einem Zahnarztspiegel und seiner Stirnlampe Wolfs Zunge, die nur noch an einigen wenigen Hautfetzen und Muskeln hing.

„Die Zangenschere, bitte!"

Doktor Michaels legte ihm das gewünschte Instrument in die rechte Hand.

Doktor Müller fuhr mit der Schere ein Stück weit in Wolfs Mund, setzte sie seitlich an den Zungenrest, der noch mit dem Mund verbunden war.

Mit drei kräftigen Schnitten fuhr Doktor Müller durch das fleischige Gewebe.

Die Zunge war gelöst und lag bluttriefend auf dem Schaumstoff in Wolfs Mund.

„Und jetzt entfernen Sie bitte das Operationstuch!", befahl Doktor Müller Doktor Michaels.

Dieser nickte und zog vorsichtig das verblutete Tuch von Wolfs Gesicht.

Wolf lag da – wehrlos. Er erfasste die groteske Szenerie, die sich ihm bot. Er sah Doktor Müller, der seine Hand in Wolfs Mund tauchte und etwas Blutiges herauszog.

Wolfs Zunge! Diese Erkenntnis traf Wolf wie einen Alptraum. „Nein, nein!", wollte er schreien, aber es ging nicht.

Doktor Müller löste die Zunge vom Haken und zeigte sie lächelnd, wie eine Trophäe, seinem Publikum oben auf den Rängen. Anschließend legte er das Organ in eine Flasche mit Alkohol. Die Zunge würde jetzt im klinikeigenen Labor untersucht werden. Man wollte wissen: Hat die Zunge einer Person, die klatscht und tratscht, andere Eigenschaften als eine Zunge einer Person, die sich diskret und respektvoll verhält? Darüber forschte man in der Stephanas-Klinik schon seit einigen Wochen.

Doktor Michaels entfernte die blutige Schaumstoffunterlage aus Wolfs Mund und legte sie auf das Tablett mit gebrauchten Instrumenten.

Ein Teil der Zuschauer klatschte. Ein anderer Teil wurde ohnmächtig und bekam ein Kreislaufmittel über Infusion.

Blut spritzte aus der offenen Wunde aus Wolfs Mund auf die Kittel der Ärzte und das Operationstuch.

Die Ärzte stillten die Blutung mit Tüchern und einem Sauger.

Anschließend nahm Doktor Müller einen Haken und inspizierte damit vorsichtig die Wunde.

„Den Faden bitte!"

„Könnte ich nicht die Wunde nähen?", bot Doktor Michaels an. „Sie haben doch eine weitere Operation vor sich…"

„Ja, das stimmt allerdings. Aber ich dachte, Sie würden mir auch bei der folgenden Operation assistieren", antwortete Doktor Müller. „Außerdem ist die Wunde ziemlich groß. Jemand müsste die Wundränder zusammenziehen und immer wieder Blut wegtupfen, damit ich die Fäden anbringen kann."

„Das weiß ich natürlich. Aber eine der Assistentinnen könnte helfen. Ich stoße dann bei der nächsten Operation dazu, wenn ich hier fertig bin!"

Doktor Müller nickte und blickte in die Gesichter der beiden Operationsschwestern, die bisher schweigend alles beobachtet hatten. Sie waren ziemlich abgebrüht, denn das, was sie gerade gesehen hatten, war ziemlich „starker Tobak".

„Wer von Ihnen könnte Doktor Michaels bei der Naht assistieren?"

Eine der beiden Schwestern hob die Hand. Doktor Müller nickte und räumte seinen Platz.

Die Schwester nahm Platz, griff nach einer sterilen Pinzette mit einem Tupfer und befasste sich mit Wolfs Wunde.

Doktor Michaels griff nach einem Nadelhalter, in dem ein Operationsfaden bereits eingefädelt war, und schob diesen in Wolfs Mund.

Ein leises Klicken war zu hören, als Doktor Michaels begann, Wolfs Wunde zu nähen.

Doktor Müller fühlte sich etwas erschöpft. In einem Nebenraum befreite er sich von den blutigen Operationshandschuhen, zog sich sein Visier vom Kopf, den Mundschutz anschließend ebenso.

Er warf alles in einen Abfalleimer und zog seinen Operationskittel aus, der etwas mit Blut besprizt war.

Anschließend zog er sich einen weißen Arztkittel an und machte sich auf den Weg zum nächsten Operationssaal.


## Neununddreißig

Constanze war zuerst ohnmächtig geworden. Durch das Kreislaufmittel kam sie jedoch schnell wieder zu sich. Vielleicht auch, weil sie es wollte. Sie wollte sehen, wie Wolf für das bestraft wurde, was er ihr angetan hatte.

Als sie Wolfs verwundeten Mund auf dem großen Bildschirm sah, fing sie plötzlich an zu lachen. Der Mund sah aus wie eine blutige Höhle.

Constanze war erleichtert. Mitleid fühlte sie nicht. Kein Gramm davon. Vielmehr triumphierte sie innerlich.

Ja, Wolf hatte das verdient! Das war eine angemessene Strafe für ihn!, dachte sie. Wie hieß es doch immer: Arschlöcher werden nicht geboren, Arschlöcher werden gemacht.

Wolf war ein Arschloch. Einen Teil seiner Bestrafung hatte er hinter sich.

Constanze fühlte sich befreit von dem seelischen Druck, der jahrelang auf ihr gelastet hatte.

Es war gut und richtig, dass sie sich an „Gerechtigkeit 5.0" gewandt hatte.

## Vierzig

S ie wollen eine Operation durchführen? Welche denn?" Doktor Müller überhörte die Frage. „Mund auf!", befahl er.

„Warum?", fragte sie.

„Haben Sie die Leute, über die Sie gelästert haben, vorher in Kenntnis gesetzt, dass Sie das tun?" Seine Frage klang spitz.

„Nein!", antwortete sie. Er nutzte ihre Antwort, ihr Öffnen des Mundes, um seinen Zahnarzthaken in ihren Mund zu schieben. Unwillkürlich öffnete sie ihren Mund. Der Arzt versenkte einen Gaumenspreizer darin, packte ihre Zunge mit einer Zange, besprühte sie mit Wasser und drehte sie vorsichtig hin und her.

Er besah sich das Organ von allen Seiten.

„Ich werde jetzt Ihre beiden Hauptvenen behandeln. Dann sehen wir weiter!", sagte er zu Senta.

Senta konnte nichts antworten. Durch den Gaumenspreizer wirkte ihr Mund grotesk. Verzerrt. Wie eine Kasperlefigur in einem Kindertheater.

Doktor Müller nahm eine dünne Spritze mit einer langen Nadel zur Hand und schob die Nadel in eines der beiden sichtbaren Blutgefäße an der Zungenwurzel. Danach führte er sie so weit wie möglich nach unten und zog leicht den Spritzenkolben nach oben.

Einige Tropfen Blut in der Spritze bewiesen ihm, dass er sich in der Vene befand.

Ruhig injizierte er das Sklerosierungsmedikament und zog die Nadel dabei langsam nach oben. So erreichte er viele Stellen in der Vene.

Senta stöhnte. Das Medikament begann, ihre Vene zu verkleben.

Doktor Müller nahm die zweite Spritze, kniff mit zwei Fingern in die Region neben der rechten Zungenvene. Er stach ein, zog den Kolben langsam nach oben, bis etwas Blut in die Spritze kam. Er nickte, weil er wusste, dass er richtig getroffen hatte, und injizierte das Medikament in die Vene.

Als er die Spritze aus der Vene zog, bemerkte er die Tränen in Sentas Augen. Sie stöhnte und versuchte, sich vor Schmerzen aufzubäumen. Es klappte nicht.

Doktor Müller legte die Spritze auf ein Instrumententablett und verließ den Operationssaal.

Er würde jetzt eine Tasse Kaffee trinken, bevor die nächste Operation begann.

Senta wand sich vor Schmerzen auf dem Zahnarztstuhl und drehte ihren Kopf hektisch hin und her.

Eine Viertelstunde mindestens ließ man sie alleine. 15 Minuten alleine mit der Folter in ihrer Zunge. Sie ächzte und stöhnte und warf ihre Zunge hin und her.

Aber es hatte alles keinen Wert. Der Schmerz nahm nicht ab.

## Einundvierzig

Langsam und konzentriert setzte er seine Spritzen, eine nach der anderen.

Die Einstiche schmerzten. Die Spritzen hatten eine normale Größe, aber die Nadeln waren dick und lang – und je nachdem, wo Doktor Müller sie einstach, war der Schmerz mal mehr, mal weniger stark.

Aber Senta wollte tapfer bleiben. Sie wollte keine Schwäche zeigen, auch wenn sie alles merkwürdig fand, was da passierte.

Auch wenn sie immer noch dachte, dass sie das, was ihr hier zugefügt wurde, nicht verdient hatte.

Die Einstiche in die Zunge taten weh, und die Spritze in den Gaumen war die reinste Hölle. Die Stiche in die Zungenwurzel spürte Senta weniger, auch wenn sie teilweise tief gingen. Ab und zu brannte das Serum.

Doktor Müller verschwand, und die Krankengymnastin Frau Steinmann erschien. Sie befeuchtete die Zunge mit Wasser und packte sie, knetete sie hin und her, massierte oben und unten. Diese Zungenmassage war entspannend bis schmerzhaft (die Zungenwurzel massiert bekommen, war nicht angenehm!), und Senta merkte, dass die Zunge langsam pelzig wurde. Generell fühlte sich ihr Mund komisch an, und sie merkte auch, dass das Schlucken immer schwieriger wurde.

Doktor Michaels und Doktor Müller erschienen. Beide waren bekleidet mit wasserabweisenden Raumanzügen.

„Wir operieren Sie jetzt!", erklärte Doktor Müller. „Sie haben keine andere Wahl! Diese Operation ist medizinisch notwendig. Manches davon werden Sie nicht sehen, anderes dagegen schon!"

„Wir machen zuerst ein Zungenpiercing, das erleichtert die Operation ungemein!", fügte Doktor Michaels hinzu.

Er nahm eine Zange, ergriff Sentas Zunge und besprühte sie mit einem desinfizierenden Spray.

Anschließend fasste er mit einer Hand vorsichtig die Zungenspitze und bohrte eine Nadel vorsichtig von der Zungenunterseite bis zur Oberfläche.

Senta zuckte vor Schreck, als sie die Nadel vor ihren Augen sah.

„Das ist ganz normal, Tattoostudios arbeiten genauso, wenn sie Zungenpiercings stechen", erklärte Doktor Müller. „Jetzt bekommen Sie noch einen Ring durch das Loch!"

Vorsichtig fädelte er ein Ende eines Rings durch das Loch, das kaum blutete. Anschließend verschloss er den Ring.

Senta starrte verdattert auf ihre Zunge. Weh tat das alles nicht.

„Ich lege jetzt ein Operationstuch über Sie, denn jetzt kommt der Teil der Operation, den Sie nicht sehen müssen!" Doktor Müller bedeckte Senta mit einem lindgrünen Tuch.

Es gab nur ein Loch in dem Tuch für ihren Mund, der mit Hilfe eines Gaumenspreizers so gespannt wurde, dass er offenstand. Die beiden Ärzte setzten sich neben Senta, Doktor Müller als Operateur rechts von ihr, Doktor Michaels links von ihr. Senta hörte nur ihre Stimmen.

„Demnächst werden auch Sie solche Operationen durchführen!", sagte Doktor Müller zu Doktor Michaels. „Ich weiß das. Sie sind ein fähiger Operateur!"

Doktor Michaels fühlte sich geschmeichelt.

„Das ist ein großes Lob. Ich weiß nicht, was ich darauf sagen soll!"

Er griff nach Sentas schlapper Zunge. Er sprühte sie mit Wasser ab und trocknete sie mit einem sterilen Einmaltuch.

„Nun, ich will nur damit sagen, dass ich Ihnen durchaus zutraue, ebenfalls solche Operationen zu machen!", meinte Doktor Müller, packte Sentas Zunge, zog sie nach oben und hängte sie am Ring an den Haken.

Senta spürte einen Druck in ihrer pelzigen Zunge und merkte, dass irgendwas damit passierte.

Mit einer feinen, aber scharfen Operationsschere durchtrennte Doktor Müller einige Sehnen unterhalb von Sentas Zunge.

Etwas Blut sickerte heraus, und Doktor Michaels setzte den Kauter ein. Die Wunden rauchten.

Senta spürte Wärme unterhalb ihrer Zunge.

„Sauber machen Sie das!" Doktor Müller nickte anerkennend.

„Und wie würden Sie jetzt die festeren Sehnen unterhalb der Zungenwurzel lösen?"

„Ich würde dieses Skalpell dafür verwenden!", antwortete Doktor Michaels und griff nach einem scharfen Skalpell, das gut in der Hand lag.

„Dann schneiden Sie damit!", ermunterte ihn sein Chef.

Doktor Michaels schnitt durch Sentas Sehnen an der Zungenwurzel und schälte die Zunge aus dem Gewebe, das sie mit dem Unterkiefer verband.

Doktor Müller klammerte anschließend einige Wunden unterhalb der Zunge.

Senta merkte, wie etwas Scharfes durch ihren Mund pflügte und irgendwie an ihr herumschnitt. Sie spürte, wie Blut aus ihr heraussickerte. Die Vorstellung darüber war der reinste Horror, aber Senta konnte die Operation nicht aufhalten.

Sie konnte nichts mehr tun. Es war zu spät. Sie hätte früher bereuen sollen.

„Jetzt kommt der Teil, an dem ich mit der Operation weitermache", unterbrach Doktor Müller die konzentrierte Stille. „Aber demnächst machen Sie das auch!"

Er holte den Zahnarztbohrer aus dem Instrumentenschrank.

Doktor Michaels reichte ihm ein Scherblatt in der Größe eines Zwei-Euro-Stückes.

Sentas Zunge hing an einem Haken. Leicht zog der Haken die Zunge weiter in die Höhe, nachdem Doktor Müller einen Knopf betätigt hatte. Wie ein straffes Fleischstück, wie eine blutige Trophäe, wie ein roter, tropfender Schwamm sah das Organ aus. Ein Ding, das einst wie selbstverständlich in Sentas Mund war, kluge Worte von sich geben konnte, aber auch allerhand Blödsinn.

Als das Scherblatt auf der Säge saß, schaltete sie Doktor Müller ein. Er schnitt damit unten in Sentas Zunge und bewegte sie hin und her, schnitt druckvoll durch Muskeln und Gewebe.

Blut spritzte auf das Visier des Chefarztes.

Er ließ sich davon nicht beirren und fräste tiefer.

Senta spürte einen Druck – und sie wusste auf einmal, dass sie ihre Zunge nicht mehr lange behalten würde.

Nun war der Tag gekommen, an dem sie sich von diesem wichtigen Organ verabschieden musste. Warum wähnte sie sich so lange in Sicherheit? Warum wollte sie sich nie entschuldigen bei den Leuten, die sie verletzt hatte? Innerlich verletzt, seelisch verletzt?

Rechts neben ihr saß ein Henker, ein Vollstrecker, jemand, der das tun musste, von dem er glaubte, dass er es tun musste. Und links neben ihr saß ein Arzt, der diese Vorgänge billigte. Der sie gut fand. Ein Helfershelfer des Henkers.

Sentas Zunge würde nie wieder böse, lästerliche Worte sagen – aber auch keine guten, schönen Worte mehr. Diese Zeiten waren vorbei.

Die Säge wurde kurz ausgeschaltet. Das Scherblatt wurde gewechselt.

Sentas Zunge lag plötzlich flach auf einer Schaumstoffunterlage. Jemand drückte mit einem kalten Stab die Zunge in die Unterlage.

Eine Hand schob sich in ihren Mund, direkt in die Nähe des Gaumens.

Senta fühlte etwas Spitzes, Scharfes, das hinten an der Zungenoberfläche alles durchschnitt, was sich ihm in den Weg stellte.

Doktor Müller schnitt weiter, bis die Zunge nur noch an wenigen Hautfetzen hing. Anschließend fasste er eine scharfe Schere, die aussah wie eine Astschere aus dem Baumarkt.

„Wir haben es jetzt gleich!", sagte er zu Senta. „Gleich sind wir fertig!"

Mit der scharfen Schere vollendete er seine zerstörerische Mission. Zerstörerisch für Sentas Sprache, für das, was sie mal ausmachte. Tödlich für ihre Zunge.

Er spreizte die Schere und schnitt los, schnapp, schnapp, schnapp. Dreimal kräftig die Schere in das rote Fleisch geschoben, drauflos geschnitten und Sentas Zunge war innerhalb weniger Sekunden ab. Ein blutiges lebloses Etwas, das schnell in ein Glas mit Alkohollösung gelegt wurde.

Plötzlich sprühte viel Blut in Sentas Mund. Es sprühte, obwohl die beiden Venen an der Zungenwurzel durch das Veröden untauglich geworden waren.

Aber eine Zunge besitzt generell viele Blutgefäße.

Doktor Michaels und Doktor Müller versuchten, mit Saugern und Tüchern den Blutfluss zu stillen. Das Blut, Zeuge dieser grässlichen Zungenentfernung.

„Saugen, bitte!", bemerkte Doktor Müller und versuchte, ruhig zu bleiben. Er packte einen Sauger und fuhrwerkte damit in dem Mund vor ihm herum. Gurgelnd verschwand Blut im Sauger.

Doktor Michaels betätigte einen anderen Sauger.

„Tuch!", rief er, und eine der umstehenden Assistentinnen reichte ihm ein steriles Tuch, mit dem er vorsichtig in der offenen Wunde herumtupfte. Schnell saugte sich das Tuch voll. Die Assistentin hinter ihm hatte das aufmerksam beobachtet und reichte ihm ein weiteres Tuch.

„Setzen Sie sich neben mich!", bemerkte Doktor Michaels dankbar. „Drücken Sie dieses Tuch fest auf die Wunde – aber nicht zu fest. Der Blutfluss muss auf jeden Fall gestillt werden."

Die Assistentin nickte, steckte eine ihrer behandschuhten Hände in den Mund vor ihr und versuchte, mit sanftem Druck auf die Wunde den Blutfluss zu stillen.

Senta merkte kaum etwas, ihr Gaumen war betäubt. Sie sollte so wenig Blut wie möglich schlucken, dafür sorgte schon der Sauger, der dort bewegt wurde, wo die Speiseröhre anfing, um das Blut zu schlucken, zum Versiegen zu bringen.

Senta wollte würgen – aber sie konnte nicht. Ihr Gaumen war komplett betäubt.

Die Zuschauer oben klatschten, aber Senta sah und hörte sie nicht, da das Publikum hinter einer Glasscheibe saß.

„Ich werde die Wunde jetzt nähen!", kündigte Doktor Müller an. Er zog das blutige Operationstuch vorsichtig von Sentas Gesicht.

Verblüfft und erschöpft erfasste Senta die Szenerie, die sich ihr bot. Zwei Ärzte in blutverspritzten Kitteln, eine Krankenschwester, deren Hand in ihrem Mund war. Ein ebenso blutiges Operationstuch – und ein Publikum, das klatschte. Senta hörte das Klatschen, den Jubel, den Beifall, denn diese Geräusche waren zugeschaltet und in der Halle hörbar.

Ihre Zunge schwamm in einem durchsichtigen Glas mit Alkohollösung. Ein blutiger Klumpen, der dem Alkohol schnell eine rote Farbe verlieh.

Die Situation war grotesk.

Doktor Müller blickte auf Senta. Immer noch war ihr Mund pelzig und blutig. Eine blutige Höhle so wie vorher der Mund ihres Mannes. Ihre Zunge konnte auch sie nicht mehr als Körperteil wahrnehmen, den sie unter Kontrolle hatte. Die Zunge gab es nicht mehr für sie. Der Wundschmerz würde später kommen. Der seelische Schmerz war allerdings schon jetzt da. Das fühlte sie, das wusste sie, und es trieb ihr Tränen in die Augen. Sie war innerlich zerbrochen und gedemütigt.

Ihr wurde schlecht.

Doktor Müller sah ihre Tränen und hielt einen kurzen Moment inne. Nur kein Mitleid zeigen, dachte er.

„Sie waren soeben Zeugen einer Zungenextirpation, also einer Zungenentfernung! Diese war medizinisch notwendig – so wie alle Operationen, die wir hier durchführen", rief Doktor Müller in sein Publikum. Wieder klatschten einige Leute.

„Eine Zungenextirpation macht man nicht täglich", kommentierte er weiter und blickte zu seinem Publikum. „Aber wenn man eine vor sich hat, ist das ein medizinisches Ereignis und erfordert medizinische Präzision, Schnelligkeit und Hygiene. Weiterhin müssen Sie darauf achten, dass die Patientin oder der Patient nicht zu viel Blut schluckt. Das ist nicht nur unangenehm, sondern kann auch zu gesundheitlichen Komplikationen führen. Einem Hustenreiz beispielsweise. Hier –" er wies mit seiner Hand auf Senta „sind wir noch nicht fertig. Wichtig ist eine sorgfältige Wundbehandlung!" Lächelnd blickte er zu seinem Kollegen. „Ich werde die Wunde jetzt nähen!"

Doktor Michaels legte ein frisches Operationstuch über Senta. Doktor Müller nahm einen Nadelhalter und bohrte die Nadel in einen der Wundränder. Mit einem schwarzen Operationsfaden verschloss er nach und nach die Wunde.

Constanze auf der Tribüne wurde schlecht. Sie sackte ohnmächtig auf ihrem Platz zusammen.

Die Konferenz war zu Ende. Die Teilnehmer checkten am Sonntagmittag aus. Am Abend vorher war ihnen noch Beruhigungsmittel über eine Infusion gegeben worden. Ein Medikament, das ihnen auch die Erinnerung an diese Konferenz so nach und nach nehmen sollte.

Denn alles, was die Teilnehmer gesehen hatten, war nichts für schwache Nerven und belastend. Es gab in den Konferenzen hin und wieder Leute, die ziemlich viel „wegstecken" konnten. Ihnen machte es nichts aus, Operationen und Zahnbehandlungen live von einer Tribüne aus zu verfolgen.

Die meisten Konferenzteilnehmer jedoch konnten den Anblick solcher Ereignisse nicht ohne weiteres verkraften. Auch wenn sie seelisch verletzt worden waren und Genugtuung erlebten dadurch, dass sie sahen, dass Seelenstraftäter angemessen bestraft wurden – so konnte es doch sein, dass sie nach einer solchen Konferenz ein schlechtes Gewissen bekamen – oder sogar Alpträume.

Hier boten Pastoren, wie David Monnerhausen, Eva Gracht und andere, Seelsorge in Einzelsitzungen an. Diese war sehr wichtig.

Seelsorge braucht eine Person, wenn über sie in einem „Hausbibelkreis" ohne ihr Einverständnis hinter ihrem Rücken gelästert, geklatscht und getratscht wurde. Aber die Kirchen bieten das nicht an. Seelsorge ist auch wichtig bei Problemen aller Art, mit der eine Person nicht fertig wird. Und ein solches Problem war auch eine Konferenz von „Gerechtigkeit 5.0" in der Stephanas-Klinik.

Die Pastoren und Pfarrer, die Seelsorge nach den Konferenzen anboten, gingen davon aus, dass Jesus überall ist – auch wenn man ihn nicht sieht. Jesus ist der allgegenwärtige Gott.

Die Konferenzteilnehmer sollten Gottes Gegenwart spüren – sie sollten geheilt werden von ihren seelischen Verletzungen. Die Bestrafung der Seelenstraftäter war ein erster Schritt zur Heilung, Gebet und innerer Frieden waren der zweite Schritt.

Denn, wenn Menschen innerlich geheilt werden, ist das eines der größten Wunder überhaupt.

Und diese geheilten Leute sollten wieder eine Leidenschaft für Jesus entwickeln – sie sollten sie leben. Die Leidenschaft, die durch seelische Verletzungen arg gelitten hatte.

Hier half und hilft immer noch Gebet. Die Pastoren und Konferenzteilnehmer beteten darum, dass die Leute, die während dieser Konferenzen bestraft worden waren, ihr Denken – also das Denken der Konferenzteilnehmer - nicht mehr blockierten. Um das Schicksal dieser Leute kümmerte sich „Gerechtigkeit 5.0".

Die Konferenzteilnehmer sollten eine seelische und körperliche Freiheit spüren. Gott hatte sie angerührt, die Heilung der Seele hatte begonnen – und sie würde durch Gebet, Hingabe zu Gott und Bibellesen fortgesetzt werden.

Als Christ soll und sollte man versuchen, seine Träume zu realisieren. Für die meisten Träume gab es Mittel und Wege, sie wahr werden zu lassen. Ein Traum war es beispielsweise, eine seelische Verletzung loszuwerden.

Nach dieser Seelsorge am Sonntagmorgen waren die Konferenzteilnehmer erleichtert. Die anwesenden Pastoren ebenso. Sie gaben den Teilnehmern ihre Visitenkarten, damit diese – wenn immer sie es für nötig erachteten, anrufen und um ein gemeinsames Gebet bitten konnten.

## Dreiundvierzig

W ie geht es Ihnen?", fragte David Monnerhausen Constanze bei der Seelsorge-Einzelsitzung. Diese fand kurz nach dem Frühstück statt.

Constanze seufzte. Einerseits war sie erleichtert, andererseits hatte sie das, was sie während der Konferenz gesehen hatte, mehr mitgenommen, als sie gedacht hätte.

„Es geht mir gut", antwortete sie. „Ich habe gut geschlafen, ich hatte hier ein gutes Essen, ich habe hier viel gelernt und gesehen. Andererseits fühle ich mich aber nicht gut. Ich habe Leute verraten – und sie wurden schlimm bestraft."

David nickte.

„Dieses Wochenende würde in gewisser Weise hart werden – und ich hatte Sie darauf ein bisschen vorbereitet. Aber sehen Sie es bitte auch so: In der Klinik wurden medizinisch notwendige Maßnahmen durchgeführt. Denn das, was Sie und andere Menschen durch das Ehepaar Funzel und ihre Freunde erleben mussten, war nicht mehr normal. Es musste gehandelt werden!"

Constanze nickte.

„Von Bestrafung kann man sprechen – oder auch nicht!", fuhr David fort. „Es kommt allein auf die Sichtweise an."

Er zog ein postkartengroßes Heft aus seinen Unterlagen und reichte es Constanze.

„Wie sieht es mit Vergebung aus? Haben Sie den Funzels und deren Freunden, die Sie seelisch verletzt haben, vergeben?"

Constanze schüttelte den Kopf und meinte:

„Ehrlich gesagt, weiß ich gar nicht, wie Vergebung überhaupt funktioniert." Sie blätterte durch das Heft. „Ich habe mich schon mindestens hundert Male gefragt, wie man es überhaupt anstellt zu vergeben."

„Danke für Ihre Ehrlichkeit!" David lächelte. „Dann vergeben wir jetzt gemeinsam. Ich zeige es Ihnen!" Er nahm Constanze sanft das Heft aus der Hand und blätterte darin. „Sehen Sie – Vergebung ist ein Geschenk! Vergebung ist wichtig für unsere Beziehung zu Gott, sie ist wichtig für unsere Beziehungen zueinander. Aber Unversöhnlichkeit blockiert Vergebung. Wenn ich nicht vergebe, kann ich nicht tiefe Vergebung leben. Ich habe das in diesem Heft aufgeschrieben."

Wieder blätterte er in dem Heft.

„Sicherlich waren Sie unversöhnlich gegenüber dem Hausbibelkreis, in dem Sie verletzt wurden!", fuhr David fort.

Constanze nickte.

„Weil sich diese Leute nie bei mir entschuldigt haben für das, was sie mir angetan haben."

„Das wird auch nicht mehr passieren", meinte David ernst. „Wir Menschen werden verletzt und verletzen andere. Wir leben in einer gefallenen Welt. Sicherlich haben auch Sie schon andere Personen seelisch verletzt."

Constanze nickte.

„Meinem Mann habe ich schon einige Dinge gesagt, die nicht hätten sein müssen ", sagte sie.

„Und Sie haben mit Ihrem Mann nicht über das, was in diesem Hauskreis passiert ist, geredet?"

„Doch, das habe ich. Aber er versteht mich nicht. Deswegen habe ich es bleiben lassen, weiterhin mit ihm darüber zu diskutieren. Er vertuscht diese Straftaten – und ich versuche, sie in meinen Gedanken zu verdrängen..."

Constanze wirkte verzweifelt.

„Vergebung ist nicht Verdrängung", meinte David ruhig. „Verdrängung bedeutet, dass man versucht, etwas zu vergessen. Es quasi im Keller unserer Gedanken zu versenken. Vergebung ist, wenn ich versuche, den anderen loszulassen."

„Ja, ich weiß", flüsterte Constanze fast. „In der Theorie weiß ich viel, aber in der Praxis wird es dann schwierig."

„Dann wird es Zeit, Vergebung zu üben. Sie müssen jetzt damit anfangen und täglich üben. Vergeben Sie den Funzels und ihrem Hausbibelkreis das, was sie Ihnen angetan haben. Vergebung heißt nicht, dass man Straftaten billigt. Aber man sollte einen Schlussstrich unter bestimmte Ereignisse setzen – um sich befreiter zu fühlen.

An diesem Wochenende ist etwas passiert – Sie haben es gesehen. Der Feind will nicht, dass wir erkannt werden an der Liebe Gottes. Aber wir wollen doch als Christen die Liebe Gottes leben. Die Liebesbotschaft wurde durch Gott offenbart."

Er hielt inne und blätterte weiter.

„Jesus sagte im Garten Gethsemane: ‚Lass diesen Kelch an mir vorübergehen!' Aber Jesus wollte auch das machen, was der Vater von ihm wollte. Und wir sollten uns fragen: Wie gehen wir mit unserer Verletzung um?"

Constanze flüsterte:

„Ich habe meine Verletzung an ‚Gerechtigkeit 5.0' gemeldet, weil ich damit nicht zurechtkam."

„Ja, und Gerechtigkeit 5.0 hat gehandelt", fuhr David fort. „Aber Gerechtigkeit 5.0 wird nicht immer handeln, wenn Sie wieder seelisch verletzt werden. Sie allein müssen auf Dauer damit zurechtkommen, wie Sie vergeben können." Er blickte sie eindringlich an. „Sie müssen LERNEN, vergeben zu können!"

„Wie mache ich das?", fragte Constanze. „Ich weiß, dass Vergebung etwas sehr Wertvolles ist. Aber wie vergebe ich anderen?"

„Jesus hat uns Menschen durch seinen Tod am Kreuz ein großes Geschenk gemacht!", antwortete David. „Er hat den Menschen, die ihn nicht gut behandelten, vergeben. Und auch wir müssen lernen zu vergeben. Wir schleppen oft Verletzungen mit uns herum – aber Jesus hat uns befreit. Wir sollen heil werden!"

„Aber was soll ich jetzt konkret machen?", fragte Constanze verzweifelt.

„Ich spreche jetzt ein Gebet", meinte David ruhig. „Und Sie sprechen es mir nach."

Constanze nickte und faltete ihre Hände. Sowohl sie als auch David schlossen ihre Augen.

„Lieber himmlischer Vater", begann David. „Ich danke dir, dass du für mich am Kreuz gestorben bist. Ich danke dir, dass ich dein Kind sein darf!"

Constanze wiederholte das Gesagte mit ruhiger Stimme.

„Und nun bringe ich dir Senta und Wolf Funzel sowie Britta, Shakira, Klothilde und Thusnelda. Es war nicht in Ordnung, dass sie mich ignoriert und über mich gelästert haben. Es war nicht in Ordnung, dass sie Informationen über mich gestohlen und missbraucht haben. Aber ich möchte im Glauben voranschreiten. Ich vergebe ihnen aus tiefster Seele und aus tiefstem Herzen. Vergebung ist nicht Verdrängung. Vergebung ist Loslassen. Ja, lieber himmlischer Vater, ich lasse diese Leute jetzt los und übergebe sie dir. Sie wurden für ihre Taten zur Rechenschaft gezogen und nun nimm du sie, lieber himmlischer Vater, an deine Hand, führe und leite sie!"

Constanze wiederholte auch diese Sätze.

„Und das machen Sie jetzt jeden Tag!", befahl David. „Und Sie werden merken, dass mit der Zeit Ihr Groll gegenüber dieser Gruppe, die Sie verletzt hat, weniger wird. Wir Menschen haben das Recht auf Groll – aber wir müssen unseren Groll auch einmal Gott geben. Wir müssen ihn loslassen – wir geben Gott das Opfer unseres Grolls. Formulieren Sie das in einem Gebet! Probieren Sie das einfach aus!"

Constanze blickte ratlos. David nickte ihr ermutigend zu. Dann sprach sie:

„Lieber himmlischer Vater, vergib mir, dass ich gegrollt habe. Dass ich meinen Groll gegenüber den Funzels, gegenüber Shakira, Klothilde, Thusnelda – und auch gegenüber Rainer so lange in meinem Herzen getragen habe. Es wird Zeit, diesen Groll dir zu geben. Lieber Herr, nimm du meinen Groll an und mache mich rein!"

„Es ist richtig, dass Sie auch Rainer, Ihren Mann, erwähnt haben. Denn auch ihm gegenüber hegen Sie einen Groll – dafür, dass er Sie ans Messer – also Informationen in diese Gruppe – geliefert hat. Vergeben Sie ihm!"

Constanze nickte.

„Lieber himmlischer Vater, ich bringe dir Rainer, meinen Mann, der mich verraten hat. Ich vergebe ihm dafür, oh Herr. Bitte hilf mir, auch ihm zu vergeben!"

„Das ist ein gutes Gebet", ermunterte David. „Und das sprechen Sie täglich – und immer dann, wenn Ihr Groll wieder aufflackert. Geben Sie Gott den Groll – und beginnen Sie, Ihr Leben wieder zu genießen."

Constanze nickte.

„Vergessen Sie nie, dass Sie auch täglich Gott vergeben müssen. Oft klagen wir ihn im Stillen an, wenn wir nicht vergeben können. Dann müssen Sie sich täglich selbst vergeben", fuhr er fort. „Und natürlich allen Leuten, gegen die Sie einen Groll hegen. Wie den Funzels und ihrem ‚Hauskreis' beispielsweise."

Constanze nickte wieder.

„Wenn Sie im Glauben immer weiter vorangehen, werden Sie aus Ihrer Unversöhnlichkeit wieder herauskommen. Einen Fuß vor den anderen zu setzen, ohne die Richtung zu ändern, wird Sie viel weiter bringen, als im Kreis herumzurennen. Unbeirrt einfach im Glauben weiterzugehen – darum geht es. Das ist Vergebung, das ist Loslassen – und Sie werden merken, wie gut Ihnen das tut!"

Er fuhr fort:

„Vergessen Sie nie, dass Vergebung Liebe freisetzt – einfach zur Liebe gehört, weil Jesus sie so versteht. Und zum Abschluss lesen Sie Lukas 6, 37 und Epheser 4, 32. Weil das Verse sind, die zu diesem Thema passen."

Er lächelte und überreichte Constanze das Heft über Vergebung und seine Visitenkarte.

„Das praktizieren Sie jetzt täglich! Und wenn Sie nicht klarkommen, rufen Sie mich an!"

## Vierundvierzig

Senta fühlte sich nicht gut. In ihrem Mund war eine klumpige, übelschmeckende, geschwollene Masse. Dort, wo einst ihre Zunge gewesen war.

Außerdem schmerzte ihr Kopf. Sie fühlte sich, als sei sie in einem Boxkampf gewesen. Einem Boxkampf, bei dem ihr die Zunge herausgerissen worden war.

Ihr Mund wurde durch einen frischen, sterilen Gaumenspreizer offengehalten.

Die Enden der Fäden waren spitz und stachen in ihrer Mundhöhle.

Wundwasser tröpfelte in die Flasche, die, an einem Schlauch befestigt, aus ihrem Mund hing. Was noch aus ihrem Mund hing, war eine Magensonde, über die eine Krankenschwester jede Stunde eine gelbe Flüssigkeit in einer Spritze in ihren Magen geleitet hatte.

Senta hatte nicht geschlafen, obwohl starkes Schmerzmittel über Infusion in ihre Vene getröpfelt war.

Ein Mann erschien vor ihrem Bett. Herr Ebert.

Seine Stimme klang schnippisch, als er herablassend auf das Häufchen Elend vor ihm blickte, das jegliches Selbstbewusstsein verloren hatte.

„Nun ja, manche Leute haben ihre Zunge nicht verdient. Sie gehören zu diesen Leuten!"

Er drehte sich um und verließ den Raum.

Senta weinte. Wie würde man sie noch weiterhin demütigen? Sie konnte nicht mehr! Sie war am Ende.

Doktor Müller erschien.

‚Der Metzger von gestern!', dachte sie ärgerlich.

„Guten Morgen!" Seine Stimme klang freundlich und nicht so schnippisch wie gestern.

Vorsichtig schob er einen Zahnarztspiegel in ihren Mund. Sie stöhnte.

Er nahm einen Haken und zog vorsichtig an einigen der Fäden, die ihren Zungenstumpf verschlossen.

Senta stöhnte erneut.

Er besprühte ihre Mundhöhle mit lauwarmem Wasser, tupfte die Wunde mit einem Tuch vorsichtig trocken und trug ein gelbes Medikament auf einem langen Wattestäbchen neben die Fäden an ihrem Zungenstumpf. Das tat gut.

„Wie geht es Ihnen?", fragte Doktor Müller.

„Schlecht!", wollte sie sagen. Aber da ihre Zunge fehlte, kam nur ein „Wäh!" heraus.

Doktor Müller schien zu verstehen.

„Schmerzmittel und Antibiotika dreimal täglich", wies er eine Krankenschwester an. „Morgen sehen wir weiter!"

Zu Senta gewandt, sagte er:

„Wir werden die Wunde noch einmal spülen, damit sie gut heilt. Schließlich sollen Sie ja wieder fast normal essen können. Aber zuerst einmal muss die Schwellung ein bisschen zurückgehen – und Ihr Fieber auch."

Senta nickte.

Die Krankenschwester injizierte ein Schmerzmittel in Sentas Vene – und auf einmal war Senta eingeschlafen.

## Fünfundvierzig

Auch Wolf fühlte sich nicht gut. Er hatte einen schlechten Geschmack im Mund und sein geschwollener Zungenstumpf lastete in seinem Gaumen wie ein schweres, schmerzendes Gewicht. Die Enden der Fäden stachen in seinen Gaumen.

Wolf stöhnte, als Doktor Müller zufrieden daran herumstocherte, die Wunde mit Wasser besprühte, sie mit einem Tuch vorsichtig trocken tupfte und anschließend ein Medikament auftrug.

„Teil eins ist erledigt", meinte der Arzt. „Morgen folgt voraussichtlich Teil zwei. Bis dahin bekommen Sie noch Antibiotika und ein Schlafmittel."

Teil zwei? Was war denn Teil zwei? Eine erneute Operation? Wolf hätte gerne gefragt, aber er konnte nicht sprechen. Und auf einmal war er weggeschlummert.

## Sechsundvierzig

Beim Spülen der Wunde konnte Doktor Müller kaum Publikum gebrauchen. Deswegen machte er diese Operation gerne ganz früh an einem Montagmorgen. Er begann um fünf Uhr.

Assistieren würde ihm Doktor Michaels. Doktor Müller hatte ihm eingeschärft, dass man sich als Chirurg nicht nur die „Rosinen" herauspicken durfte. Es gab unangenehme Operationen, die gemacht werden mussten – und für den jeweiligen Patienten überlebenswichtig sein konnten.

Zu diesen Operationen zählte auch die „Nacharbeit einer Zungenextirpation", wie sie Doktor Müller bezeichnete. Einfacher gesagt: das Ausspülen einer Wunde, um eine bestmögliche Heilung zu erzielen.

Da Doktor Michaels so viel wie möglich von Doktor Müller lernen wollte und sollte, sollte er auch bei dieser unangenehmen und langwierigen zweiten Operation dabei sein. Fotos der Operation würden gemacht werden. Fotos, die man später den Konferenzteilnehmern, wenn sie es wünschten, zeigen würde. Denn die Konferenz war vorbei. Beide Ärzte steckten wieder in einer Art Raumanzug. Ihre Gesichter waren durch Visiere und Mundschutz geschützt. Senta hatte ein Schlafmittel bekommen, das über Infusion in eine Armvene geleitet wurde. Sie lag da mit geschlossenen Augen und atmete ruhig.

Doktor Müller blickte nach oben in die Sitzreihen des Konferenzsaales Nummer 1. Normalerweise saß da jetzt niemand – aber er erkannte ein Gesicht sehr wohl und winkte ihm zu. Herr Ebert.

Doktor Michaels folgte den Blicken von Doktor Müller, entdeckte ebenfalls den Rechtsanwalt und fragte erstaunt:

„Herr Ebert ist hier. Ich dachte, Sie wollen kein Publikum bei dieser Operation haben!"

„Herr Ebert ist eine Ausnahme", Doktor Müller war amüsiert. „Er stört nicht. Er holt sich da oben einen runter!"

„Wie bitte?"

„Wussten Sie es nicht?" Doktor Müller blickte belustigt. „Herr Ebert befriedigt sich immer wieder selbst bei diesen Operationen. Deswegen bekommt er auch einen Sitzplatz, bei dem er das ungestört tun kann!"

„Er befriedigt sich!" Doktor Michaels musste das Gehörte erst einmal verdauen.

„Ja, das tut er!", meinte Doktor Müller bestimmt. „Haben Sie ein Problem damit? Ich kann Herrn Ebert gerne Bescheid geben, dass Sie es nicht wollen, dass er zuschaut. Dann verschwindet er auch."

„Nein, es hat mich nur gerade erstaunt…"

„Jeder weiß das hier in der Klinik!", fuhr Doktor Müller fort. „Einige Menschen törnen sich an, wenn sie sich erotische Bilder ansehen. Herr Ebert braucht eben unsere Operationen! Und nun lassen Sie uns operieren! Je eher wir anfangen, desto eher sind wir fertig!"

Doktor Michaels nickte.

Als die Anästhesistin das Signal gab, dass Senta eingeschlafen war, hängte Doktor Müller vorsichtig ihren Kiefer aus. Nun lag Sentas Mund offen vor ihm. Sein Operationsfeld.

„Schere!", befahl er. „Die kleine".

Doktor Michaels reichte ihm das gewünschte Instrument.

Doktor Müller war so früh am Morgen normalerweise nicht in Gesprächslaune. Aber er wollte seinem Assistenten einiges zeigen. Wenn Doktor Michaels schon bereit war, an einem Montagmorgen um fünf Uhr bei Operationen zu assistieren, sollte er auch etwas lernen. Zu einer Zeit, zu der die meisten Menschen noch im Bett lagen und schliefen.

„Unser Publikum – also Menschen, die sich an anderen Menschen für getanes Unrecht rächen wollen, sind zufrieden, wenn sie eine Zungenentfernung beobachtet haben. Keine schöne Operation – aber eine Operation, die manchmal sein muss." Er schnitt mit einer feinen Schere einige der Fäden durch, mit denen er vorgestern die Wunde verschlossen hatte, und sammelte sie in einer Nierenschale. „Und damit wollen wir – also Gerechtigkeit 5.0 – es belassen." Die blutige Schere legte er in die Nierenschale.

Doktor Michaels schwieg und sah einfach nur zu.

Er blickte mit Doktor Müller in die große rote Wunde in Sentas Mund. Sie fing an zu bluten.

Doktor Müller saugte das Blut ab und reinigte die Wunde vorsichtig mit sterilem Wasser, das aus einem dünnen Schlauch kam.

„Ein Tuch, bitte!"

Doktor Michaels reichte ihm ein steriles Tuch. Doktor Müller tupfte vorsichtig die Wunde trocken. Er verlangte noch ein Tuch. Beide Tücher landeten in der Nierenschale.

„Stellen Sie das Licht ein bisschen besser ein!"

Mit seiner Stirnlampe konnte Doktor Müller zwar viel sehen, aber für die dunklen Stellen in dem Mund vor ihm brauchte er besseres Licht. Doktor Michaels versuchte, die Operationslampe so zu positionieren, dass ein größerer Bereich in Sentas Mund ausgeleuchtet wurde. Weiterhin hielt er eine kleine Taschenlampe in Sentas Mund.

„Was sagen Sie zu der Wunde, Herr Kollege?", richtete der Chefarzt unerwartet seine Frage an Doktor Michaels.

„Die Wunde macht auf mich einen guten Eindruck. Sie wird problemlos heilen", meinte dieser.

Doktor Müller kommentierte diese Antwort erst mal nicht. Er inspizierte Sentas Zungenstumpf mit einem Zahnarztspiegel und mit Hilfe der Lampe, die Doktor Michaels hielt.

„Sie haben recht, aber gerade in den Ecken müssen wir besonders genau schauen. Hier gibt es noch geronnenes Blut oder auch beginnende Eiterherde, die wir entfernen müssen. Sonst kann sich eine Entzündung bilden und ausbreiten!"

Mit einem Haken entfernte er geronnenes Blut, mit einem scharfen Löffel kratzte und schabte er Haut und totes Gewebe aus der restlichen Zunge und kauterisierte die dadurch entstehenden Blutungen. Die abgeschnittenen Zungenmuskeln würden in den kommenden Wochen und Monaten verheilen. Auch die abgeschnittenen Blutgefäße.

Doktor Michaels hatte schon viel gesehen. Auch solche verstümmelten Münder wie der vor ihm. Sentas Mund löste in ihm dennoch Mitleid aus, eine gewisse Machtlosigkeit. Wieder war ein Mund verunstaltet worden – und nun wurde versucht, diesen Mund so zu gestalten, dass Senta wieder würde essen und trinken können – jedoch mit Einschränkungen.

„Spülen bitte!"

Doktor Müller riss Doktor Michaels aus seinen Gedanken. Der Assistenzarzt holte das Spülgerät aus dem Zahnarztschrank und reichte es seinem Chef, der es ungeduldig betätigte.

„Saugen!"

Doktor Michaels saugte vorsichtig überschüssiges Wasser aus der Wunde.

Nach der erneuten Spülung betrachtete Doktor Müller die Hautlappen.

„Haben Sie schon einmal Silikoneinlagen eingesetzt, Herr Kollege?", fragte er.

„Nein", antwortete Doktor Michaels. „Ich wüsste gar nicht, wem und warum ich Silikoneinlagen einsetzen sollte. Immerhin sind wir doch hier eine Hals-Nasen-Ohrenklinik und keine Schönheitsklinik für Brustvergrößerungen!" Er grinste unter seinem Mundschutz.

„Es gibt kleine Silikonstreifen, die ich in die Reste der Zungen einbaue", erklärte Doktor Müller. „Dadurch wird die Wand am hinteren Unterkiefer weich – und das Schlucken wird später für den Patienten leichter! Wollen Sie das mal sehen? Dann reichen Sie mir die zweite Schere von links auf dem Instrumententablett!"

Doktor Michaels nickte und reichte Doktor Müller die gewünschte Schere. Doktor Müller nahm sie und befasste sich mit den Hautlappen, die von Sentas Zunge noch übrig waren. Er schnitt sie gerade – so, dass der obere Hautlappen länger war als der untere.

„Jetzt geben Sie mir vorsichtig das Tablett mit dem Silikonstreifen!"

Doktor Michaels reichte seinem Chef ein Tablett mit einer Zange und einem Silikonstreifen, der in einer alkoholischen Lösung lag.

Doktor Müller nahm die Zange vorsichtig und griff damit nach der Silikoneinlage. Diese schob er zwischen die beiden Hautlappen. Daraus ließ sich dann ein strapazierfähiger Einsatz modellieren. Dieser war weich und würde am Unterkiefer anstoßen. So würde der natürliche Schluckreflex nicht behindert werden.

Außerdem würde dieser Einsatz nicht zu einem Würgereiz führen.
Doktor Müller zog den oberen Hautlappen nach unten und nähte ihn an den Unterkiefer an. Und zwar mit einem Faden, der nach zehn Tagen gezogen werden würde.
Doktor Michaels beobachtete alles fasziniert.
„Das war großartig", lobte er seinen Chef.
„Irgendwann können Sie das auch!", antwortete dieser.
„Vielleicht", meinte Doktor Michaels.
Anschließend tupfte Doktor Michaels noch vorsichtig Blut mit einem Tuch weg.
Beide Ärzte sahen sich die Stiche im Unterkiefer an. Gut sah das aus. Sicherlich würde Senta nicht mehr so essen können, wie sie es gewohnt war, da die Zunge fehlte. Mit ein paar Tricks und anderen Ess- und Kaumethoden konnte sie jedoch die fehlende Zunge ein wenig kompensieren.
Die Zunge, die seit einigen Tagen in einem Labor lag und untersucht wurde, ob sie irgendwelche Auffälligkeiten aufwies. Immerhin war sie dafür verwendet worden, um gegen die Menschenwürde von Personen zu verstoßen.
Die beiden Ärzte sahen nach oben, um Herrn Ebert zu suchen. Der Konferenzsaal Nummer 1 war leer. Herr Ebert hatte offensichtlich das erreicht, was er erreichen wollte – und den Saal verlassen.
„Wir haben noch solch eine Operation vor uns", versuchte Doktor Müller, seinen Assistenten zu motivieren.
Doktor Michaels nickte.

## Siebenundvierzig

W olf trieb ganz tief auf einem Meeresgrund. Verschwommen hörte er Stimmen. Er spürte Flüssigkeit in seinem Mund. Auf einmal fühlte er einen Schmerz, als ob Feuer in seinem Rachen sei.
Der Schmerz ging weiter, kam wieder und wieder.

Wolf wollte schreien, aber das ging nicht. Er befand sich doch tief in einem Wasser – und über ihm sah er verschwommene Gestalten.

„Der Patient befindet sich nicht ganz in Vollnarkose", beichtete die Anästhesistin. „Manchmal klappt das nicht."

„Dann geben Sie ihm so viel Schlafmittel, wie Sie verantworten können!", befahl Doktor Müller und hielt beim Auskratzen der Wunde inne. „Es gibt Dinge im Leben, die man einfach aushalten muss! Das gilt auch für diesen Patienten! Egal, wie schmerzhaft diese Prozedur ist – da muss er jetzt durch!"

Die Anästhesistin nickte, löste den Infusionsschlauch von Wolfs Arm und spritzte ein Medikament. Ein starkes Schlafmittel mit schneller Wirkung.

Wolf sank noch tiefer in das Meer in seinem Unterbewusstsein. Er döste ein bisschen, aber in Vollnarkose kam er nicht.

Die Figuren über ihm wurden verschwommener. Das Piksen in seinem Mund wurde erträglicher. Aber das Ziehen in seinem Unterkiefer war kaum auszuhalten.

Er konnte nicht schreien. Es ging einfach nicht.

Hilflos verharrte er in einem Zustand zwischen Leben und Tod, zwischen Schmerz und Entspannung und wartete, bis alles vorbei war.

## Achtundvierzig

Rückerstattung der Kirchensteuer – das war eines der großen Themen, mit denen sich „Gerechtigkeit 5.0" befasste.

Senta und Wolf Funzel waren dazu verurteilt worden, die Kirchensteuer, die Constanze Monday an die Evangelische Kirche gezahlt hatte, in voller Höhe zu erstatten. Es handelte sich hier um einen Betrag von insgesamt 5.038,70 Euro.

Constanze erhielt aber nicht den gesamten Betrag, sondern nur die Hälfte, also 2.519,35 Euro. Die andere Hälfte erhielt „Gerechtigkeit 5.0" als Provision für die Bestrafungen, die sie an den Teilnehmern eines nutzlosen Hauskreises vollzog. Denn immerhin mussten ja auch die Operationen und die sonstigen Krankenhausleistungen der Stefanas-Klinik bezahlt werden.

Wobei ein Großteil der Krankenhausleistungen von den Krankenkassen übernommen wurde. Man befand sich hier in einer gesetzlichen Grauzone – aber es war möglich, die Operationen als „medizinisch notwendig" zu deklarieren. Den Drang zu „Klatsch und Tratsch" sahen die Ärzte in der Stephanas-Klinik als Krankheit, die man ausmerzen musste. Das war beispielsweise möglich, indem man ein oder mehrere Organe, mit denen man klatschen und tratschen konnte, entfernte oder sie operativ veränderte.

Constanze war zufrieden mit dem Geld, das ihr erstattet wurde. Denn immerhin hatte sie auch einen kostenlosen Aufenthalt bei der Konferenz – und die Genugtuung, dass das, was ihr angetan worden war, bestraft wurde.

„Gerechtigkeit 5.0" hatte keinerlei Probleme, das Geld für ihre aufwändigen Bemühungen zu bekommen. Sie vergriffen sich am Privatvermögen der Menschen, die sie als schuldig erachteten. Sie vergriffen sich an Immobilien und weiteren Sachwerten. Sie versuchten, alles zu Geld zu machen, was sie zu Geld machen konnten. Und im Endeffekt erzielten sie nicht nur einen finanziellen Gewinn – auch einen moralischen. Sie konnten Klatsch und Tratsch immer mehr aus vielen Orten vertreiben. Günstig war auch, dass mit dem Verschwinden solcher „Hauskreise" auch einige Virusinfektionen, wie zum Beispiel Grippe und Erkältungen, kaum oder gar nicht mehr weiterverbreitet werden konnten.

Senta und Wolf Funzel blieben noch zehn Tage nach der letzten Operation in der Stephanas-Klinik. Sie verbrachten ihre Tage weiterhin in ihren Einzelhaftzellen und schliefen die ersten drei Tage auf dem Rücken – mit einem Gaumenspreizer im Mund.

Morgens erhielten sie eine Antibiotikainfusion. Ihr Körper wurde massiert, und sie wurden schließlich ermuntert, aufzustehen und herumzulaufen. Ihr Kreislauf sollte ja wieder in die Gänge kommen.

Anschließend mussten sie in einem Zahnarztstuhl Platz nehmen. Ihre Arme und Beine gurtete man an, damit sie während der nun folgenden Behandlung nicht zu sehr zappelten. Denn es gab eine Arztvisite, die immer von Doktor Müller vorgenommen wurde. Er spülte den Mund aus, entfernte den gebrauchten Gaumenspreizer und setzte einen neuen ein.

Anschließend nahm er einen Haken und einen scharfen Löffel und stocherte minutenlang an der Narbe zuerst in Sentas, dann in Wolfs Mund herum. Er entfernte Stellen, die ihm nicht ganz geheuer waren – um sicher zu gehen, dass die Narbe gut verheilen würde. Schorf beispielsweise oder Spuren von Eiter oder auch alte Blutklumpen.

Das war nicht angenehm, und es kam vor, dass Senta oder Wolf vor Schmerzen schrien und ihnen die Tränen in die Augen getrieben wurden. Aber das interessierte Doktor Müller nicht. Er stocherte und piekte weiterhin an den Operationswunden herum und entfernte das, was er entfernen wollte.

Nach endlosen Minuten voller Pein spülte der Arzt den Mund, den er gerade behandelte, aus, saugte die Flüssigkeit ab und besprühte die Narbe mit einem desinfizierenden Mittel, das die Heilung begünstigen sollte.

Dann besprach er kurz mit einer Krankenschwester, was am jeweiligen Tag mit Senta und Wolf passieren sollte.

Am ersten Tag wurden sie noch über eine Magensonde ernährt. Aber sie sollten üben, zimmerwarmes Mineralwasser ohne Kohlensäure schluckweise zu trinken, um ihren Mund wieder an eine Nahrungsaufnahme zu gewöhnen.

Vorher löste eine Krankenschwester die Gurte an Sentas und Wolfs Armen und Beinen und ermunterte die beiden, aufzustehen. Sie half ihnen beim Entfernen des Gaumenspreizers und wies sie an, ihre Zähne zu putzen. Das war wichtig für eine gute Wundheilung.

Erschreckt betrachteten Senta und Wolf erst einmal ihre Mundhöhlen in einem Spiegel. Die Zungen fehlten, das war ein ungewohnter Anblick. Hinten am Gaumen waren einige Fäden sichtbar, die immer noch ein bisschen zogen – je nachdem, wie weit Senta und Wolf ihren Mund öffneten.

Den Umgang mit einer mittleren Zahnbürste sowie einer Kräuterzahnpasta beherrschten sie immer noch gut.

Nach dem Zähneputzen stellte die Krankenschwester je einen Plastikbecher mit Mineralwasser ohne Kohlensäure in Zimmertemperatur in jede der beiden Einzelzellen. Damit durften sich Senta und Wolf den Tag über beschäftigen. Unterbrochen wurden sie lediglich durch Antibiotikainfusionen, die sie nach dem Mittag- und Abendessen erhielten.

Langweilig war das.

Den Tag vertrieben sie sich weiterhin, indem sie versuchten, wieder sprechen zu üben. Immerhin hatten sie das einige Tage lang nicht gemacht.

Deutliches Sprechen klappte nicht mehr – dazu fehlte ihnen die Zunge. Aber sie schafften es immer besser, einzelne Wörter und schließlich Sätze zu bilden und zu sagen.

Ab dem zweiten Tag kam eine Logopädin jeweils eine Stunde zu ihnen, um Senta und Wolf zu zeigen, wie sie ihre Sprache von nun an optimieren konnten.

Ab dem zweiten Tag durften sie auch Grießbrei zu sich nehmen. Sie lernten, wie sie ohne Zunge den Grießbrei in ihrem Mund verteilen konnten. Sie schmeckten ihn kaum, denn die Zunge fehlte. Beim Verteilen im Mund halfen ihnen diverse Plastiklöffel und Holzstäbchen. Sie bugsierten diese in ihren Mund und schoben damit die Nahrung zwischen ihre Backenzähne.

Besser als gar nichts, dachten sie. Denn ihre Zunge vermissten Senta und Wolf sehr.

Wie wichtig eine Zunge ist, weiß man erst, wenn sie fehlt.

## Neunundvierzig

Grießbrei und Apfelmus waren ihre Nahrung am dritten Tag. Sie versuchten, beide Speisen langsam in ihrem Mund zu kauen und sie zu schmecken. Die obligatorische Plastikwasserflasche mit kohlensäurearmem Wasser sowie ein Plastikglas standen ebenfalls in ihrer Zelle. Senta und Wolf trainierten für eine Zukunft, die sie noch nicht kannten. Sie rochen an den Speisen, sie versuchten, diese Speisen zu schmecken – auch wenn das ohne Zunge kaum möglich war.

Sie versuchten, sich zu recken und zu strecken und ein bisschen sportlich zu betätigen. Laufen auf der Stelle war gut, auch Armkreisen und langsame Kniebeugen.

Auch, wenn sie abends immer noch von einer Krankenschwester Heparininjektionen in den Bauch oder den Oberschenkel bekamen, um Thrombosen zu vermeiden, war es dennoch nützlich, sich sportlich zu betätigen.

Am dritten Tag nach der letzten Operation entfernte Doktor Müller noch einigen Schorf in Sentas Mund – was immer weniger schmerzte, je mehr die Wunde heilte. Ab dem vierten Tag konnte er das aber bleiben lassen, denn die Wunde entschloss sich, so zu heilen, dass niemand mehr daran herumkratzen und herumpieken musste.

Senta atmete auf. Etwas schlechter erging es ihrem Mann. An seiner Wunde wurde am vierten Tag noch gepiekt und geschabt – aber ab dem fünften Tag heilte die Wunde auch da wesentlich besser.

Ab dem vierten Tag durften Senta und Wolf endlich ohne Gaumenspreizer schlafen. Sie zogen vorsichtig an ihren Lippen und ihrer Gesichtshaut, um zu sehen, was davon ausgeleiert war. Anfänglich sahen ihre Gesichter noch etwas verschoben aus, aber im Laufe weniger Tage verbesserte sich ihr Aussehen.

Nur dem Unterkiefer fehlte die Zunge. Das war ein merkwürdiges und ungewohntes Gefühl.

Ihr Mund war trocken, denn die Zunge, die für den Speichelfluss verantwortlich war, hatten sie verloren. Eine Krankengymnastin zeigte ihnen, wie sie ihren Mund mit Hilfe einer Sprühflasche, gefüllt mit Wasser, anfeuchten konnten.

Es war lästig, immer eine solche Sprühflasche bei sich zu tragen – aber etwas anderes blieb Senta und Wolf Funzel nicht übrig.

Sie mussten lernen, mit ihrer Behinderung zu leben und das Beste daraus zu machen.

Denn bei einer Bank konnte Wolf nicht mehr arbeiten. Die Verwaltung der Stephanas-Klinik hatte Wolfs Job bei einer Bank kurz nach seiner Schuldigsprechung gekündigt. Er könne nicht mit Informationen umgehen – so jemand sei für eine Bank untragbar.

Die Bank akzeptierte diese Begründung und weinte Wolf keine Träne nach. Er war sowieso immer ein Angeber gewesen und war nicht teamfähig. Er konnte sich bei der Arbeit einfach nicht in einer Bankabteilung unterordnen.

Senta verdiente sowieso in keinem Job Geld – und so musste man auch keinen Arbeitsplatz kündigen.

Je mehr Tage vergingen, desto mehr wurden Senta und Wolf wieder an feste Nahrung gewöhnt. Sie übten immer noch mit Löffeln und Stäbchen, Fleischbrocken und Obststücke so an ihre Zähne zu bringen, damit sie diese Nahrung mahlen konnten. Es war wichtig, den Zähnen immer wieder harte Nahrung zu liefern, sonst würden sie leiden und das Zahnfleisch würde verkümmern.

Senta und Wolf wurden angehalten, eine gute Mund- und Zahnpflege zu praktizieren. Neben dem Zähneputzen war es wichtig, immer wieder mit warmem Kamillentee zu spülen, um Infektionen zu vermeiden.

Es gab viele Therapeuten und Krankenschwestern, die sich um Senta und Wolf kümmerten.

Am zehnten Tag nach der letzten Operation zog Doktor Müller während der morgendlichen Visite die Fäden an Sentas und Wolfs Operationswunde. Das tat nicht weh, war aber unangenehm.

Am elften Tag nach der letzten Operation verlegte man Senta und Wolf in das Hotel des Konferenztraktes. Man brachte ihnen Kleidung zum Wechseln, die man aus ihrem Haus geholt hatte.

Außerdem bekam jeder von ihnen einen Koffer. Des Weiteren wurde darauf geachtet, dass ihre Reisepapiere vollständig waren.

Sie hatten neue Reisepässe und neue Identitäten bekommen. Nun hießen sie nicht mehr Senta und Wolf Funzel, sondern Annegret und Leroy Ruff.

Und unter diesem Namen reisten sie 15 Tage nach der zweiten Operation aus nach Israel. Dort hatten sie ein Arbeitsvisum für ein Jahr in einer Orangenplantage in einem Kibbuz in der Nähe von Haifa.

## Fünfzig

Als Constanze wieder zu Hause war, hätte ihr Leben normal und unbeschwert weitergehen sollen. Die Funzels waren in Israel, die anderen ehemaligen Teilnehmer des Gröl-Gacker-Kreises in verschiedenen Orten in Deutschland verstreut.

Sie alle hatten neue Namen.

Constanze würde ihnen nie wieder begegnen – so hoffte sie.

Sie kümmerte sich um ihren Sohn und erzählte ihrem Mann nur kurz etwas aus dem Skript, das sie während der Konferenz bekommen hatte.

Die restlichen Ereignisse bewahrte sie in ihrem Herzen und ihren Gedanken. Und eigentlich hätte sie die Geschehnisse irgendwann vergessen sollen – denn entsprechende Medikamente waren ihr verabreicht worden.

Aber sie vergaß nicht, was sie in der Stephanas-Klinik gesehen hatte. Und obwohl es sie zufriedenstellte, was mit den Leuten, die sie seelisch verletzt hatten, passiert war, trieb sie die Erinnerung um.

Sie musste alles irgendwie verarbeiten. Gebet allein half nicht.

Also beschloss sie, sich in der Stephanas-Klinik als Sekretärin zu bewerben, als eine entsprechende Anzeige im Mitteilungsblatt der Stadt Stephanasville erschien. Tatsächlich wurde sie eingestellt. Sie arbeitete auch für die Konferenzen. Sie war dafür zuständig, neue Namen und neue Identitäten für die Leute zu finden, die man bei den Konferenzen operiert hatte. Denn diese Leute durften nicht mehr in ihren Wohnorten bleiben, damit sie ihre Umwelt nicht mehr durch Tratsch und Klatsch vergifteten.

Constanze dachte sich Namen und Lebensläufe aus – sie organisierte alles, damit Umzüge stattfinden konnten. Die Teilnehmer der Funzel-Gruppe beispielsweise wurden in andere Orte gebracht – in einer Art Wachkoma-Zustand. Wenn sie aufwachten, sollten sie sich nicht mehr erinnern, woher sie ursprünglich kamen.

„Gerechtigkeit 5.0" kümmerte sich um neue Jobs und neue Wohnungen. Wichtig war, dass die Teilnehmer an verschiedene Wohnorte, weit voneinander entfernt, gebracht wurden, so dass sie sich nicht mehr treffen konnten.

Was den Teilnehmern solcher falschen Hauskreise mitgegeben wurde, waren ihre Möbel und persönliche Sachen. Allerdings wurden neue Ausweispapiere und Fotobücher oder Fotoalben über ihre neue Identität erstellt.

Constanze kümmerte sich nicht um die neuen Aufenthaltsorte der Leute aus der „Funzel-Gruppe", denn zu diesem Zeitpunkt arbeitete sie noch nicht in der Stephanas-Klinik. Als sie aber sagte, dass sie das, was sie gesehen hatte, nicht vergessen konnte – die Arbeit von Gerechtigkeit 5.0 und der Stephanas-Klinik während der Konferenzen sehr segensreich und nützlich fand, wurde sie sofort eingestellt. Denn man merkte: Sie war verschwiegen und würde es auch bleiben.

Sie war von ihrem Arbeitsbeginn an für neue Patienten zuständig, die während der Konferenzen behandelt und bestraft wurden.

Nach der Zerschlagung des Gröl-Gacker-Kreises bei Funzels hörte der Tratsch in Stephanasville für einige Jahre auf. Das war sehr wohltuend, und die Kleinstadt wurde wieder zu einem Ort, in dem man sich wohlfühlen konnte.

David Monnerhausen, Eva Gracht und einige andere Pfarrer und Pastoren waren – neben ihrer Predigt-Tätigkeit in Gottesdiensten – dafür zuständig, Hausbibelkreise zu prüfen. Es lag ihnen am Herzen, dass jede Kirche gute Kleingruppen bot. Hass durch Klatsch und Tratsch und Ignoranz gegenüber neuen Kleingruppen-Besuchern sollte erst gar nicht entstehen. Morde an Seelen sollten nicht mehr verübt werden. Jede Teilnehmerin und jeder Teilnehmer an einer christlichen Kleingruppe hatte das Recht auf Leben, Würde und Freiheit. Und deswegen sollten im Vorfeld Straftaten verhindert werden.

Es war wichtig, dass in Kleingruppen Freundschaften entstanden. Freundschaften zwischen Menschen, die miteinander durch dick und dünn gehen würden. Freunde, die auch in schweren Tagen zueinanderstanden. Freundschaften, die ehrlich und authentisch waren. Freundschaften, die Empathie zeigten, Weitblick hatten und den Moment des Zusammenseins liebten, um einander Gutes zu tun. Freunde, die einander tragen konnten, berieten, dienten und einander Glück zugestanden.

Solche echten Freundschaften kannten die Teilnehmer vieler Hausbibelkreise gar nicht, aber sie wurden von David, Eva und anderen Pastoren und Pfarrern auf die Spur solcher Freundschaften gebracht. Das war sehr inspirierend, segensreich und eine komplett neue Erfahrung für viele Menschen.

Und wenn es solche Wärme zwischen den Menschen in Kleingruppen der Kirchen gab, dann konnte auch die Botschaft vom Reich Gottes in den Herzen der Teilnehmer Fuß fassen und in ihrem täglichen Leben Frucht bringen.

Manchmal konnten David, Eva, die Pastoren und Prediger kränkelnde Hausbibelkreise „retten", manchmal aber mussten sie – nach mehrmaligen vergeblichen Versuchen der Rettung – solche Kleingruppen in die Hände von „Gerechtigkeit 5.0" geben.

Dort entschied man – nach einer hauseigenen Gerichtsverhandlung – wer wie bestraft wurde und wer nicht.

Rainer und Brunhilde suchten noch zweimal das Haus der Funzels auf. Erstaunt mussten sie erfahren, dass das Ehepaar Funzel weggezogen war und ihr Haus offenbar verkauft hatte. An wen – das war nicht so ganz klar. Aber es handelte sich hier um ein Zweigunternehmen von „Gerechtigkeit 5.0", das sich diese Immobilien unter den Nagel riss und versuchte, diese irgendwie zu Geld zu machen. Entweder durch Verkauf oder durch Vermietungen.

Brunhilde und Rainer schüttelten erstaunt ihre Köpfe. Warum waren sie von den Funzels nicht benachrichtigt worden, bevor diese wegzogen? Egal, sie konnten das nicht mehr ändern.

Sie telefonierten mit einigen Pfarrern und dem CVJM (Christlicher Verein Junger Menschen) und fanden bald einen Hausbibelkreis, der so war, wie jede Kirche es sich wünschen konnte. Und in dem jeder, der daran teilnahm, gut und menschlich behandelt wurde. In dem jeder, der daran teilnehmen wollte, willkommen war.


Einundfünfzig

Es war im Januar 2011, als Constanze einen Hausbibelkreis fand, der ihr zusagte. Sie hatte nicht nach einer Kleingruppe gesucht. Auf einmal war sie da – alles passte. Die Leute dort waren nett und akzeptierten sie. Sie nahmen sie freundlich in ihre Runde auf. Und auch die biblische Botschaft, die der Kreis vermittelte, klang gut.

Constanze war dankbar dafür.

Eines Tages in einem Gottesdienst einer Freikirche wurde sie von einer netten Frau angesprochen. Eine angeregte Unterhaltung entspann sich. Dann fragte sie die Frau, ob sie nicht in einen Hausbibelkreis kommen wolle?

Constanze war skeptisch, auch wenn sie ihr Trauma, das sie bei Funzels erlitten hatte, nach der Bestrafung dieser Gruppe gut verarbeitet hatte.

Der Hausbibelkreis, den sie fand und der zwei Nachbarorte entfernt von Stephanasville stattfand, war genau das Richtige für sie. Dort kümmerte man sich um alle Teilnehmer. Er begann um 19.30 Uhr und endete um 22.00 Uhr. Nach drei Liedern wurden neue Teilnehmer begrüßt. Es gab eine Vorstellungsrunde, bei der sich alle Anwesenden vorstellten. So schuf man sofort eine vertraute Atmosphäre. Anschließend sprach man über ein Thema aus der Bibel. Kapitel aus dem Lukas- und dem Johannes-Evangelium boten eine Fülle an Themen – aber auch die Predigten vom vergangenen Sonntag.

Gegen 21.30 Uhr wurden noch Gebetsanliegen der Teilnehmer gesammelt, aufgeschrieben – und dann beteten alle Teilnehmer für Gebetsanliegen, die sie sich aussuchten. Hier herrschte eine gute, heilige und respektvolle Atmosphäre.

Anschließend betete man noch kurz, dass alle Teilnehmer, die eine weitere Fahrt nach Hause vor sich hatten, von Jesus gut und sicher dorthin geleitet werden würden.

In diesem Kreis fühlte sich Constanze aufgenommen, akzeptiert und verstanden. Sie war geistlich angekommen.

„Das Kümmern ist unsere Aufgabe" – so lautete das Motto dieser Gruppe. Denn es war und ist nicht alleine die Aufgabe eines Pfarrers oder Pastors oder Priesters, sich um die Mitchristen zu kümmern.

In einer Kleingruppe sollte man füreinander da sein. Man sollte einander immer wieder fragen:

„Wie geht es dir?"

Denn Gott schaut nicht darauf, wie wir angezogen sind. Er schaut darauf, wie unser Herz angezogen ist.

Er hat ein Interesse an uns – ein Interesse, das das Beste mit uns vorhat. Jedes Ansprechen von Menschen „Wie geht es dir?" ist ein Ansprechen, das vom Himmel kommt.

Gott bedient sich vieler Kanäle. So kommt er auf die Menschen zu. Ein Kanal kann durchaus ein Hausbibelkreis sein.

Genau das fand Constanze in der Gruppe, die sie jeden Donnerstag besuchte. Eine geistliche Heimat, eine Insel mit Menschen, die einander ermutigten und die aufeinander aufpassten. Diese Gemeinschaft sagte nicht nur „Gott liebt dich!" zu ihren Teilnehmern – sie überlegten auch, wie sie einander ermutigen konnten. Sie fühlten sich verantwortlich füreinander. Jeder kannte jeden. Jeder achtete jeden. Und es entstanden Freundschaften.

Selbst, als die Corona-Pandemie einen großen Teil der Welt – auch Deutschland – 2020 erfasste und vieles nicht mehr möglich war, versuchte dieser Hauskreis kreativ zu sein. Man traf sich über Videokonferenzen und man versuchte weiterhin, einander zu dienen mit den Gaben, die man hatte. Beispielsweise schrieben sie Ermutigungskarten untereinander und für andere.

„Wenn ihr auf meine Fragen hört und über mich nicht lacht, dann könnt ihr mich verstehen" – das war eine Richtlinie dieses Hausbibelkreises. Sie versuchten, Christen zu sein, durch die Jesus repräsentiert wurde.

Sie waren echt. Und deswegen mochte sie Constanze.

Sie konnte von ihnen lernen, da sie sie nicht ignorierten.

Sie waren Freunde.

## Zweiundfünfzig

Der Wecker läutete und Britta wusste zuerst nicht, wo sie sich befand. Sie knipste ihre Nachttischlampe an und sah auf ihren Wecker.

6:30 Uhr am Morgen! Wieso hatte ihr Wecker geläutet?

Sie blickte sich in ihrem Schlafzimmer um. Die Möbelstücke und Gegenstände kannte sie. Sie waren vertraut. Da war ihr Bett aus mittelbraunem Holz, ihr Nachtkästchen daneben. Dann die Nachttischlampe im 90-er-Jahre-Design.

Britta stand auf und wankte in ihre Küche. Auch dort sah sie sich um. Ein Kühlschrank, ein Spülbecken, eine Kaffeemaschine, in der sie Tee kochte (Kaffee mochte sie nicht). Dann ein Mülleimer für Küchenabfälle, der unter der Spüle war, Besteckschubladen. Schränke, in denen Geschirr und Lebensmittel untergebracht waren.

Moment mal, wer war sie eigentlich? Wie war ihr Name?

Sie nahm ein Glas aus einem der Schränke und schenkte sich sprudelndes Mineralwasser ein.

Nachdenklich nahm sie Schluck um Schluck und befühlte ihre Zunge. Diese fühlte sich irgendwie pelzig an.

Sie rannte ins Badezimmer und betrachtete ihre Zunge im Spiegel. Nichts Auffälliges, aber die Zungenunterseite war und blieb irgendwie pelzig.

Vielleicht hatte sie sich vor kurzem die Zungenspitze abgebissen. Allerdings konnte sie sich gar nicht daran erinnern.

Sie konnte sich an fast gar nichts erinnern.

Die Möbel und die Wohnungseinrichtung wirkten vertraut. Aber das war es auch schon.

Das Telefon läutete. Britta nahm ab.

„Hallo Bridget, guten Morgen!"

Bridget?

„Guten Morgen", murmelte sie mit belegter Stimme. „Wer spricht denn da?"

„Bridget!" Die Stimme am anderen Ende der Leitung klang ungeduldig. „Ich bin es, Sylvia! Ich wollte dich zu deinem neuen Arbeitsplatz begleiten! Du fängst doch heute als Verkäuferin in der Waffelstraße an!"

Verkäuferin? Waffelstraße?

„Ach, ja? Stimmt!", log Britta, obwohl sie sich nicht daran erinnern konnte, jemals als Verkäuferin gearbeitet zu haben.

„Ich merke schon – die Ortsumstellung!" Die Stimme am anderen Ende der Leitung lachte. „Also, ich komme in einer halben Stunde vorbei und begleite dich in die Waffelstraße! Du willst doch nicht schon am ersten Arbeitstag negativ auffallen! Bis gleich also!"

Britta versuchte, zurückzulachen, aber das funktionierte irgendwie nicht. Lediglich ein verhaltenes Piepsen entrang sich ihrem Hals. Ein Piepsen, das weh tat.

Sie legte den Hörer auf das Telefon und bereitete sich einen Kräutertee zu. Währenddessen überlegte sie fieberhaft, warum sie sich nicht erinnern konnte, dass sie Bridget hieß.

Sie musste sich in ihrem jetzigen Leben zurechtfinden. Vielleicht würde sie Antworten später in ihrer Wohnung finden. In irgendwelchen Erinnerungsstücken.

Sie zog sich an und wartete auf Sylvia. Sylvia, die sie zu ihrem neuen Arbeitsplatz im Zentrum von Augsburg begleiten würde.

## Dreiundfünfzig

Der Job in der Waffelstraße war ausgezeichnet. Bridget bediente in der Parfümerieabteilung in einem großen Kaufhaus. Sie musste sich gut kleiden. Sie lächelte. Die Kunden und auch Kollegen schätzten ihre Fachkompetenz.

Schnell fand sie neue Freunde.

Aber irgendetwas fehlte ihr. Die Erinnerung an ihre Vergangenheit.

In ihrem Apartment fanden sich Fotoalben. Bilder mit Bridget als Kleinkind, von Bridgets erstem Schultag, von ihrem Schullandheimaufenthalt und anderen Ereignissen waren zu sehen. Aber immer wieder blätterte sie lustlos durch die Alben. Sie konnte sich an nichts erinnern.

Ihre Eltern seien gestorben, las sie in einem Album. Begraben seien sie in irgendeinem Friedwald, also einem anonymen Friedhof.

Bridget erinnerte sich nicht an die Zeit mit ihren Eltern, nicht an ihre Schulzeit, nicht an die Zeit im Schullandheim. Alles war ausgelöscht aus ihren Gedanken.

Sie wunderte sich und dachte nach. Aber je mehr sie nachdachte, desto frustrierter wurde sie.

Manchmal hätte sie heulen können über die fehlenden Erinnerungen. Dann aber dachte sie wieder daran, dass sie ein wunderbares Leben in Augsburg hatte.

Bridget hatte nette Freunde, nette Kollegen. Sie wusste jedoch, dass sie dort nicht aufgewachsen war.

Allerdings war das kein Manko. Viele ihrer Kollegen und Freunde waren ebenfalls nicht in Augsburg aufgewachsen.

Bridget betätigte sich auch in geistlicher Hinsicht. Sie fand eine Freikirche, die zu ihr passte. Und sie fand einen Hausbibelkreis, in dem sie sich wohlfühlte.

Mit ihren Kollegen und Freunden genoss sie das Leben. Im Sommer gingen sie zum Eisessen, ins Kino und ins Freilichttheater. Und im Winter gingen sie ins Kino, zum Eislaufen und auch ins Theater.

Bridgets Leben war ausgefüllt. Mit Sylvia, ihrer besten Freundin, fuhr sie sogar in den Urlaub. In jedem Urlaub mieteten sie sich eine andere Ferienwohnung irgendwo in Deutschland.

Und so hätte es weitergehen können.

Eines Tages jedoch störte eine neue Kollegin Bridgets Augsburger Idylle. Sie hieß Freya, sah super aus – und war sehr kommunikativ.

Wen Freya jedoch gar nicht mochte, war Bridget. Bridget verstand das nicht.

Als sie merkte, dass Freya hinter ihrem Rücken über sie tratschte, war sie seelisch tief verletzt.

Und eines Tages nahm sie in der Freikirche, die sie besuchte, einen Flyer mit.

Er war von der Organisation „Gerechtigkeit 5.0". Einer Organisation, die Hilfe versprach, wenn Leute über andere klatschten und tratschten.

„Danke, Jesus!", sagte Bridget laut in ihrer Wohnung, in der sie den Flyer begutachtet hatte.

Sie griff zu ihrem Füller und zu Briefpapier und schrieb einen Brief an „Gerechtigkeit 5.0".

# Vierundfünfzig

S ie haben Glück", sagte Herr Ebert zu Freya, die wie ein begossener Pudel in Handschellen auf der Anklagebank saß und ihres Schicksals harrte. "Wir werden Ihnen nicht die Behandlung angedeihen lassen wie so genannten ‚Hausbibelkreisen', die keine sind. Mit solchen Leuten pflegen wir ziemlich hart vorzugehen." Er lächelte.

Freya blickte ihn und die weiteren Anwesenden der Gerichtsverhandlung fragend an. Warum saß sie hier?

"Herr Ebert", unterbrach David Monnerhausen den Monolog seines juristisch bewanderten Kollegen bei "Gerechtigkeit 5.0". "Frau Hagelkorn versteht nicht, was Sie meinen. Vielleicht erklären Sie Frau Hagelkorn genauer, was Sie ihr sagen möchten!"

Freya nickte dankbar und sagte nichts.

"Gut", Herr Ebert holte tief Luft und fragte Freya:

"Wissen Sie, warum Sie heute hier sitzen?"

"Nein, ich habe nicht verstanden, warum ich hier bin", gestand Freya. Man hatte sie, als sie abends von der Arbeit nach Hause ging, überwältigt, betäubt, in einen schwarzen Lieferwagen geladen und nach Stephanasville transportiert.

Von Stephanasville selbst hatte sie nichts gesehen. Sie war in einem Krankenzimmer aufgewacht, dessen Türe abgeschlossen war. Gesehen hatte sie lediglich einige Ärzte und Schwestern, die ihr Blut abgenommen hatten und den körperlichen Zustand checkten. Was das Ganze sollte, hatte Freya bisher noch nicht kapiert, denn niemand hatte sie aufgeklärt.

"Sie wurden uns gemeldet als ziemlich schwatzhafte Person", lächelte Herr Ebert. "Als eine Person, die Angelegenheiten anderer Leute hinter deren Rücken an andere Menschen weitererzählt. ‚Tratschen' nennt man das."

"Wer hat mich gemeldet?" Freya war entsetzt.

"Das tut nichts zur Sache", antwortete Herr Ebert. "Fakt ist, dass Sie getratscht haben, jemand sich dadurch gestört fühlte und wir dagegen vorgehen werden. Wir werden Sie behandeln – so wie wir es als medizinisch notwendig erachten – und Sie werden daraufhin ein besserer Mensch sein." Er blickte Freya scharf an. „Ein Mensch, der beim Reden mehr nachdenkt."

Freya nickte, überlegte und sagte dann:
„Was passiert, wenn ich mich bei der betreffenden Person entschuldige?"

Herr Ebert stutzte – und alle weiteren Anwesenden blickten verwundert.

„Zum Entschuldigen hatten Sie genügend Zeit", antwortete Herr Ebert schließlich. „Sie hätten sich vor einigen Tagen bei allen Menschen entschuldigen können, die Sie kennen. Aber nun müssen wir die Behandlung durchziehen, die wir beschlossen haben."

Er nahm alle seine Unterlagen zur Hand und erklärte die Gerichtsverhandlung für beendet. Alle Anwesenden verließen den Raum.

Freya wurde von einem Mann und einer Krankenschwester wieder in das Einzelzimmer geführt, in dem man sie untergebracht hatte. Man nahm ihr die Handschellen ab und verschloss die Türe.

Wie in Trance entkleidete sich Freya und zog das Nachthemd an, das man ihr zur Verfügung gestellt hatte. Danach warf sie sich auf das Bett und weinte.

## Fünfundfünfzig

**M**ein Name ist Doktor Müller, ich bin Chefarzt und werde Sie heute operieren!"
Freya lag auf einem Zahnarztstuhl. Ihre Arme und Beine waren mit Gurten befestigt. Sie erblickte einen hochgewachsenen Mann in weißem Arztkittel, der sich auf einen Drehstuhl rechts neben ihr setzte. Er trug einen Mundschutz.

„Machen Sie bitte Ihren Mund auf!", befahl er.

Freya öffnete ihren Mund, und der Arzt inspizierte mit einem Haken und einem Zahnarztspiegel ihre Zähne.

„Für Ihre Zähne bin ich nicht zuständig", kommentierte er.
„Sie haben offensichtlich einen guten Zahnarzt."

Freya nickte.

„Die Zähne musste ich mir trotzdem ansehen", meinte er entschuldigend. „Damit ich mir sicher bin, wie ich weiter vorgehen soll."

Er griff nach einem Gaumenspreizer und versenkte ihn vorsichtig in Freyas Mund. Anschließend zog er einen Wassersprüher aus dem Zahnarztschrank neben sich und sprühte lauwarmes Wasser in Freyas Mund.

Er fasste Freyas Zunge mit den behandschuhten Händen und drückte sie nach hinten. Vom Instrumententablett nahm er eine dünne Spritze und stach damit in eine der beiden Hauptvenen an der Zungenunterseite.

Freya spürte einen Stich, anschließend ein Brennen.

Du liebe Zeit – war das unangenehm! Sie stöhnte.

„Ich habe eine Ihrer Venen verödet. Es dauert ein paar Minuten, bis das Medikament wirkt. Das ist unangenehm, ich weiß. Es wird aber gleich besser!"

Mit diesen Worten stand Doktor Müller auf und verließ den Raum.

Freya stöhnte erneut, warf ihren Kopf hin und her. Meine Güte, wie es in ihrer Zunge brannte!

Bridget oben im Konferenzsaal beobachtete mit Genugtuung, wie ihre Kollegin litt.

Sie nahm einen Schluss Mineralwasser und genoss es.


## Sechsundfünfzig

Punktgenau setzte er die Spritzen in Freyas Zunge. Eine direkt von der Zungenspitze bis hinten fast an den Gaumen. Dann betäubte er die Zunge seitlich und stach einige Male in die Zungenwurzel.

Das Serum brannte ein wenig, aber das war nicht so schlimm wie das Veröden.

Auf die Spritze in den Gaumen verzichtete Doktor Müller. Sie war für diese Operation nicht notwendig. Freya lag da, erschöpft und ließ die Zungenmassage einer Krankengymnastin über sich ergehen. Irgendwie war das angenehm und Freya merkte, wie ihre Zunge langsam pelzig wurde. Nach der Massage erschien Doktor Müller mit einem anderen Arzt in Schlepptau.

„Das ist Doktor Paulsen, er wird mir assistieren", stellte Doktor Müller den anderen Arzt vor. Dieser war ebenfalls mit einem weißen Arztkittel bekleidet und trug einen Mundschutz. Er setzte sich links neben Freya.

„Das Skalpell Nummer 12, bitte!", befahl Doktor Müller.

Doktor Paulsen reichte ihm ein Skalpell, das in Fachkreisen als „Figur 12" bezeichnet wurde. Es hatte vorne eine abgerundete Klinge.

„Drücken Sie die Zunge bitte nach hinten!", befahl er wieder.

Doktor Paulsen nickte, schob zwei Finger seiner rechten Hand in Freyas Mund und drückte mit festem Griff ihre Zunge nach hinten.

Doktor Müller begutachtete die Vene, die er vorhin verödet hatte. Sie war schwarz geworden.

Schnell schnitt er die Haut neben der Vene mit dem Skalpell auf. Rotes Blut schoss heraus, das er mit einem Tuch zu entfernen versuchte.

Doktor Paulsen reichte ihm eine Pinzette. Doktor Müller fasste damit die schwarze Vene und zog daran.

Es sah aus, als ob er einen schwarzen Regenwurm aus Freyas Zunge zog. Mit dem Skalpell kappte er die Vene an beiden Enden und legte sie auf das Instrumententablett mit gebrauchten Instrumenten und Tüchern.

Andere Leute konnten diese Vene als schwarzen Schlauch interpretieren. Er war einst in Freyas Zunge gewesen. In dem „Lappen", Freyas Zunge, die Bridget mit schnippischen Bemerkungen und mit Tratsch hinter ihrem Rücken seelisch verletzt hatte.

Doktor Müller zeigte die Vene kurz im Operationssaal und legte sie dann in ein Gefäß mit alkoholischer Lösung. Dank der Kamera, die alles filmte, und der großen Leinwand, die alles zeigte, konnten auch die Besucher der Konferenz Freyas Vene, die ihr nicht mehr gehörte, sehen.

„Kauterisieren!", befahl er.

Doktor Paulsen kauterisierte die beiden Enden der Venen und konnte somit den Blutfluss stoppen.

„Den Draht bitte!"

Doktor Müller fasste mit einer sterilen Pinzette einen Silberdraht, der ihm von Doktor Paulsen auf einem Tablett präsentiert wurde. Konzentriert platzierte er den Draht in die Spalte, in der vorhin die Vene gewesen war.

„Ich habe Ihnen jetzt ein kleines Gerät in Ihrer Zunge eingesetzt, das Sie befähigen wird, respektvoll mit der Information über andere Menschen umzugehen!" Doktor Müller sah in Freyas müdes Gesicht. „Sie werden das Gerät kaum bemerken, aber es ist durchaus sinnvoll! Wir steuern es über einen Generalserver."

Freya konnte nichts dazu sagen, denn die beiden Ärzte waren immer noch mit ihrer Zunge beschäftigt. Doktor Müller nähte vorsichtig den Schnitt zu.

„Die Fäden werden zwei Wochen drinbleiben – und werden danach von Ihrem Hausarzt gezogen werden!"

Ermunternd nickte er Freya zu und verließ den Operationssaal.

Herr Ebert erschien – plötzlich und unerwartet. Als er sprach, richteten sich seine Worte nicht nur an Freya, sondern auch an das Publikum im Konferenzsaal.

„Während sich Frau Hagelkorn ein bisschen von ihrem Eingriff erholen wird, zeige ich Ihnen allen einen Film. Einen Film darüber, welche Maßnahmen wir hier auch noch ergreifen, wenn Klatsch und Tratsch zu sehr ausufert. Wenn Leute andere Menschen anlügen, vorgeben etwas zu sein, was sie nicht sind – und Macht ausüben wollen über andere. Wenn sie sich in Gruppen, die sie ‚Hausbibelkreise' nennen, zu sehr vergessen…"

Lächelnd betätigte er den Knopf einer Fernbedienung – und die Besucher der Konferenz und alle Leute im Operationssaal sahen einen Dokumentarfilm über die Zahnbehandlung und die Zungenoperationen bei Senta und Wolf Funzel.

## Siebenundfünfzig

Nein, nein!", schrie Bridget, als sie die Filmszenen sah, die zeigten, wie man Wolf Funzels Zunge entfernt hatte. Denn sie merkte plötzlich, dass sie diesen Mann KANNTE, dem unter örtlicher Betäubung die Zunge weggefräst und herausgeschnitten worden war.

Aber woher kannte sie diesen Mann? Sie war einst mit ihm und seiner Frau befreundet gewesen, daran erinnerte sie sich. Wie hieß seine Frau noch gleich?

Im Film wurden keine Namen genannt - nur, dass Wolf und seine Frau Informationen gestohlen und missbraucht hatten. Sie hatten über Leute gelästert, die Kirchensteuer bezahlt hatten. Diese Leute hatten deshalb endgültig der Kirche – in diesem Fall war es die evangelische – den Rücken gekehrt.

Weiterhin hatten diese Leute mit diesem Verhalten gegen das Grundgesetz verstoßen. Sie hatten durch Tratsch und Klatsch über andere Menschen gegen deren Recht auf Menschenwürde verstoßen.

Doch musste man deshalb Leute so hart bestrafen? Bridget hatte sich eine andere Bestrafung ihrer einstigen Freunde vorgestellt – eine andere Operation vielleicht. Selbst eine Tracht Prügel war noch besser als das Ziehen der Zunge.

Zumal Freya, die Bridget gar nicht leiden konnte, eine mildere Strafe bekommen hatte. Immerhin durfte sie ihre Zunge behalten.

Bridget sah weiterhin den Film an. Wie magnetisiert hingen ihre Augen an den Bildern. Wolfs Mund blutete. Sein Mund war ein einziges blutiges Loch, in dem ein anderer Arzt versuchte, so viel Blut wie möglich abzusaugen und weg zu tupfen. Wolf selbst sah ziemlich fertig aus. Oder auch traurig. Selbst im Film konnte man das bemerken. Bridget meinte, einige Tränen in Wolfs Gesicht zu sehen.

Das alles war ein Alptraum, ein einziger Alptraum. Wer hatte ihre Freunde an „Gerechtigkeit 5.0" verpfiffen?

Bridget dagegen fühlte sich im Recht. Es war gut, dass sie Kontakt zu „Gerechtigkeit 5.0" aufgenommen hatte und ihre Kollegin Freya verpfiffen hatte.

Aber warum wurde Freya, die auch getratscht hatte, so milde bestraft, während Bridgets einstige Freunde sehr hatten leiden müssen? Warum hatte sie – Bridget – sich an eine Organisation, die Gerechtigkeit propagierte, gewandt, wenn diese sowieso anders agierte, als sie – Bridget – es dachte und wollte?

„Nein, nein!", schrie Bridget und versuchte, den Saal zu verlassen. Aber die Tür war verschlossen. Eine Schwester holte sie ein und injizierte ihr ein Beruhigungsmittel über den Zugang in der Armbeuge.

Bridget wurde langsam ruhiger und schritt schniefend neben der Schwester her, die sie in ihr Zimmer begleitete.

Ihr war schwindlig, als sie sich auf ihr Bett im Hotelzimmer legte.

„Ich bringe Ihnen noch ein Schlafmittel! Legen Sie sich einfach hin! Wir wissen, dass der Anblick der Operationen für manche Konferenzbesucher ein Schock sein kann", sagte die Schwester. dienstbeflissen und hetzte aus dem Raum.

Ein Schock? Bridget fühlte sich, als habe sie in eine elektrische Leitung gefasst und einen Schlag bekommen.

Was war mit den Funzels passiert?

Wo waren sie?

Was mit Freya passieren würde, war ihr dagegen egal. Sie mochte Freya nicht. Wenn „Gerechtigkeit 5.0" Freya auf den Mond schießen würde, würde sie – Bridget – das begrüßen.

Bridget hätte sich ja auch einen neuen Job suchen können, um dem Tratsch Freyas in der Zukunft zu umgehen.

Aber in Bridgets Alter war es nicht mehr einfach, einen Job zu finden. Immerhin war sie über 50 Jahre alt.

Bridget heulte und heulte. Schniefend goss sie sich ein Glas Sprudel ein, biss vor lauter Wut in das Glas – und hatte auf einmal Scherben auf der Zunge. Das tat weh.

Sie wetzte zum Spiegel im Badezimmer und streckte ihre Zunge weit heraus.

Verwundert betrachtete Bridget ihre blutende Zunge und wurde ohnmächtig.

## Achtundfünfzig

**S**ie ist wach!", hörte sie eine männliche Stimme, die sie kannte.

Als sie die Augen öffnete, sah sie ganz verschwommen einen Arzt im weißen Kittel und Mundschutz. An der Stimme erkannte sie ihn. Doktor Müller. Neben ihm saß ein anderer Arzt, den Bridget noch nicht kannte. Er trug ebenfalls einen Mundschutz. In ihre Augen leuchtete grell eine Operationslampe. Doktor Müller bemerkte das und stellte die Lampe so ein, dass sie nicht mehr blendete.

Wo war sie?

In einem Operationssaal?

„Nein, nein, nein!", wollte Bridget schreien, aber sie brachte keinen Ton heraus. Ihr Mund war mit einem Gaumensperrer so fixiert, dass er offenstand.

In ihrer Zunge pikste es. Die Zunge lag auf einer kalten Unterlage.

Was war passiert?

„Brauchen wir eine Vollnarkose?", fragte der Assistenzarzt.

„Nein!", antwortete Doktor Müller. „Das erledige ich mit örtlicher Betäubung!"

„Was haben Sie sich dabei gedacht? Einfach so in ein Glas zu beißen?", wandte sich Doktor Müller an Bridget. „Zum Glück hat

Schwester Christa Sie gleich gefunden – und zum Glück bin ich noch im Haus!"

Er griff nach einer Spritze und stach mehrmals in Bridgets Zunge.

„Das tut jetzt ein bisschen weh und zieht – ist aber gleich vorbei!", kommentierte er.

Bridget merkte, wie ihre Zunge pelzig wurde. Das ging sehr schnell

Dann fiel ihr ein, was mit den Funzels passiert war.

„Er will meine Zunge ziehen!", schoss es blitzartig durch ihre Gedanken. Sie wollte schreien. Aber es ging nicht.

Doktor Müller nahm eine Pinzette und pikte vorsichtig in Bridgets Zunge herum. Es tat nicht weh.

„Sie haben sich hier einige Glasscherben eingefangen, die muss ich entfernen. Sonst könnte es zu einer bösen Entzündung kommen", meinte er ruhig. „Hier ist ein Splitter – und da ist noch einer. Sagen Sie nur – wie haben Sie das angestellt?"

Er erwartete keine Antwort, denn Bridget konnte auch nicht antworten. Er pikte weiter, entfernte einige kleine Glassplitter und Scherben, bis er nichts mehr finden konnte.

„Und jetzt muss ich noch nähen! Sie haben Ihrer Zunge einige tiefe Risse zugefügt!" Er schüttelte den Kopf, desinfizierte die Wunden mit einem Spray und werkelte mit einem Operationsfaden in Bridgets Mund herum. Das zog etwas, tat aber nicht weh.

Als er fertig war, entfernte er den Gaumenspreizer. Er zog seine Operationshandschuhe aus. Dann griff er nach einem Spiegel und hielt ihn vor Bridget.

Bridget sah im Spiegel ihr verzerrtes und bleiches Gesicht. In der Zunge steckten einige Fäden. Doktor Müller hatte einwandfrei und schnell gearbeitet.

„Wir nehmen Frau Siewert eine Nacht auf eine Hals-Nasen-Ohren-Station – das ist sicherer, damit sie nicht auf ihre Zunge beißt. Morgen, nach der Visite, wird sie ohnehin abreisen! Ein HNO-Arzt in Augsburg soll nach ungefähr zehn Tagen die Fäden ziehen", erklärte Doktor Müller, lächelte Bridget zu und verschwand.

„So ist unser Chef", kommentierte der andere Arzt. „Trotz der vielen Arbeit immer noch irgendwie menschlich!"

Bridget wollte widersprechen, aber sie konnte nicht. Ihre Zunge lag schwer im Mund, sie konnte kaum sprechen.

Eine Schwester schob Bridget in ihrem Bett durch viele Gänge in den HNO-Trakt des Krankenhauses. In einem Einzelzimmer schlief sie endlich ein.

## Neunundfünfzig

Morgens beim Frühstück erinnerte sich Bridget an noch mehr Details aus ihrem früheren Leben.
Sie löffelte vorsichtig ihren Grießbrei und versuchte, sich nicht die Zunge zu verbrennen.

Ein bisschen merkte sie die Stiche und die Fäden in ihrer Zunge. Sie hatte leichte Schmerzen, die sie aber aushalten konnte.

Plötzlich strömten einige Erinnerungen auf sie ein. Bridget sah einige Bilder, einige Ereignisse klar vor sich – so als wären sie erst gestern passiert.

Stephanasville war die Stadt, in der sie als Mädchen mit Namen Britta aufgewachsen war und zur Schule ging. In der einige Kilometer entfernten Kreisstadt hatte sie eine Ausbildung zur Verkäuferin absolviert. Nicht mit Glanznoten – aber doch einer guten Leistung.

Sie arbeitete als Verkäuferin in einem Nachbarort von Stephanasville. Da sie aufgeschlossen und freundlich war, baute sie sich einen Bekannten- und Freundeskreis auf.

Aber – wo waren all diese Freunde und Bekannten geblieben? Bridget ärgerte sich, dass sie sich nicht mehr an alle Namen erinnerte.

Auf einmal aber erinnerte sie sich an Senta und Wolf Funzel, an Klothilde, Shakira, Thusnelda und Brunhilde. Und an Constanze und Rainer. An den Hausbibelkreis, in dem sie sich einige Jahre getroffen hatten.

Dann kam Constanze in die Gruppe – und alles wurde anders. Constanze stellte die Art und Weise, wie der Hausbibelkreis mit Neuzugängen umging, in Frage. Dann verließ sie die Gruppe.

Bridget standen viele Ereignisse aus dem Jahr 2008 wieder klar vor Augen. Sie sah die Szenerie der Gruppe, die Lieder aus mehreren christlichen Liederbüchern zu Gitarrenbegleitung sang, über Bibeltexte sprach und sich dann anschließend über den neuesten Klatsch und Tratsch unterhielt.

Und so, wie Bridget sich vor einigen Monaten an „Gerechtigkeit 5.0" gewandt hatte, hatte Constanze 2008 mit dieser Organisation Kontakt aufgenommen. Wie sonst war es möglich, dass Constanze dort sogar arbeitete?

Ja, Constanze kannte Bridget – und Bridget kannte Constanze! Warum wollte Constanze das nicht zugeben?

Und was war mit den Funzels, mit Brunhilde, mit Thusnelda und all den anderen aus dem einstigen Hauskreis eigentlich passiert?

Vielleicht dasselbe wie Senta und Wolf Funzel?

Bridget rannte ein kalter Schauer über den Rücken.

Was würde mit jetzt Freya passieren?

Bridget zermarterte sich das Hirn, wem sie all diese Fragen stellen konnte. Constanze wollte nicht mit ihr reden.

Aber vielleicht Doktor Müller?

## Sechzig

Visite. Das war das Einzige, auf das Bridget noch wartete, bevor sie die Stephanas-Klinik verlassen würde. Ihr Zug nach Augsburg fuhr in zwei Stunden. Genügend Zeit blieb ihr also noch für die Fragen, die sie unbedingt beantwortet haben wollte.

Ein lautes Klopfen kündigte an, dass die Visite jetzt stattfinden würde. Bridget atmete durch und saß auf einem der beiden Stühle in „ihrem" Einzelzimmer.

Doktor Müller trat ein. Er trug einen Mund-Nasenschutz. Genau wie die Krankenschwester, die ihn begleitete.

„Na, wie geht es Ihnen, Frau Siewert?", fragte Doktor Müller gut gelaunt. „Zeigen Sie mir mal Ihre Zunge! Denn Sie werden doch bald abreisen!"

„Guten Morgen", sagte Bridget artig und zeigte dem Doktor ihre Zunge.

Er betastete sie vorsichtig und besah sie mit einer Lupe.

„In zehn Tagen gehen Sie zum Hals-Nasen-Ohrenarzt in Ihrem Wohnort und lassen die Zunge anschauen. Vielleicht zieht Ihr Arzt gleich die Fäden. Sollten Sie noch eine weitere Behandlung der Zunge benötigen, wird dieser Arzt das ebenfalls erledigen."

Doktor Müllers Stimme klang monoton. „Bis dahin sollten Sie beim Essen und Trinken und sonstigen Aktivitäten mit Ihrer Zunge etwas vorsichtig sein. Außerdem sollten Sie immer wieder Ihren Mund mit klarem Leitungswasser ausspülen. Mundwasser halte ich hier kontraproduktiv. Manches Mundwasser kann Entzündungen auslösen."

Er grinste. Offensichtlich fand er etwas, was er gesagt hatte besonders lustig.

„Von Frau Monday werden Sie einen Arztbrief erhalten, den Sie Ihrem Hals-Nasen-Ohrenarzt bitte aushändigen. Haben Sie noch Fragen?"

Doktor Müller blickte Bridget freundlich an. Die Krankenschwester sagte gar nichts. Offensichtlich war sie eine Auszubildende, die dazu verdonnert worden war, an einem Sonntagmorgen Doktor Müller bei der Visite zu begleiten.

Bridget fasste sich ein Herz und fragte:

„Was wird jetzt mit Freya passieren?"

Der Arzt runzelte seine Stirne. „Die Operation und der Film gestern haben Sie offenbar sehr erschreckt. Aber alle Eingriffe waren medizinisch notwendig."

„Ist es medizinisch notwendig, einigen Patienten die Zungen zu entfernen?" Bridget klang entsetzt. „Das verstehe ich nicht. Hätte es nicht gereicht, mit diesen Leuten zu reden? Oder deren Zungen so zu operieren, dass sie noch in vollem Umfang verwendet werden können?"

„Wieso Zungen entfernen? Ich verstehe Sie nicht!" Doktor Müller sah sie fragend an. „Frau Hagelkorns Zunge wurde nicht entfernt!"

„Aber Sie haben schon Zungen entfernt! Die der Funzels beispielsweise!"

„Hören Sie, Bridget – ich darf sie doch Bridget nennen?" Der Arzt sah auf die Uhr. „Ich habe wenig Zeit. Aber ich versichere Ihnen, dass die Eingriffe, die wir an unseren Patienten vornehmen und vorgenommen haben, medizinisch notwendig waren und sind. Sowohl an den Funzels, als auch an Freya. Wir haben hier in der Klinik intensive Voruntersuchungen angestellt und sind zu dem Schluss gekommen, dass die einzig sinnvolle Therapie eine Entfernung einer der Hauptvenen war und ist. Freyas Zunge war krank – und wir hatten keine andere Möglichkeit!"

Bridget schüttelte den Kopf. Ungläubig blickte sie den Arzt an.

„Sie hatten keine andere Möglichkeit," wiederholte sie. Ihre Stimme klang bitter. „Warum wird Freya, die getratscht hat, nicht so hart bestraft wie das Ehepaar Funzel? Das verstehe ich nicht!"

„Freya hat die Chance bekommen, ein besserer Mensch zu werden. Sie wird sich künftig länger überlegen, was sie sagt. Denn ihre Zunge wird Impulse bekommen, falls sie tratschen will. Wir hielten diese Methode für sinnvoll. Auch Sie wurden übrigens nach dieser Methode operiert!"

In Bridgets Augen glänzten Tränen.

„Ich? Warum das denn?"

„Sie haben Klatsch und Tratsch befürwortet und Menschen, über die Sie und andere getratscht haben, bedroht und gemobbt! Das konnten wir nicht unbehandelt lassen!" Er lächelte.

„Und warum haben Sie den Funzels nicht auch nur die Venen gezogen?"

„Die Leute, die in dem Film vorkommen, meinen Sie?" Wieder sah der Arzt auf die Uhr. „Ich habe es eilig. Ich muss noch meine Visite zu Ende machen. Dann stehen einige Operationen auf dem Programm. Aber ich mache Ihnen einen Vorschlag!" Seine Stimme klang wieder freundlich, nicht so hektisch und gestresst wie vorhin. „Da Sie sowieso bei Frau Monday einen Arztbrief abholen müssen, können Sie sie gleich nach Ihren Funzels fragen. Sicherlich kann sie Ihnen etwas zu diesen Leuten sagen, wenn sie hier in der Klinik waren. Ich werde Frau Monday telefonisch anweisen, dass sie Ihnen Informationen über diese Leute geben darf."

Er holte sein Smartphone aus der Tasche seines weißen Kittels, wählte eine Nummer und gab Constanze schnelle Anweisungen.

Dann nickte er, wandte sich an Bridget und sagte:

„Ich wünsche Ihnen eine gute Heimreise und weiterhin alles Gute!"

„Auf Wiedersehen!", meinte Bridget leise und verließ das Krankenzimmer hinter Doktor Müller und der Krankenschwester, die an die Türe des nächsten Krankenzimmers klopften.

## Einundsechzig

D u sollst mir einen Arztbrief geben", sagte Bridget, als sie, mit einem Mund-Nasenschutz im Gesicht, vor Constanze stand. „Und dann noch Informationen über ein Ehepaar Funzel, die hier in dieser Klinik behandelt wurden."

„Ich möchte Sie bitten, mich nicht zu duzen!", antwortete Constanze scharf und schob sich ihren Mund-Nasenschutz zurecht. „Sollte es mal eine Zeit gegeben haben, in der wir uns geduzt haben, so möchte ich betonen, dass diese Zeit schon lange vorbei ist."

Constanze stand auf, schritt forsch an Bridget vorbei und schob eine der großen Schubladen auf, die in einem großen Wandschrank versenkt waren.

„Eigentlich hätten wir diese Unterlagen schon längst einscannen sollen", meinte sie entschuldigend. „Dann hätte ich sie auf dem Computer parat – und müsste hier nicht lange suchen!" Sie kramte in den herunterhängenden Ordnern. Ordnern voll mit Informationen über Patienten und ehemalige Patienten der Stephanas-Klinik.

Sie zog einen Ordner heraus und konzentrierte sich auf die darin liegenden Unterlagen.

„Was wird mit Freya passieren?", flüsterte Bridget.

Constanze blickte auf.

„Freya. War das die Operation gestern?"

Bridget nickte.

„Sie war meine Kollegin."

„Dann hat Freya Sie also seelisch verletzt?" Constanze blickte spöttisch. „Und Sie haben Freya daraufhin nicht bedroht?"

„Schau, Constanze – dass ich dich vor Jahren bedroht habe, tut mir leid..."

„Die Einsicht kommt reichlich spät", konstatierte Constanze.

„Aber immerhin – sie ist da." Ihre Stimme klang versöhnlicher.

„Sie möchten also wissen, was mit Freya passieren wird, wenn sie die Klinik verlassen darf?"

„Ja", Bridget nickte.

„Freya wird umziehen. Und sie wird wieder arbeiten!" Constanze lächelte – und ihre Augen lächelten auch. „Mehr darf ich Ihnen nicht sagen. Berufsgeheimnis und Arztgeheimnis, verstehen Sie?"

Bridget nickte.

„Und ich werde sie nicht wiedersehen?"

„Davon gehe ich aus!", bekräftigte Constanze. „Doktor Müller ist ein hervorragender Operateur, seine Kollegen übrigens auch! Außerdem achten wir hier in der Klinik auf eine exzellente Wundheilung. Bei allen Patienten."

„Ja, das kann ich mir denken!" Bridget sah zu Boden.

„Bevor ich es vergesse: Hier ist Ihr Arztbrief, den Sie bitte ihrem Hals-Nasen-Ohrenarzt in Augsburg geben!" Constanze nahm einen Umschlag und reichte ihn Bridget.

Bridget nahm den verschlossenen Briefumschlag und steckte ihn in ihre Handtasche.

„Danke!", sagte sie.

Constanze runzelte die Stirn.

„So höflich waren Sie damals in dieser merkwürdigen Gröl-Gacker-Gruppe, in der wir uns kennen lernten, nicht", entfuhr es ihr.

„Gröl-Gacker-Gruppe? Das habe ich noch nie gehört! Du meinst wohl den Hauskreis bei Funzels?", fragte Bridget.

„Ja, genau, den meine ich. Den Kreis, in dem Neuzugänge nie willkommen waren – in dem sie gemobbt, diskriminiert und bedroht wurden."

Bridget schämte sich. Sie sah erneut zu Boden.

„Und hier haben Sie einen Brief, in dem steht, was mit Senta und Wolf Funzel passiert ist." Constanze streckte Bridget eine Kopie eines Briefes entgegen. „Natürlich waren die Funzels in der Stephanas-Klinik. Sonst hätten wir keine Unterlagen über sie in unseren Akten."

Bridget nahm vorsichtig die Blätter in die Hand und las.

Zweiundsechzig

Brief, geschrieben am 1. Januar 2014:
Liebe Frau Monday,
haben Sie wie immer vielen Dank für Ihre Weihnachts- und Neujahrsgrüße! Auch allen Mitarbeitern der Stephanas-Klinik möchten wir unseren herzlichsten Dank ausrichten. Dafür, dass Sie uns finanziell unterstützen – aber uns auch immer wieder Arbeitskräfte schicken, die uns hier in Israel als Kibbuzniks (Anmerkung: das sind Mitglieder eines Kibbuz) tatkräftig unter die Arme greifen. Gleichzeitig werden viele von

diesen Kibbuzniks ihre rassistischen Gefühle gegenüber anderen Menschen los.

Ein gutes Beispiel ist das Ehepaar Ruff, das im Juni 2008 in unseren Kibbuz kam. Sie halfen nicht nur tatkräftig bei der Orangenernte und beim Ackerbau und der Ernte mit, sie setzten sich auch für einzelne Personen ein. So sammelten sie beispielsweise Geld für den jungen Elia, damit dieser eine Beinprothese bekam, nachdem er seinen linken Unterschenkel bei einem Angriff auf Gaza-Stadt verloren hatte.

Auch wenn Annegret und Leroy Ruff nicht mehr gut sprechen konnten (sie hatten ja aus medizinischen Gründen ihre Zungen verloren, wie ich weiß), so engagierten sie sich in vielerlei Hinsicht dort, wo es auch ohne Worte möglich war.

Allerdings haben sie nie eingesehen, dass sie in Deutschland Menschen seelisch verletzt haben. Lag es an ihrer persönlichen Sturheit oder Dummheit – oder an ihrem mangelnden Respekt gegenüber der Menschenwürde der Leute in Deutschland? Ich weiß es nicht. Ihre Liebe zu Israel wurde auf jeden Fall von Tag zu Tag größer – auch ihre Liebe zu Israelis und Palästinensern gleichermaßen.

Ebenfalls nahmen sie immer gerne an der abendlichen Gemeinschaft der Kibbuzniks teil, die wir nach getaner Arbeit oft genossen. Wir lernten dort viel über den jüdischen Glauben und sangen Lieder.

Warum ich so viel über Annegret und Leroy Ruff schreibe? Ich weiß ja, dass ihre richtigen Namen Senta und Wolf Funzel waren. Ja, waren...

Denn leider muss ich Ihnen mitteilen, dass beide am 28. Dezember 2013 während eines Bombenangriffs ums Leben kamen. Eine Bombe, deren Herkunft bisher nicht geklärt wurde und die wohl auf Gebäude in Jerusalem gerichtet war, verfehlte ihr Ziel und traf den Kibbuz, in dem Senta und Wolf Funzel gerade bei der Orangenernte mithalfen.

Die Bombe traf direkt die Orangenbäume und all die Kibbuzniks, die gerade zugegen waren. Nichts mehr ist übrig – weder von den Menschen, noch von den Orangen, noch von allen restlichen Pflanzen und Gebäuden.

Wir beklagen den Verlust unseres Kibbuz – nicht nur der Gebäude, sondern auch aller Menschen, die ihn ausmachten und prägten. Gebäude kann man wieder aufbauen, aber diese Menschen, die sterben mussten, werden immer fehlen. Der Verlust ist unglaublich, wir können nicht mit Entschädigung rechnen und müssen uns komplett konzentrieren auf unsere weiteren Kibbuze in Israel.

Ich war gerade nicht da, als die Bombe fiel. Denn ich musste einige Angelegenheiten in einem anderen Kibbuz regeln. Und ich frage mich: Warum wurde gerade ich verschont? Ich werde die Antwort nicht bekommen – nicht so lange ich lebe.

Natürlich können Sie jederzeit Arbeitskräfte nach dem Aufenthalt in der Stephanas-Klinik nach Israel schicken. Wir freuen uns auf neue Kibbuzniks – auf ihre Tatkräftigkeit und darauf, dass wir aus ihnen Menschen machen dürfen, die deswegen wertvoll sind, weil sie andere Menschen respektieren.

Sie wissen ja immer, wie und wo Sie mich erreichen können, damit ich neue Leute auch vom Flughafen abholen lassen und empfangen kann.

Mit freundlichen Grüßen – Schwester Henrietta von und zu Austerberg, Missionswerk „Kibbuze 5.0 für Gerechtigkeit".

## Dreiundsechzig

Wie vom Donner gerührt stand Bridget da. Ruhig, schweigend. Sie ließ den Brief in ihrer Hand sinken. „Ihr habt sie umgebracht", sagte sie schließlich.

„Was redest du da?", entgegnete Constanze unwirsch – und war auf einmal beim Du. „Eine Bombe hat sie umgebracht – nicht wir!"

„Und du bist nicht traurig?", fragte Bridget.

„Warum sollte ich traurig sein?" Constanze schüttelte ihr braunes Haar. „Diese Leute haben sich nie bei mir entschuldigt für das, was sie mir angetan haben. Sie haben Informationen über mich gestohlen und missbraucht. Sie haben sich mir gegenüber unchristlich verhalten. Sie waren Seelenmörder und haben mein Recht auf Freiheit, Würde und Leben verletzt. Sie haben Verbrechen ‚unter den Teppich gekehrt!' Warum sollte ich traurig sein, weil sie nicht mehr am Leben sind?"

„Ihr habt sie umgebracht", sagte Bridget noch einmal. „Das werde ich melden!"

„Wo wirst du was melden?", spottete Constanze. „Medizinisch notwendige Behandlungen muss man nicht melden. Vor allem: wem denn?"

„Es ist nicht richtig, was ihr während dieser Konferenzen macht", bohrte Bridget weiter. „Man muss das unterbinden. Man muss es verhindern!"

„Du wirst nichts verhindern." Constanzes Stimme klang fest. Sie kannte solche Unterhaltungen mit Konferenzteilnehmern, die auf einmal bereuten, was sie getan hatten. Die auf einmal alles rückgängig machen wollten, was sie in Gang gesetzt hatten.

„Bald wirst du das Meiste vergessen haben, was du hier erlebt hast." Sie baute sich drohend vor Bridget auf. „Du wirst Freya vergessen. Du wirst nur noch wissen, dass du wegen einer Zungenoperation hier warst. Hier bei Experten, die dich vorzüglich operiert haben. Denn genau DAS ist hier passiert!"

„Warum werde ich diese Ereignisse vergessen?" Bridgets Stimme klang kleinlaut, aber irgendwie noch kampfeslustig.

„Du hast entsprechende Medikamente bekommen. Medizinisch notwendige Medikamente. Sie lassen dich das vergessen, was du hier gesehen hast!" Constanze lächelte wieder. Etwas boshaft, aber doch triumphierend. „Die Klinik will ja nicht, dass Konferenzteilnehmer traumatisiert werden. Denn es ist schon ziemlich hart, was man hier zu sehen bekommt!"

„Bestrafungen", flüsterte Bridget.

„Vielleicht ist es das", antwortete Constanze. „Mir gefällt allerdings der Ausdruck ‚medizinisch notwendige Maßnahmen' besser."

„Was sagt dein Mann dazu? Wie hieß er noch gleich?" Bridget runzelte die Stirn.

„Wie mein Mann heißt, tut nichts zur Sache", antwortete Constanze. „Es gibt Dinge, die du nicht wissen musst."

„Ja, ich weiß. Wie damals die sehr private Sache über deine..."

„Worauf willst du hinaus?", unterbrach sie Constanze. „Auf deinen Verrat? Auf den Mord an meiner Seele?"

„Ich wollte nichts verraten", meinte Bridget kleinlaut. „Ich wollte mich nur freuen. Aber was sagt dein Mann dazu, dass du in einer Klinik arbeitest, die solche drastischen Behandlungen durchführt?"

„Jede Operation ist irgendwie drastisch. Sie ist ein Eingriff in ein Leben", versuchte Constanze, sich zu rechtfertigen. „Mein Mann weiß nicht genau, welche Operationen diese Klinik im Detail durchführt. Es interessiert ihn nicht. Und was mit den Funzels passiert ist, weiß er nicht. Wir sprechen einfach nicht über diesen missratenen Hausbibelkreis, der nicht mehr existiert. So haben wir beide unsere Ruhe!"

Bridget überlegte sich, ob sie nicht mit Constanzes Mann – wie hieß er nur gleich? – telefonieren sollte, um ihm alles zu erzählen. Laut sagte sie:

„Oh, mein Zug fährt in einer halben Stunde!" Sie sah auf ihre Uhr.

„Der Bahnhof ist von hier aus nicht weit entfernt. Fünf Minuten zu Fuß", sagte Constanze. „Schaffst du es, dorthin zu gehen. Oder soll ich dir ein Taxi rufen?"

Bridget schüttelte den Kopf.

„Ich schaffe es, alleine zum Bahnhof zu gehen."

„Dann sagen wir ‚tschüss' zueinander. Ich muss hier noch etwas arbeiten!" Constanze setzte sich vor ihren Computer und blickte dann Bridget an. „Der Ausgang ist rechts um die Ecke und dann geradeaus!"

„Ich muss aber noch meine Sachen aus dem Krankenzimmer holen!", fiel es Bridget ein.

„Deine Sachen stehen hier vor dem Büro!", sagte Constanze. „Die Reinigungskraft hat sie vor die Tür gestellt. Das Krankenzimmer musste gereinigt werden – die Putzfrauen wollten nicht auf dich warten."

Bridget nickte, sagte ein kurzes „Auf Wiedersehen!" und verließ das Büro.

Sie packte ihre Reisetasche, zog sich eine leichte Jacke an, hängte ihre Handtasche über die rechte Schulter und schritt zügig zum Bahnhof von Stephanasville.

## Vierundsechzig

Im Zug konnte sich Bridget nicht auf ihr Buch konzentrieren, das sie kurz vor ihrer Abreise im Bahnhofskiosk gekauft hatte.

Sie las jetzt ein Werk eines japanischen Autors über einen Geigenlehrer, der Hausbesuche bei seinen Schülern machte. Keine spektakuläre Lektüre, aber äußerst leicht und angenehm zu lesen.

Noch immer dachte sie über ihre Gespräche mit Doktor Müller und mit Constanze nach. Vergessen würde sie das Meiste, was sie an diesem Wochenende erlebt hatte, hatte Constanze gesagt.

‚Oh nein', dachte Bridget grimmig. ‚Irgendwie muss es doch möglich sein, der Stephanas-Klinik das Handwerk zu legen. Sie mögen ja eine gute Hals-Nasen-Ohren-Klinik sein, aber was während der Konferenzen geschieht, geht einfach zu weit...!'

Dabei hatte Bridget sich ja selbst an „Gerechtigkeit 5.0" gewandt – und die Organisation hatte so reagiert, wie sie es immer tat. Sie hatte „medizinisch notwendige Maßnahmen" ergriffen und Bridget dazu eingeladen, diese Maßnahmen zu beobachten.

Freya würde nie mehr in Augsburg wohnen und arbeiten – das hatte Bridget schon begriffen. Und Bridget hoffte, dass sie Freya nie mehr begegnen musste.

Bridget nahm ihr Buch zur Hand, während ihr Zug in die Landeshauptstadt fuhr. Dort musste sie umsteigen.

Sie ließ sich packen von der Handlung über den Geigenlehrer, der in Japan seine Schüler besuchte und ihnen zu Hause beibrachte, wie sie die Geige richtig zu halten hatten. Er zeigte ihnen, wie sie richtig gute Musik auf der Geige spielen konnten. Klassische Musik.

Bridget war plötzlich so fasziniert von dem Buch, dass sie beinahe vergessen hätte, rechtzeitig auszusteigen. Um in den Zug nach Ulm zu steigen, musste sie einen anderen Bahnsteig aufsuchen.

Ihren Mund-Nasenschutz ließ sie brav im Gesicht. Sie mochte die Masken nicht – aber ohne Maske würde sie im Bahnhof und auch in den Zügen eine ziemlich hohe Geldstrafe erwarten.

Im Intercity-Zug nach Ulm ließ sie sich auf einen bequemen Sitzplatz fallen und deponierte ihre Reisetasche auf der Gepäckablage. Dann fuhr sie langsam mit ihrer Zunge im Mund herum. Die Schmerzen von heute Morgen waren fast vollständig verschwunden, aber Bridget würde sich dennoch Schmerztabletten kaufen, wenn sie in Augsburg ankam.

Ach ja, Augsburg! Wohlig räkelte sich Bridget auf ihrem Sitz. Sie freute sich, wieder in diese Stadt zu kommen – zu ihren Freunden und Bekannten und in ihre Gemeinde. Dort war sie daheim, es passte einfach alles.

Aber vorher musste sie noch... Ach, was musste sie erledigen? Schmerztabletten kaufen – ja, stimmt. Aber sonst?

Sie war wegen eines Zungenproblems in einer Fachklinik gewesen. Man hatte sie operiert, Fäden waren noch in ihrer Zunge. Diese mussten nach zehn Tagen vielleicht entfernt werden. Also war es sinnvoll, sich dafür einen Termin bei einem Hals-Nasen-Ohrenarzt zu holen.

Aber was wollte sie noch erledigen?

Wen wollte sie noch anrufen – außer dem Arzt? Ihr fiel niemand mehr ein. Vielleicht sollte sie wieder mit einigen Freunden telefonieren. Sie plauderte doch so gerne am Telefon.

Es war alles im grünen Bereich, alles war perfekt. Und – es stimmte doch: Freya hatte gekündigt. Warum das so war, berührte Bridget nicht. Sie hatte Freya eh nie gemocht, die alte

Tratschbase. Ohne Freya würde das Arbeiten in dem Warenhaus wieder Freude machen, da war sich Bridget sicher. Sie vertiefte sich in ihr Buch – und freute sich auf das, was ihr Augsburg bieten würde.

## Epilog

**M**eine, liebe Christabelle, lange ist es her, dass ich mich bei dir gemeldet habe. Seit meinem letzten Brief ist so viel passiert. Wo soll ich beginnen? Meine Reise nach Mallorca im März 2020 wurde durch Corona gestört. Als ich am 11.03. nach Mallorca flog, hatte Spanien 2.002 Corona-Fälle, als ich am 18.03. zurückflog, waren es schon über 13.000 Infizierte. Und viele starben.

Aber erst mal der Reihe nach. Die Reise fand statt – und ich hatte zuerst dreieinhalb wirklich schöne Tage auf Mallorca. Am 11.03. flog ich dorthin und wurde mit einem Zubringerbus ins Hotel DUCLAN nach Playa de Palma gebracht. Das ist ein Küstenort, nicht weit weg von Palma de Mallorca entfernt – und in dem Hotel DUCLAN waren Rainer und ich bereits 2013.

Nachmittags spazierte ich bei schönem Wetter durch Playa de Palma, kaufte ein paar Souvenirs und trank Kaffee.

Am 12.03. fuhr ich mit dem Linienbus nach Palma und schaute mir – nach Jahren mal wieder - die prächtige Kathedrale an. Das kostet unterdessen 8 Euro – ist aber den Preis durchaus wert. Es gibt viele Abbildungen von Heiligen in der Kathedrale. Anschließend lief ich durch Palma de Mallorca, sah einige Straßen wieder, die ich schon vor Jahren gegangen war. Am Plaça d'Espanya trank ich in einem netten Café einen gute Tasse Kaffee.

Am 13.03. fuhr ich mit zwei Linienbussen nach Soller – das ist eine kleine Stadt weiter nördlich. Auch dort gibt es eine sehenswerte Kathedrale – nicht so groß wie die in Palma, aber auch ganz reizvoll. Eintritt kostet deren Besichtigung nicht. Mir gefällt Soller ebenfalls sehr gut, es gibt dort kleine Gässchen, tolle

Häuser. Rainer kaufte ich dort ein T-Shirt – und ich bin froh, dass ich das an diesem Tag dort gemacht habe.

Am 14.03. – Samstag – wurde die Situation auf einmal zeitweise merkwürdig. In den Bussen nach Palma und wieder zurück musste man plötzlich nichts mehr bezahlen. Wegen des Corona-Virus konnte man nicht mehr vorne beim Fahrer einsteigen und eine Fahrkarte lösen – es gab Absperrbänder, die das verhinderten. So stieg man in der Mitte in den Bus und fuhr umsonst mit.

Im Hotel hatte ich deutsches Fernsehen und durchaus mitbekommen, dass die Zahl der Corona-Infizierten in einigen Ländern Europas stark anstieg. Besonders in Spanien war die Zahl innerhalb weniger Tage explodiert.

Am 14.03. klappte aber noch alles, wie es sollte. Ich konnte mit einem Bus von Palma aus nach Valldemossa fahren (dafür zahlte ich 1,99 Euro direkt beim Fahrer – das war auch möglich). Valldemossa ist ein Bergdorf – malerisch, aber auch sehr touristisch. Es gibt dort viele Läden für Touristen. In ungefähr zwei Stunden ist man durch den Ort gelaufen. Man kann noch länger bleiben, wenn man in ein Café oder Restaurant geht. Ich fuhr nach zwei Stunden wieder mit dem Bus zurück (bezahlte wieder 1,99 Euro dafür) und bummelte noch ein bisschen durch Palma.

Ab 15.03. wurde die Situation sehr extrem: die spanische Regierung hatte auf einmal eine Ausgangssperre für das ganze Land verhängt – und die galt für ALLE, auch für Touristen! Das heißt: wir durften das Hotel nicht verlassen – außer zum Einkaufen im Supermarkt oder, um die Apotheke aufzusuchen. Für die Einheimischen galt dasselbe: Leute, die einen Hund hatten, durften mit dem Hund auch noch raus – und Leute, die zur Arbeit gingen, durften das auch machen. Man durfte für alles keine kleinen Seitenstraßen benutzen, sondern nur die Hauptstraßen.

Ganz plötzlich war nichts mehr los auf Mallorca. All die netten Touristenshops waren geschlossen, Sehenswürdigkeiten, Cafés und Restaurants ebenso. Die Polizei fuhr immer wieder die Hauptstraßen entlang.

Leider galt die Ausgangssperre lange (Spanien hat – wie Italien – fast seine ganze Industrie abgewürgt...). Wir Gäste vom Hotel wurden vom Hotel bewirtet, wie wir es gebucht hatten, wir durften auch einen Kaffee in der Bar bestellen oder andere Getränke gegen Bezahlung – aber das Hotel durfte in seinem Café keine anderen Gäste mehr bewirten.

Ich flog planmäßig am 18.03. wieder zurück nach Deutschland – aber es gab andere Leute, die umbuchten und früher zurückflogen. Das Hotel schloss am 19. oder am 20. März. Alles auf Anweisung des Staates. Da sollten Hotels, Restaurants und so weiter erst mal für vier Wochen schließen – danach hat man das Ganze verlängert. Eine echt traurige Situation.

Zum Glück gab es in Deutschland in vielen Regionen keine Ausgangssperre – ich wünsche sie auch keinem. Ich habe das auf Mallorca erleben müssen – man sitzt im Hotelzimmer und schaut fern oder liest ein Buch. Man geht in den Hotelgarten und liest da auch ein Buch. Man kann sich auch in die Hotelhalle hocken – aber das ist alles trostlos – und schöner Urlaub sieht anders aus!

Der Flughafen, auf dem ich ankam, war weitgehend lahmgelegt. Als ich dort ankam, wurde ich von niemandem kontrolliert. Weder Polizei, noch Zoll, noch Bundesgrenzschutz waren da. Niemand wollte wissen, woher wir Ankommenden kamen. Madrid galt als Hochrisikogebiet – die Balearen noch nicht. Sie wurden erst später zum Hochrisikogebiet erklärt.

Am 19.03.2020 holten Rainer und ich unseren Sohn Peter aus der Kurzzeitpflege. Eigentlich hätte er schon am Montag, 16.03., mit dem Fahrdienst zu uns kommen sollen – aber da ich zu diesem Zeitpunkt noch nicht zurück aus Mallorca war, konnte Rainer die Leute von Peters Schule und dem dort angeschlossenen Internat davon überzeugen, dass wir Thomas am 19.03. holen würden. Und das haben wir auch getan.

Nun stehe ich einer großen Herausforderung gegenüber. Ich pflege Peter den ganzen Tag. Er ist jetzt 13 Jahre alt und wird immer schwerer. Wann seine Schule wieder öffnen wird, wissen wir noch nicht.

Zum Glück ist mein Arbeitgeber, die Stephanas-Klinik, sehr menschlich zu seinen Angestellten. Ich komme vormittags eine bis zwei Stunden vorbei und erledige das Nötigste. Und an den Wochenenden, wenn Rainer da ist, kann ich länger arbeiten.

Vor einigen Wochen habe ich eine ehemalige Bekannte wieder gesehen, von der ich eigentlich dachte, dass ich sie nie mehr sehen müsste. Es handelt sich um Britta, die mich bedroht hat. Ich habe dir diese Geschichte mit dem falschen Hausbibelkreis doch erzählt. Auch, dass Britta weggezogen ist. Jetzt war sie wieder als Patientin in der Stephanas-Klinik – und sie hat mich wiedererkannt.

Ich habe eine Zeitlang so getan, als ob ich sie nicht kenne. Denn ich will dieses dunkle Kapitel, das sie und ihre Gröl-Gacker-Gruppe (ein „Hauskreis", der nie einer war) mir vor 13 Jahren zugefügt haben, endlich vergessen.

Ich war schon fast dabei, diese üblen Vorgänge und die notwendigen Konsequenzen für die Gruppe zu vergessen. Nun muss ich wieder anfangen, diese Vorgänge aus meinem Gedächtnis zu streichen. Es bringt nichts, der Vergangenheit nachzuhängen.

Britta wird mich bald vergessen – das liegt einfach an einigen Medikamenten, die sie in der Klinik bekommen hat. Und ich muss Britta vergessen – so wie ich es bereits schon tat…

Stephanasville war wegen des Corona-Lockdowns Mitte März eine tote Stadt. Aber in anderen Städten in der Umgebung war es auch nicht viel besser. Wenn man nicht bummeln kann, wenn man nicht in Geschäfte oder Cafés oder Restaurants gehen kann, hat man keinen Anlass, in die Stadt zu gehen. Außer man geht in die Apotheke, auf die Post oder in den Supermarkt – oder man kauft sich eine Zeitschrift. Aber das macht man nicht täglich, ich zumindest nicht.

Nun versuchen wir alle, aus der Corona-Situation das Beste zu machen. Am Besten Masken tragen und allen Leuten aus dem Weg gehen. So einfach ist das allerdings nicht immer.

Die Gesundheitsämter, die jetzt viel Arbeit haben, sind unzureichend und altmodisch ausgestattet und sind mit der Situation total überfordert. Manche von ihnen haben nicht einmal eine anständige Software! Sie sind total langsam im Verfolgen der Kontakte von Infizierten! Man hat den Eindruck, dass sie ihre Nachrichten an das Robert-Koch-Institut per Rauchzeichen senden – oder mit Brieftauben! Damit gefährden die Gesundheitsämter die Leben der Menschen – was auch mehr Tote zur Konsequenz hat.

Unsere Bundesregierung sollte – anstatt Lockdowns zu verhängen – die Bevölkerung mehr testen und die Gesundheitsämter technisch besser ausstatten. Daran hakt es leider noch immer.

Und wie geht es dir so? Ich hoffe, du bist bisher noch nicht an Corona erkrankt! Mal sehen, wie lange es dauert, bis ein Impfstoff auf den Markt kommt. Es gibt mehrere Firmen, die versuchen, einen passenden Impfstoff zu entwickeln. Das gibt Hoffnung!

Ich freue mich schon auf deinen nächsten Brief! Bleib gesund!

Viele liebe Grüße – Constanze.

Ein weiteres Buch von Jacqueline Kiara Nele Barnett:

Himmel voller Leidenschaft

Inhalt:

Eine Maschinenmesse in den Niederlanden findet statt. Wer darf ein erfolgreiches deutsches Mittelstandsunternehmen auf dem dortigen Messestand vertreten?

Daphne, Jessy und Noelle sind die ausgewählten Damen aus der Verkaufsabteilung. Sie machen sich erwartungsvoll auf den Weg auf die Messe.

Bald aber merken sie: Die Arbeit auf der Messe beschränkt sich nicht nur auf die Bewirtung von Kunden, auf das Verteilen von Informationsmaterial und auf das Lächeln auf dem Messestand - nein, auch andere Tätigkeiten sind erwünscht... Ein vorwiegend humorvoller Roman mit viel Erotik!

Herstellung und Verlag: Books on Demand, Norderstedt
ISBN-Nummer: 978-3748117261
144 Seiten

Das Buch ist in jeder guten Buchhandlung zum Preis von 6,99 Euro erhältlich.
Weiterhin kann das Buch als E-Book-Ausgabe gekauft werden.